배교자
—그 시간의 풍경들

이영산 장편소설

도서출판
청어

배교자

그 시간의 풍경들

이영산 장편소설

작품 소개

†

시간은 흐르며, 정신의 투영물인 시간은 그 본래 생명이 갖는 명멸(明滅)을 향해 항해하듯 어디론가 흘러간다. 고뇌의 시간도, 순결한 수정체(水晶體) 같았던 시간들도 무참히 휩쓸어가, 망각의 강(江)을 건너온 양 천연스런 풍경이다.

종교나 사상이란 것도, 그 원초적 신을 향한 감정과 두려움, 경건한 기도조차도 어느새 차가운 돌처럼 굳어서, 박제(剝製)된 시간의 유령마냥 기억의 아련한 한 자리를 차지한걸, 이 밤의 여행자는 고통스런 눈으로 바라본다.

여기, 밤의 여행자가 있다. 주인공의 직업은 대리기사. 그는 오늘 밤도 신도시 화랑 북광장의 휘황한 불빛이 가득한 거리에 선다. 어느덧 중년인 그는, 이 도시의 이방인이요 나그네다. 그는 한때 서울 강남의 대교회 담임 목사의 사위이자 부목사였다.

고단한, 그만의 사연과 거친 광야를 헤매다 지친 그에게, 오늘의 이 불빛 가득한 광장은 신이 떠난 '에덴동산'을 상상하게 하는 데 부족함이 없다. 그 신화 속 벌거벗은 최초의 인류, 아담과 이브의 후예들이, 이제 신이 금지한 나무 열매도 없고, 매일 밤 배불리 먹고, 취하며, 즐기는 그들만의 낙원.

그에게 지난날을 회상하는 건, 꿈결만 같고, 이젠 좀체 현실감이 들지 않아, 자신이 걸어온 발자취들이 마치 꿈결로 화(化)한 기분이 들곤 한다. 특히나 자신이란 인간이 그토록 낯선 길을 걸어온 게, 어느 땐 의아하고, 희한한 것이었다. 그나마 위안인 건, 밤의 여행자로서 차갑도록 명징한 시선으로 오늘의 풍경화를 감상할 수 있는 점이었다. 문득 고난 끝에 베풀어진 은총인 듯싶은 것이다.

보수교회의 순진한 목사였던 그가, 저 1990년대, 어쩌다 시험에 들었고, '마귀'의 유혹에 넘어간 것이었다. 지난날 엄혹했던, 독재에 맞선 시민들의 항쟁이나 민주화운동 때도, 오히려 신의 섭리를 들어 권력의 편에 섰던, 언제나 자신들의 천국과 기도가 중요했던, 서울 강남의 〈천국교회〉의 부목사가, 시험에 들어, 어느 날 그의 영혼은 돌아올 수 없는 강을 건너버린 것이었다.

거기에다, 당시 '사도 바울'로 불렸던, 능력의 주의 종이었던—미국에서 신학박사 학위를 딴, 하늘 같은 장인이자 담임 목사의 불륜과 한 성도의 고발과 처절한 외침은, 그를 영영 넘어뜨리고 말았다. 그는 길을 잃은 것이었다. 그때 그는, 처자식들, 부모와도 결별하고, 저들의 아들로서 진정한 신학과 신앙을 찾아 떠난다.

그는, 처절한 고통과 깊은 상처를, 저들을 사랑하는 신앙인으로서 구원에 목이 말랐고, 이제 마땅히 광야에 '사막의 우물'과도 같은, 구원을 마련해야 하고, 보상받아야 했다. 성서와 현대신학들이 광야로 나선 나그네 된 그와 함께 투쟁했고, 특히나 그에게 그 시절 영향을 주었던, 신학들이 앞장서 이끌었다.

오, 이십여 년의 광야 생활이며, 나그네로서 고뇌며 투쟁, 신학과 신앙, 뜨겁게 열망했던 천국도, 구원도 시간은 앗아갔고, 어디론가 휩쓸어 가버렸다. 그리고 새로운 시간마냥, 저 도도한 물결, 낙원의 풍경이었다. 모두가 반기는 낙원이었다.

이 낙원에선 영혼들은 평등했고, 누구도 예전의 신을 떠올리지도, 기억하지도 않으며, 해맑은 얼굴, 만족스런 표정이었다. 떠난 신을 그리워하지도 않으며, 슬퍼하지도 않는 저들은, 이제 자신들의 진정한 낙원을 찾은 것이었다.

그는, 이 밤, 모두가 배불리 먹고, 마시고, 떠들썩하게 즐거워하는 낙원, 자신을 괴롭히는 한 인물을 떠올린다. 오래전 자신을 아들처럼 품어주었던, 그 배신했던 장인의 존재는, 여전히 그에겐 심판대에 선 듯 고통스러움이다.

떠난 후 만난 적이 없는, 장인과의 해후(邂逅)는, 그 장면은, 작가로선 이 작품을 구상할 때부터 수정을 거듭했고, 두 사람이 만날 때, 어쩌면 이 풍경화는 비로소 '완성'될 터였다.

작가의 말

†

　한 세기 전(1917), 독일의 한 종교학자는 당시 서양의 신(神) 인식, 오랜 시간 속에서 합리적 철학 위에 구축된 '신성(神聖)'에 이른바 '비이성적인 신', 독창적인 저술로 관심을 모은다. 특히 세계 종교계에 불러일으킨 비상한 관심은, 전적으로 그의 새롭고 독자적인 관점 때문이었다.

　그는 책에서 신이나 종교라는 관념 대신 종교적 경험의 여러 형태를 분석한다. 그는 종교에서 합리적, 사변적 요소를 배척하고 무엇보다 종교의 비이성적인 측면에 관심을 집중하였다. 그에게 '살아있는 신은 무엇인가' 그것은 철학의 신도 아니요, 관념이나 추상 개념도 아니고, 단순한 도덕의 상징물도 아니었다.

　그것은 성스런 분노 가운데 나타나는 두려운 힘, 그는 경외와 비합리적인 경험의 특징을 발견해 내려 한다. 그는 성스러운 것 앞에서의 두려운 감정, 경외감을 불러일으키는 신비, 압도적인 힘의 위력을 분출하는 장엄함을 발견한다. 즉 그는 존재의 완전한 충만성이 꽃 피어나는 매혹적인 신비(mysterium tremendum) 앞에서의 경건한 두려움을 발견한다 (M.엘리아데).

　그는 신성─성스러움이란 말이 합리적이고 도덕적이어서 '표현하기 어려운' 본질을 나타낼 수 없다고 하여, 라틴어 누멘(numen: 아직 명확한 표상을 갖추지 않은 초자연적 존재)에서 이 말을 새로 만들었다.

　그런데 한 세기 전이면, 철학자 니체가 활약했던 시기가 그 직전이었다. 어쩌면 루돌프 오토는 시대적으로, 종교학자로서 자신이 수행해야 할 학문을 한 셈이었다. '신은 죽었다', 신을 상실해 가는 시대에 그는, 어떤 종교의 본질을 얘기하고 있는 것이었다.

내 개인적인 고백이지만, 어느덧 나이 육십을 훌쩍 넘긴 나 같은 한국 인은, 오히려 오토의 관점에 무척 친숙하다는 것이다. 농촌에서 자란 내 어릴 적의 주변 환경은, 거의 무속적(巫俗的)인 원초적 종교성 속에 있었던 걸 기억한다. 거기엔 철학이나 이성, 종교의 관념이 아닌 '실재의 신', 분노하는 신비한 신이 있었다.

오늘의 '무신성(無神性)'은, 새로운 시대, 어쩌면 인류에게도 무척 새로운 시대인 것이다. 마치 인간의 원초적 종교성이 옅어지는 걸 넘어, 이젠 그 무신성이 당연한 시대, 새로운 인류, 새로운 종족의 출현이라 할 만했다.

이 거리며 환경은, 그런 무신성의 거의 완벽한 구현인 셈이었다. 종교성과 결별한 인류의 미래를 점치는 건, 내겐 그다지 흥미를 끄는 주제는 못 된다. 오늘의 종교들이 포교하는 것만큼이나 유치한 것이 될 터이니.

이 소설은, 지극히 사적인 내 경험을 바탕으로 해서 쓴 것이다. 오토처럼 종교의 어떤 본질을 다루지도 않았다. 기독교라는 종교, 또 한국사회에서의 '기독교 이야기'라고나 할까. 어쨌든 난, 한 시기의 이야기를 소설에 담아내고자 하였다.

나는 이 작품을 쓰는 데 너무 오랜 시간을 허비했다. 그만큼 내겐 힘든 시간이었고, 진퇴양난을 거듭했다. 하지만 나는 써야만 했고, 이런 소설을 남겨야겠다는 사명감이랄까, 마치 사회에 빚을 진 자마냥, 처음에 임했던 기억이 새로운 것이다.

헌데 오늘 이 시점에서, 냉정하게 내가 생산한 이 소설의 의미를 생각해 본다. 과연 나를 사로잡아 이끌었던, 그 지난날의 낙담하고 분노했던, 신앙이라 느꼈던 '의로운 감정'은 여전히 유효한가. 솔직히 모르겠다.

어쨌든 나는 이 소설을 마침으로써 기나긴 고투(苦鬪)며, 한편으론 내 안의 상실감은 그 해방감과 함께 운명적이었다.

배교자─주인공은, 오늘도 밤의 여행자를 자처하며, 대리기사로 근근이 살아간다. 오랜 광야(廣野) 생활, 그의 오늘의 모습은, 그 힘든 노동이나 삶만으로도 누군가에겐 '심판'으로 보일 터였다. 한때 그는 서울 강남의 대교회 담임목사 사위이자 부목사였으니, 그런 참담한 전락(轉落)은 신앙 좋은 어떤 이에겐 입가에 고소가 번질 얘깃거리였다.

헌데 그는, 이젠 고난의 여정이 베푸는, 그만의 눈으로 저 휘황한 신도시의 광장 안, 매일 밤 벌어지는 풍요의 축제, 간섭할 신도 없는 인간들만의 낙원(樂園)을 바라본다. 그는 자신이 걸어온 지난날을 꿈결처럼 회상하는 것이다.

나의 어머닌 많은 어린 자식들을 위해 매년 절에 나가 등(燈)을 달았고, 불교도보다는, 무당도 수시로 집에 들였던 평범한 여인이었다. 그린 어머니가 자식들이 목회자가 됐을 때, 열렬한 기독교인으로 변신했다. 오직 관심사는, 자식들의 무병(無病) 건강과 세상에서 잘되는 것이었다.

나는 어머니를 떠올리며 눈물로 이 작품을 써야 했다. 이 소설은, 그런 내 어머니에게 바쳐져야 하는 건 마땅하고도 당연한 것이다.

목차

†

1

†

산그늘에 잠긴 숲은 고요하기 그지없었다. 해가 떨어지면서 남자의 얼굴이며 콧잔등에 잠시 머물던 옅은 노을도 짙어진 땅거미에 스며들었다. 그리고는 순식간이었다. 숲이 밀려든 어둠에 잠식돼 버린 건. 소슬한 냉기를 느끼면서, 깊은 상념에서 빠져나온 남자는 으―흡, 신음을 토해내며 기지개를 켠다.

하지만 그는 여전히 벤치에 누운 채로 눈을 슴벅이며 일어날 줄 모른다. 삼월 하순인데도 아직 새순이 보이지 않는 굵은 떡갈나무며 아름드리 소나무들로 울창한 숲은, 둥근 보안등이 켜지면서 산책로는 어느덧 아늑한 불빛의 향연이다.

지척에서 방울새가 울었다. 남자는 귀를 기울인다. 그 작은 새의 목청을 굴리며 자유자재로 뽑는 청아한 울음은, 언제 들어도 여간 신기하지 않은 것이다. 밤에도 방울새가 우는가?… 마치 그의 그런 생각을 알아차리기라도 한 듯 새 소린 뚝 그쳤고, 더는 들리지 않는다.

참 별일이군. 그는 자신의 멀뚱해진 눈빛, 숨결, 쌀랑한 공기, 부스럭대듯 가볍게 움직이는 몸과 감정이, 이 아늑한 숲과 하나인 듯 느끼는 것이었다. 그의 후각은 맑고 투명한 공기 속에서도, 숲의 이끼 냄새며, 땅속 생명들의 소리 없는 준동, 그 자연의 순환과 싱그러운 기운을 킁킁댄다.

그는 우죽우죽한 나무들 틈새로 올려다보이는 하늘을 보며, 이내 입을 벌려 가슴 가득 썰렁하고도 청량한 공기를 들이킨다. 두 번, 세 번. 호흡을 반복하면서 그의 얼굴은 상기된 듯 일그러진다. 희끗한 더벅머리에 반듯한 이마, 길쭉한 코는 약간 고집스런 인상이지만, 그 말똥한 눈은 깊은 웅덩이 같다.

산책을 나온 이곳 주민들은, 종종 그가 이 숲 벤치에서 낮잠을 즐기는 걸 봐 왔다. 처음엔 영락없는 노숙자여서, 어떤 이는 가까이서 들여다보기도 하고, 헌데 행색이 그다지 추레해 보이지 않고 멀끔한 데다, 그 드르렁대며 곯아떨어져 있는 모습에, 별난 사람이라도 보는 양 웃고 가는 거였다.

사실 그는 이곳 주민은 아니었고, 인근 병림(餠林)이라는 소읍 규모의 조그만 도시에 거주했다. 밤일을 시작한 이후로 우연히, 이 숲을 알게 되었고, 특히나 화랑의 북광장(北廣場) 근처라는 것, 그 외 이유랄 건 없었다. 다만 집에서 좀 일찍 나선다는 것, 보통 오후 네 시면 좀 이른 시간이었고, 대낮의 광장보다는 그로선 시간을 나기엔 이 숲의 벤치가 한결 편하고 운치가 있었다.

그런데 어느 때부터였는지 기억이 분명하진 않지만, 이곳을 찾아 낮잠을 즐길 때면 그는 꿈을 꾸곤 했다. 평소엔 꾸지도 않는, 좀 기분이 묘해지는 꿈들이었다. 이날도 역시 마찬가지였고, 처음엔 별생각이 없었지만, 그는 반복되는, 자신의 무의식이 빚는 꿈이란 게 희한하기도 하지만, 인간이란 존재 자체가 영 실없어 보인다.

일장춘몽(一場春夢)이란 말이 있지만, 그에게 꿈이란 건 그저 일종의 몽환적 현상이었다. 여러 심리학자의 연구나 분석과는 별개로, 사실 이런 생리적 현상은 그에겐 진지한 주제도 아닐뿐더러, 오랫동안 부러 경원시하는 태도를 견지해 온 것이다. 그는 누가 꿈꾼 얘기를 진지하게 늘어놓으면, 그치를 반 문명인으로 치부한 적도 있으니.

문득 한 여인의 슬픈 얼굴이 눈에 어린다. 눈물만 뚝뚝 흘리는 얼굴이다. 그는 불길했고, 어머니, 고통스럽게 읊조린다. 오래전 성서 속 꿈 얘기를 들려주었던 여인이었다. 그 제왕들의 희한하고도 무시무시한 꿈들이며 기막힌 해몽으로 왕국의 높은 자리에 오르는 다니엘이나 요셉의 이야기는 어쩌나 인상 깊었던지, 어린 그도 하나님의 지혜로 그런 인물들이 되는 꿈을 꾸곤 했던 것이다.

특히 그의 태몽에 관한 것은 주변 사람들에겐 잘 알려진 일화였다. 지금도 하늘에서 자식을 위해 기도할 어머니였다. 아버지도 목사였고, 교회 사택에서 태어난 아이에겐 그 신앙은 운명적인 길이었고, 사십 대 초반까지도 그는 그 길을 순종하듯 걸어온 것이었다.

그는 일어나 잠바 주머니의 담배를 만지지만, 여긴 금연(禁煙) 구역이었다. 그는 산길을 터벅터벅 걸어 내려온다. 더욱 고요해진 숲은 이젠 불빛과 벌레들 소리 외엔 적막했고, 길가의 쓰러져 허연 속살을 드러낸 고목(枯木)들 사이로 꿈에 보았던 그 흰 수염을 길게 늘어뜨린 신선(神仙)이라도 나와 농(弄)을 던질 것만 같다.

산자락에 자리한 문학관(文學館)에 이르러, 그는 그 정원에 마련된 의자에 엉덩이를 걸치고 앉아 겨우 참았던 끽연(喫煙)을 한다. 늘상 문학 강좌며 백일장 같은 연례행사가 열리는 문학관엔, 내걸린 현수막이 보였고, 그는 햇살 좋은 날, 이 부유한 신도시(新都市)의 산뜻하고 윤이 잘잘 흐르는 거리를 떠올리는 거였다. 그는 담배 연기를 퐁퐁 날리며 밤 풍경도 아름다운, 화랑 신도시를 바라본다.

바로 길 건너에 매일 밤 베풀어지는 '축제'를 준비하는 북광장(北廣場)은, 마치 공작(孔雀)의 화려한 날개를 펴는 것마냥 현란한 불빛들로 반짝인다.

그는 문학관을 걸어 나와 널찍한 차도 앞 건널목에 선다. 그리고 보니 그의 손엔 휴대폰과 함께 충전기(充電器)가 들렸고, 본인이 생각하기에도 좀 어설픈 장비를 갖춘, 밤을 틈타 이 풍요로운 도시로 먹이를 찾아내려온 산(山) 사람 같았다.

신호등 불빛이 바뀌자 그는, 볼품없는 체구에 어기적대듯 발걸음을 내딛는다. 약간 불편한 관절염이 있는 왼쪽 다리지만, 그래도 발걸음을 더해 갈수록 한결 자연스러워지면서, 치열한 전투라도 앞에 둔 사람마냥 그의 얼굴은 붉어진다.

하지만 역시 관절염을 앓는 부위가 시큰거렸고, 일을 하면서도 그 부위를 잘 다루어야 한다는 걸 그는 새삼스레 내심 되새기는 거였다. 그는 되도록 오른쪽 다리가 힘이 받도록 걸었고, 밤새 걷자면, 두 다리를 세심히 살피며 잘 써야 할 터였다.

호텔 앞에 공항버스가 막 도착해서, 사람들이 내리고 있었다. 그들은 약속이나 한 듯 말소리 하나 없이 짐을 꺼낸다. 그는 사뭇 신중하게 호텔과 주상복합 건물 틈새로 나 있는 사잇길을 택한다. 대리기사란 게 사잇길에 익숙하고, 나름 두 다리의 수고를 덜어 주려는 것이다. 초저녁의 광장은 아직은 조용할 만치 한산했다.

하지만 공영주차장엔 발 빠른 승용차들이 모여드는 게 보였고, 반짝거리는 외제차들이 줄을 이었고, 그렇지만 국산차들도 뒤질세라 반짝거리며 자신들의 영토인 것을 자랑했다. 아마 한두 시간 후면 지상, 지하 주차장 모두, 밤을 즐기려는 승용차들로 가득 찰 터였다. 그는 광장의 그

코끝을 톡 쏘는듯한 차갑고도 탁한 공기를, 여전히 익숙해지지 않은 긴장된 자신의 숨결과 섞으면서, 분수대 쪽을 향해 걸었다.

그는 걸으면서, 문득 사회 규범에 누구보다 충실한, 열심히 일하는 이 도시인들을 생각한다. 나름 교양도 있는, 실용주의가 몸에 밴 시민들이었다. 그들에게 광장은 소비의 미덕을 뽐낼 수 있는 적절한 놀이터였다. 그 구획된 공간의 연출과 오밀조밀한 배치, 중앙의 분수대나 소규모의 야외 공연이 가능한 반원형의 무대(舞臺), 공원 분위기를 살린 커다란 이식된 소나무들, 얼마 후면 새빨간 넝쿨장미로 뒤덮이는 쉼터며 화단들, 벤치들, 그 세심한 소품 하나하나가 이 도시의 풍요를 자랑했다.

그 실용성과 효율성을 극대화한 상업지구의 꽉 들어찬 멋스런 건물들은, 밤엔 온통 유혹의 몸짓으로 반짝이는 오색(伍色)으로 채색되는 것이다. 마치 빛이나 온도, 그 본능적 감각에 반응하여 몸의 빛깔을 바꾸는 어떤 생물처럼, 그 물들인 세포만큼이나 욕망들이 투사된 다채로운 간판들은, 이제 요즘 유행하는 엘이디(LED) 조명으로 인해 더 화려하고도 현란하게 꿈틀댄다.

지난해 화랑신도시 주민 실태조사에 의하면, 이들 가장(家長)의 약 칠십 퍼센트가 대학 이상의 학력이었고, 석·박사의 비율도 다른 도시들에 비해 월등히 높았다. 주민들의 이 도시에 대한 만족도도 놀랄 정도로 높아서 그 '풍요롭고도 행복한 도시 화랑'이란 광고 문구가 과장이 아닌 사실임을 증명해 보인 셈이었다. 누군가 행복하다는 것은 국가적으로도 가뭄 속 단비랄까, 사뭇 고무적인 현상이 아닐 수 없는 것이다.

'행복감'이 메말라가는 시대의, 행복한 도시 화랑. 이 광장에 모여드는 이들은, 외지인들도 상당수이고, 각양 각층의 사람들이 온갖 이유들로 모여들어 술을 마시고 여흥을 즐겼다. 요즘 신도시들이 대체로 비슷한 설계며, 정형화(定型化)된 거주 공간으로서의 편의성, 편리성, 아늑하고도 세련된 미적(美的) 감각, 그 상품화의 컨셉이긴 해도, 재정 자립도에서도 맨 앞자리를 내준 적 없는 지자체 안의 화랑의 북광장이라면 품격이 다른 것이다.

더욱이 화랑은 여러 신도시 건설의 명암(明暗)을 거울삼아, 그간 축적된 노하우와 미래 도시의 전망을 그려보며 한층 업그레이드된 도시였고, 십여 년이 지난 지금 이 신도시는 매우 만족할 만한 '성공작'이란 평가였다. 최근엔 인근에 거대 규모의 화랑2 신도시가 건설된 것도, 이런 성공과 밑바탕이 있었기에 가능했던 것이다.

그는, 어느 업소에서 비티에스(BTS)의 '다이너마이트'가 신명나게 흘러나오는 걸 잠시 멈춰서서 듣는 거였다.

Cos ah ah I'm in the stars tonight
So watch me bring the fire and set the night alight
오늘 밤 난 별들 속에 있어
그러니 내가 불을 지펴 이 밤을 환히 밝히는 걸 지켜봐

또 다른 어디에선가 요즘엔 국위 선양에 있어 쌍벽을 이루는, 블랙핑크의 'Kill This Love'가 강렬한 선율과 함께 그녀들의 목소리와 율동들이 어울리듯 울려 퍼진다. 그는 걸음을 옮기며 흐뭇하게 음미하는 거였다.

두 눈에 피눈물 흐르게 된다면
So sorry 누가? You are
나 어떡해 나약한 날 견딜 수 없어

애써 두 눈을 가린 채 사랑의 숨통을 끊어야겠어

Let's kill this love

분수대 근처에 이르렀을 때, 회식을 위해 모인 직장 동료들인 듯한 한 떼의 젊은이들이 담배를 피우며 왁자지껄 얘기꽃을 피웠고, 그치들이 크게 웃어젖히는 바람에 그는 발걸음을 멈추고는 지긋한 눈길로 바라본다. 새파란 이십 대들이었다. 사내가 셋, 여성이 둘. 하나 같이 뽀얀 얼굴들, 말쑥한 차림에 늘씬늘씬한 체구, 모두들 건강미가 넘친다. 그는 왠지 안쓰러운 마음에 떡 이파리 같은 영혼들에 내심 축복을 빌어 준다.

무엇이 그리도 웃기고 즐거운지 두엇은 온몸으로 웃어젖힌다. 그들 덕에, 그도 덩달아 긴장이 조금은 누그러지면서도, 늘 잊히지 않는, 최근에 손님으로 만났던 한 시니컬한 청년을 그는 떠올린다. 어딘지 냉소적이긴 해도, 이십 대 치곤 은근히 조곤조곤 입을 열었던 사내였다. 어느 대기업 협력업체에서 일했고, 그와 대화하던 중 사내는 무척 정색한 얼굴로 말했었다. "직장 동료요? 요즘 그런 게 어딨어요."

오늘따라 일찍 호객(豪客)에 나선, 그 익숙한 얼굴의 아줌마도 보인다. 광장의 호객꾼이 여럿이지만, 제일 나이 많은 이 아줌마는, 안쓰러울 만치 촌스러운 데다, 오동통한 몸매나, 그 떡판 같은 얼굴의 작은 두 눈은 새까만 건포도를 박아 놓은 것 같다. 하지만 그녀의 진짜 면모랄까, 그 작은 눈이 구슬처럼 반짝거리며 술꾼에게 착 달라붙어 끈덕지게 흥정을 거는 모습은, 어엿한 곰탱이 같은 사냥꾼을 보는 기분이다.

그리고, 그녀를 보노라면 인근 도시 어딘가에 숨겨놓은 그녀의 작은 둥지가 그려지고, 또 그 둥지 안의 샛노란 입을 크게 벌리고 먹이를 달라고 지저귀는 새끼들이 눈에 어린다. 그런데 입을 벌려 아우성인 새끼들이란 게 어쩐지 어미보다 몸집이 몇 배나 큰 뻐꾹새랄까. 저 여인은 오목눈이 어미 새마냥, 작은 몸이 땀에 흠뻑 젖도록 먹이를 물어 나르지만, 본질적으로 허기를 채워주거나 만족시킬 수 없는.

그의 눈에 저 호객꾼 아줌마는 언제나 오목눈이 어미 새인 것이다. 가난뱅이 남편인들, 그 어미의 본능적 희생과 모성애를 조금이라도 덜어 줄 수 있으랴. 그에겐 무심할 만치 눈길조차 주지 않던 그녀가, 어디선가 어슬렁대며 나타난 이미 술을 걸친 듯한 두 사내에게 오종종한 걸음걸이로, 하지만 재빠르게 달라붙는다. 사냥꾼의 주특기는, 먹잇감을 한번 물면 놓치지 않고, 끈덕지게 흥정을 거는 것이다.

그들을 지나 광장의 한가운데, 그는 그 바닥이 둥그런 인조 화강석(花崗石) 블록으로 모양을 낸, 여름엔 무지갯빛의 물줄기를 시원스레 일제히 뿜어 올리는, 그 옆의 생뚱할 만치 서 있는 조각상(彫刻像)—모자를 눌러 쓴 소년이 깡충 올라앉은—을 향해있는, 반원형 무대 위로 올라가 앉는다. 무대 안의 계단식으로 층(層)진 자리였다.

이 앙증맞은 공연(公演) 시설은, 조명등이 설치된 하얀 천장이며 멋스런 외관을 자랑하지만, 소음 문제가 제기되고, 민원(民願)으로 시끄러워지면서 안타깝게도 유명무실한 시설로 전락하고 말았다. 그는 광장에 오면, 이곳에 잠시 앉아 화랑 신도시를 혼자서 음미한다. 아니, 오래전 어떤 순례자(巡禮者)마냥, 그는 두 손을 가만히 무릎 위에 얹었고, 잔뜩 호기심 어린 눈길을 조용히 던지는 그의 행색이나 모습은, 누가 보아도 이곳 사람들과는 다른 이방인인 것이다.

그의 청각과 후각은, 이 순간엔 맑게 활짝 열려 어떤 냄새나 소리도 놓치지 않을 정도였고, 탁할 만치 자욱한 공기 속의 볶고 튀기고 굽고 찌는 기름진 음식들은 수백 가지에 이르고, 온갖 주방들에서 핏물이 뚝뚝 떨어지는 육고기들, 비릿한 생선들, 채소들이 조리되고, 시큼한 술 냄새 또한 마찬가지로 찌든 듯 배어 홍건한 것이다. 거기에 화장(化粧)내, 지린내, 차마 그는 어떤 냄새는 외면하고 싶지만, 저 모텔들의 창을 넘어서 낮밤을 가리지 않고 부유(浮游)하는 듯한 분비물 냄새였다. 그리고 엉기듯 후각을 알싸하게 자극하는 가솔린과 칠(漆) 내는, 모여드는 승용차들과 근처 어딘가에서 새롭게 가게를 열려는 공사가 한창 진행 중일 거라 그는 상상하는 거였다.

다행히 뒤편은 산이라 탁한 공기를 한결 씻어 주었고, 그의 찬찬한 눈길은 건너의 붉고 푸른 조명으로 채색된 상앗빛의 궁전(宮殿) 같은 고층 아파트들로 향한다. 저들의 성실과 땀의 결정체(結晶體), 아니 영혼의 결정체란 말이 더 어울리지만, 모든 걸 바쳐 쌓아 올린 왕국이었다. 어느 브랜드, 몇 평의 아파트, 실은 저 왕국이 저들의 모든 걸 증명해 보인다. 모든 걸, 적어도 이곳에선 누구도 이의를 제기할 일도, 필요성도 못 느낀다.

저 자리에 올라서기 위해 결사적인 건, 모두가 똑같은 심정이고, 목숨까지 바치길 주저하지 않는다. 하긴, 누구라도 이 조용하고도 풍요로운 도시를 폄하해선 안 된다. 그는 저 왕국들의, 외양(外樣)만큼이나 삶의 방식이 거의 비슷한 사람들, 그 저녁을 맞는 분주한 일상을 마친 그들의 모습들, 목소리들이 밤공기에 실려 들려오는 것만 같다.

'오늘 회식이 있어. 상무님하고. 금요일이잖아.' '알았어요. 그래도 너무 마시지 말고 일찍 들어와요.' '알았어.'

'나 곧 도착해. 오늘 까먹지 않았지? 무슨 날인지.' '알지. 우리 러브하는 날이잖아. 갈비찜 했어.' '역시 내 마누라야!'

'박 사장이랑 골프 치고, 한잔했어. 얘기가 아주 잘 됐어!' '추카, 추카,

여보야, 이따 애들 학원에서 픽업한 담에 나랑 축하주?!' '조오치! 곧 들어갈게!'

'여보, 입사 동기들이 한턱내라고 해서 말야. 승진 파티는 내일로 미루자. 미안해.' '까짓거, 알았어! 당신 부장됐으니까, 용서해 줄게!' '고마워.' '오늘은 마음껏 풀어. 그동안 진짜, 우리 스트레스 쌓였었잖아.'

이곳에 세계적 대기업 삼용전자가 자리하고 있다는 건, 저들에겐 신이 내린 축복 그 이상이라 할 만했다. 최고의 엘리트인 직원들 상당수가 거주했고, 그래서 주민들도 더불어 뿌듯한 자부심을 갖는 것이었다. 아무튼, 화랑 인근 도시들엔 수를 헤아릴 수 없는, 협력업체들이 들어선 것이었고, 공장들은 불황을 모르는 것 같았다.

무엇보다, 덩달아 '회식문화'도 제철을 맞은 듯 활짝 꽃을 피웠고, 밤낮없이 돌아가는 공장들, 불타는 태양 주변의 위성들처럼, 도시든 사람들이든 그 반사체들마냥 활기에 찼고, 은총을 누리는 거였다. 그의 눈엔 저들의 흥청망청한 회식문화야말로, 어떤 삶의 지표(指標)를, 영혼의 지표를 뚜렷이 상기시켜 주는 것이었다. 이 광장을, 태양의 황홀한 불빛 속에서 낙원으로 상승(上昇)시키는 것이기도 했다.

배불리 먹고 웃고 떠들며 취하는 낙원, 회식이 필요한 여러 이유들을 들이댄들, 그의 눈엔 슬픈 낙원이었다. 예전엔 순진한 꿈이 있었다면, 오늘 여기엔 이 낙원이 에덴동산으로 자리를 잡았다. 아담과 이브가 살았던 초라한 낙원은, 꿈도 꿀 수 없는 에덴동산이었다. 어디 젖과 꿀 뿐이랴? 이곳엔, 신이 금지한 나무 열매도 없고, 기름진 산해진미(山海珍味)며, 온갖 즐거움으로 가득하다.

누이 좋고 매부 좋고, 이렇듯 상권(商權)이 호황을 이뤄 도시의 풍요를 상승시키는 지표들이야말로, 모두가 더 바랄 게 없는 행복의 지름길이었다.

이 광장에서 하룻밤 배출해 내는 어마어마한 양의 각종 쓰레기들, 특히 음식물 쓰레기는 사람들의 상상을 훌쩍 초월할 정도지만, 더 많은 양을 배출할수록 행복과 풍요의 지표들은, 날개를 단 듯 더 높이 상승하는 거였다.

들리는 바에 의하면, 그 태양이 기침만 하여도 이 광장은 물론이거니와 인근 도시들에도 영향을 끼친다는 건 단지 풍문만은 아니었다. 그 많은 회식 자리에서 크고 작은 사건들이 일어나고, 하청 업체들이야 관심을 끌지도 못하지만, 삼용전자 직원들이라면 다음 날 아침 뉴스거리로 장식될만했다. 다만 그들은 자신들의 명성에 흠이 가는 걸 극도로 꺼린다.

밤에도 직원들의 그런 일탈은 윗선에 곧 보고되고, 전방위적인 물샐틈 없는 차단막은, 가위 그 기업의 위력을 만천하에 보여 주는 셈이지만, 직원들 간 벌어진 성폭행 같은 불미스런 사건들은 거의 언론에 노출된 게 없고, 드러나지도 않는 것이다.

몇 년 전 일이긴 해도, 회식 자리에서 직원 두 명이 살해되는 끔찍한 살인 사건이 발생했지만, 그 밤에 일어난 사건은 날이 새면서 하얗게 지워지고 없더라는 식의 풍문이 여태껏 나돌기도 했다. 인근 도시이긴 했지만, 다른 자리의 손님들과 시비가 붙었고, 잔인하게 칼에 찔려 살해됐다는 것이었다.

아무튼 그런 사건은 곧 소문으로 퍼지는 것이었고, 직원들의 기강을 다잡는 차원에서도 한동안 '회식 금지령(禁止令)'을 내리는데, 이 근방에선, 예전 어떤 대통령이 유행시킨, '골프 금지령'만큼이나 업소들로선 위력(威力)을 실감하는 거였다. 업소들은 엉뚱하게 날아든 돌멩이에 눈탱이를 맞은 격으로, 타격을 입는 거였다.

그 기간이 길어지면 주변 상권이 휘청거린다는 것도 엄살만은 아니어서, 그들은 시장(市長)에게 탄원하고, 시장은 그 기업 사장에게 애걸복걸 하소연하고, 아무튼, 이 도시의 무궁한 발전을 위해서라도 오늘도 무탈한 회식이 되기를 빌어주어야 한다.

그리고 그 능력이 출중한, 애국적 가장들의 무사(無事) 귀환을 빌어 주는 것도 잊지 말아야 한다. 저 상앗빛 궁전들, 그는 그 속을 더 가까이 들여다보는 것이었고, 가족은 단출했고, 더러는 노인을 모신 가정도 있지만, 그건 백에 한두 가정 정도이고, 대부분 자식이 둘이거나 하나, 아주 드물게 셋인 집이 있긴 해도, 그 쏟는 가족애의 끈끈함이란 왠지 더 유별나 보일 정도인 것이다.

그 가족애란 게 지고지순(至高至純)한 것인지는 신도 알 수 없는 노릇이지만, 요즘 같은 시대에 그런 근본주의 잣대를 들이대는 건 옳지도, 공정치도 않다는 저들의 항변은 귀담아들을 만했다. 저들의 성실함, 일밖에 모르는 땀과 희생을 감안하더라도, 그런 진지한 주제를 끌어들이는 건 그들의 감정을 건드는 행위로 간주할 만했다. 저들은, 누구도 그런 주제를 입에 올리길 꺼린다는 건 모두가 잘 아는 사실이었다.

더욱이 이 도시에 만연한, '연애지상주의자'들로선 뜨끔해서, 볼멘 소릴 내지를 만도 한 것이었다. '이 지구상에서 나만큼 책임감 있는 사람 있으면 나와 보라고 해!' 간통죄가 사라진 게 몇 년 전이고, 화랑 신도시나 주변엔 모텔들이 번창하였고, '사랑'에 국경과 장벽이 없듯, 저 열렬한 항변엔 깊은 뜻이 있다. 외도는 차가워진 심장을 뛰게 하고, 책임감, 성실성은 더 공고해지고, 모두에게 이로움으로 승화시켜 준다나.

어쨌든 저 끈끈한 가족애와 연애지상주의자들의 평화로운 공존, 그의 눈엔 언제 분출할지 모르는 '휴화산(休火山)'처럼 보이기도 하지만, 하긴,

그건 휴화산이라기보단 '사화산(死火山)'에 가깝지만, 분출을 영원히 멎은 사화산의 운명을 떠올려도 무방했다. 아무튼 그 사화산의 끈끈한 가족 공동체, 아니 사랑이 밥 먹여 주나? 여러분, 안 그래요? 저 시민들의 나름 설득력 있는 항변이자 외침인 것이다.

다만 저들도 대체로 인정하는 부분이지만, 자신들의 일상에서 무의식적으로 표출되거나 뉴스에서 좀체 사라지고도 않는 저열하고도 각박한 욕구나 욕망들, 지난 개발 시대의 유령이 여전히 어른거린다는 사실이었다. 오늘의 자랑스런 민주시민의 교양과 품격을 현저히 떨어뜨리는 그런 풍경이 치유불능인 건, 그가 보기엔 아무래도 저들의 일상이 한결같이 그 빈혈 같은 욕구들로 가득 찬 탓이었다.

예전 일찍이 외국에서 공부한 학자연한 치들의 주장대로라면 저들은 아직도 덜 떨어진 미성숙한 단계의 국민이란 얘기였고, 오늘날에도 과연 그런가? 그로선 차라리, 풍요도, 민주 시민으로서의 자부심도 가라앉히거나 치유하지 못하는, 저런 저열성(低劣性), 저들의 빈혈은 무엇이며, 그게 더 학문적이고 훨씬 본질적인 질문일 듯싶은 것이다.

인류 변천사에서, 동서양(東西洋)은 공평하게도 자신들의 역사를 써 내려갔고, 적어도 수천 년 그런 흐름은 유지됐고, 근대사에 이르러 서양의 계몽주의나 혁명들과 이상주의가 거대한 격류(激流)가 되어 영혼들을 흔들고 국가와 장벽을 넘어, 하나의 강줄기마냥 인류의 변화를 추동한 걸 감안하더라도, 찬찬히 회상하면, 순전히 자신의 것이란 이유만으로도 열등감에 사로잡히는 건, 인간에게만 있는 특성이었다.

하긴, 모두의 눈을 멀게 했던 눈부신 선진국들, 바야흐로 이성(理性)과 합리주의의 여신이 전(全) 지구적으로 강림(降臨)해 줄을 세운 것이었고, 그토록 마치 '완성품인 영혼들', 후발국의 '모조품 영혼들', 그가 경험한 바로는 그건 기독교의 신앙과도 일치했고, 누구보다 교회가 맨 앞에서 설교하고 찬양했었다.

헌데 지금도 가끔 실소를 머금는 건, 그도 그 학자연한 치들의 살아가는 모습을 좀 알지만, 남을 이기고 올라서야 한다는 강박과 그 의식의 유치찬란함이란. 그들에겐 오직 일류대며 외국 유학은 그 '선진국민'에 이르는 길이었다. 그는, 목사로 사역할 때의 어떤 부부가 떠오르고, 그들은 외국에서 박사 학위를 받아 와 명문대에서 후학을 가르치니, 교회에서도 나무랄 데 없는 모두의 칭송을 받는 부부였다.

자식이 둘이었는데, 딸이 명문대에 연속해서 미끄러졌을 때 부모로서, 아니 완성품 영혼들로서 한탄하면서, 자식이 누굴 닮았는지 모르겠다, 집안의 수치이자, 저건 보나마나 하층민이 될 거라는 거였다. 아무리 저 90년대, 강남 한복판의 교회에서 있었던 일이지만, 그로선 지금도 잊지 못할 수치심을 자극하는 상처였었다.

이 광장에 있으면 그는, 내심 탄성이라도 지르듯 절감하는 거였다. 오늘의 저토록 평등한 인류, 마치 태초의 인간들을 구경하는 기분이었다. 저 포만감(飽滿感)을 위한 욕구 외에, 오늘의 인류를 딱히 정의할 수 있는 게 있을까? 그는 가위 세계적인 평등화의 물결을 떠올린 나머지, 어느 날은 이런 악몽을 꾼 적도 있었다. 둥근 지구를 반쯤 뒤덮은, 그 벌거벗은 호모사피엔스의 한 빛깔 영혼들이라니!

어린 시절 보았던 어떤 광경이 연상됐었고, 길 가 짐승의 사체를 하얗게 뒤덮은 그 쌀알만 한 거대 군단(群團) 같은 유충들. 그 신화 속의 인간은 나뭇잎으로 알몸을 가렸지만, 오늘의 인류는 공장에서 만든 화사한 빛깔의 옷들로 가렸을 뿐이었다.

이곳에선 늙은이든 젊은이든, 어린아이들이든, 또는 직업이 법관이든 성직자든, 택시 운전사나 막노동자든, 그 유충들만큼이나 평등했고, 연령조차도 초월한 것 같은, 저 한 빛깔의 영혼들을 바라보노라면, 그는 자신도 모르게 경탄하는 것이었다.

오, 이 낙원에선 어린애나 노인도 구별할 수 없구나! 나이는 단지 장식일 뿐, 저 백발 노인네의 모습이란 게 젖먹이들과 뭐가 다른가?! 누가 성직자이고, 누가 저잣거리의 영혼들이란 말인가? 법정의 법관과 저 부동산 중개업소에 앉아있는 사람을 여러분은 구별할 수 있나요? 이 신천지(新天地), 평등한 영혼들의 낙원.

모두들 가뿐해진 얼굴들, 어른스러움이나 고상함 같은 거추장스러움은 이곳의 햇살, 공기와는 어울리지도 않았고, 저 영혼들이 내지르는 즐거운 비명과 행복감은, 그 생물의 가장 원초적이고도 본래의 모습을 상기시켜 주기에 부족함이 없는 것이다.

그는, 감히 고백하건대 평생 살아오면서 이렇듯 평등한 세상을 보게 될 줄은 꿈엔들 상상도 못 한 것이다. 아무튼 좀체 달래지지 않는 그런 팽배한 욕구불만은, 저 시민들의 넘치는 '사랑'보다는 한결 어떤 진실의 얼굴을 명징하게 드러내 보인다는 점이었다. 그리고 그 진실을 전제하지 않고, 이 도시의 제 현상(題 現狀)을 운위하는 건, 그거야말로 길을 잃고 마는, 장님 코끼리 만지기나 다름없는 것이었다.

그렇더라도, 이 신도시는 화랑이란 역사성을 띤 이름과 걸맞게 사람들이 성실하고, 삶의 모습도 그 산뜻한 분위기와 무척 어울려 보인다. 이곳에서도 사람들이 자살을 하지만, 다른 도시들에 비하면 그 비율이 현저히 낮을뿐더러, 극히 양호한 편이라는 평가였다. 아마 얼마 전까지만 해도 그동안 이 도시에서 있었던 가장 떠들썩했던 뉴스거리라면, 아파트 수십 채를 사들인 어떤 작자와 그 세입자들 간의 지루한 소송전(訴訟戰)

이었다. 그 소송전은 몇 년에 걸쳐 잊을만하면 뉴스를 타곤 했었다.

화랑신도시도 건설된 초기엔 미분양 아파트가 많았던 데다, 실거래가와 전세가의 차이가 크지 않아, 당시엔 누구도 선뜻 시도하지 않은 그자의 먹잇감이 된 것이었다. 곧 갭투자란 경제 용어가 전해졌었다. 어쨌든 그 생소한 경제 용어를 전파한 공로자(?)는, 수집(收集)하듯 그런 식으로 아파트를 사들인 거였다. 당시 인근 도시에 거주했던 그는, 마치 뿌연 흙탕물 속의 눈먼 메기를 떠올리게 했고, 아가리가 몸체보다 더 커 보이는 그 시커먼 물고기는, 움직이는 무어든 삼키고 보는 것이다.

그자는 움직이지 않는 집만을 삼키는 게 다르긴 했지만, 그 삼키는 본능 외엔 무엇도 떠올려지지 않는 '괴생명체' 같은 존재. 그 사건이 전국적인 뉴스가 된 건, 개발 당시부터 화랑 신도시가 풍선처럼 띄워진 데다, 더욱이 그는 전국의 여러 도시에 그런 방식으로 수백 채의 주택을 사들인 사실이 속속 드러나면서 더욱 놀라움과 사람들의 경탄을 자아내게 했던 것이다.

단기간에 아파트값이 뛰지 않자 그는 파산(破産) 위기에 몰렸고, 아니, 이미 파산 상태였고, 곧 아파트들은 법원에 의해 경매에 부쳐지기 시작했다. 그 상황에서도 그는 상당히 준비한 부동산 사업가답게 세입자들에게 큰소리친 것이었다. "당신들, 전세금을 날리고 싶지 않으면 이번 기회에 아파트를 장만하는 방법밖엔 없어, 선택은 자유지만!" 세입자 상당수가 울며 겨자 먹기로 빚을 내 아파트를 떠안는 촌극이 벌어진 것이다.

하기사 그런 사건은 사람들의 반응에서도 여실히 증명되고도 남음이 있지만, 이 신도시의 명예에 큰 흠집을 내는 일은 아닌 것이다. 누구라도 그런 갭투자를 할 수 있다는 거였고, 다만 일이 뜻대로 풀리지 않은 게 문제지, 그 무모한 베팅이 성공했다면, 그는 부동산 투자의 귀재(鬼才)마냥 부러움과 찬사를 받았을 거라는.

그런데 명예에 흠집 정도가 아니라, 화랑이라는 이름에 쓰라린 타격을 입힌 사건이 작년 봄에 일어난 건, 화랑 주민 모두가 인정하는 바였다. 어차피 언젠가는 한 번쯤 일어날 수밖에 없는 사건이라고 애써 위안 삼지만, 그 짧지만 산뜻하고도 깨끗한 도시 이미지에 드디어, 피가 튀기는 잔인한 살인 사건이란 점에서, 마치 순결을 빼앗긴 처녀마냥 달래지지 않은 허탈한 얼굴들을 그는 떠올릴 수 있는 것이다.

그 사건도 텔레비전에 실시간 보도될 정도로 전국적인 관심을 모은 건, 순전히 화랑신도시이기 때문이었다. 어쨌든 이 도시는, 그런 잔혹한 범죄와는 어울리지 않는, 어딘지 '우아한 새색시' 같은 아우라를 지녔고, '어떻게 저런 끔찍한 범죄가 화랑신도시에서 일어날 수 있지?' 하며 놀란 반응들도 일견 이해가 됐던 것이다.

그는, 그 사건이 일어났던 날을 뚜렷이, 어제 일처럼 기억하는 것이다. 오월의 햇살이 센트럴파크며 그 거리에 넘칠 듯 차올라서 기분 좋은 현기증을 자극했던, 공원엔 주민들이 한가롭게 산책하고, 함께 나온 반려견(伴侶犬)들도 신이 났고, 주변의 부쩍 늘어난 프랜차이즈 커피점들의 옅게 선팅된 유리 너머로 삼삼오오 모여 담소를 나누는 사람들, 주변 스크린 골프장에선 딱―! 공을 때리는 경쾌한 소리, "나이스 샷―!", 모두들 풍요로움을 만끽하던 시간.

그날 정오쯤이었을까, 갑자기 그 살인 사건이 뉴스로 전해진다. 살인자는, 화랑신도시의 산뜻하고 깨끗한 얼굴에 깊은 흉터를 내려 작심한 짐승 같았다. 내 증오심의 칼맛을 보아라! 희생자야말로, 그의 눈엔 애꿎게 당한 피해자 같았다. 헤어진 전 여친이란 게, 그 사내에겐 증오의 명분이었고. 사십 대 초반의 건장한 체격을 가진 사내는 그녀의 집을 찾아가

칼로 잔인하게 난도질한 것이었다.

그녀의 새 남자 친구도 칼에 찔렸지만 생명엔 지장이 없었고, 그녀를 향해서는, 그날 그토록 따사롭게 내려앉는 햇살 외엔 다른 설명이 불가할 정도로, 포악한 짐승이 형체를 알 수 없을 정도로 물어뜯은 것처럼 난도질한 것이었다.

그리고 퍽 이채로운 광경이 펼쳐지는 것이다. 경찰 수백 명이 동원돼 화랑신도시를 물 샐 틈 없이 포위하고 살인마를 쫓았다. 살인마는 그런 포위망쯤은 문제없었다. 그 쫓고 쫓기는 추격전은 텔레비전 화면을 통해 거의 실시간으로 보도되었고, 그 시원스런 도로며 산뜻한 신도시의 풍경, 그 인근 산을 훌쩍 뛰어넘어 살인마는 벗어났고, 골프장이 많은 산들을 타고 넘어, 보란 듯 따돌리고 도망친 것이었다.

그는, 그 화면 가득 비친 살인마의 각진 얼굴, 건장한 체격, 그때 그는 그 사내의 포악한 잔인성이 무척 인상적이었다. 그녀가 숨이 끊긴 걸 알고도, 그 사낸 칼부림을 멈추지 않았고, 집안은 피로 물든 것이었다. 또, 민첩한 몸놀림으로 산을 오르며 뒤를 돌아보는 사내의 얼굴, 그 건강한 야수(野獸)의 뛰는 심장소리, 충혈된 눈빛, 흐르는 땀과 햇살, 저 아래 내려다보이는, 산뜻한 화랑 신도시.

이 나라에서 살인자가 숨는다는 건, 신의 치마폭에 숨어도 벗어나긴 불가능했다. 거금의 현상금이 내걸린 데다, 그 각진, 떡대 좋은 몸집과 얼굴이 이미 텔레비전 화면에 공개된 상태인지라, 다른 도시에서 택시 기사의 신고로 검거 일보 직전에 흉기로 자해(自害)해, 살인마다운 최후를 맞은 것이었다.

2

✝

　찬찬한 그의 눈빛은, 어느 순간 더욱 부풀어 오르는 허공을 향했고, 토해내는 숨결과 함께 광장의 한복판으로 돌아와 잠시 머문다.

　문득 그는 허기를 느꼈고, 아침 겸 점심을 간단히 먹은 후론 빈속이어서 이젠 꼬르륵 창자가 참았던 비명을 지른다. 그는 서둘러 몸을 일으켜 일어선다. 참, 오늘은 어느 편의점이었지? 하며, 그는 무대를 내려와 걷던 걸음을 멈추고는, 눈을 껌벅이며 기억을 더듬는다. 헌데 오늘따라 그 '순번(順番)'이 선뜻 떠오르지 않는다. 이런 멍충이! 그는 내심 자신을 타박하며 얼굴은 찡그린 듯 미간을 세워 더듬는 것이다.

　그래도, 이 광장에도 그가 한 끼를 해결할 데가 있다는 건, 든든한 위안인 것이었다. 어서 기억을 되살려 익숙한 공간을 찾아가면 되는 거였다. 광장은 모든 게 비쌌고, 식당들도 거의 유명 프랜차이즈 간판을 걸었고, 하지만 여기에도 여러 곳의 편의점이 있고, 그로선 늘 감사한 마음으로 그 '보이지 않는 손'의 자비를 떠올릴 만도 했던 것이다.

　그 녹색이나 청색, 빨강색, 주황색 등의 편의점들은, 그에겐 천사의 옷빛깔이나 진배없을 정도였다. 아무튼 그 수혜자로서 매일 한 끼 해결할 때면, 그는 편의점을 돌아가면서 이용했다. 일주일이면, 광장 모든 편의점의 김밥을 먹어보는 셈이었다. 그는 자신이 그리 영양가 있는 고객이 아닐지언정, 어쨌든 그렇게라도 고마움을 갚고 싶은 것이다.

그 웃고 떠들던 젊은이들은 어디론가 사라지고 없었고, 대신 그 자리엔 유흥업소에서 나온 하얀 패딩을 걸친 늘씬한 아가씨들, 그녀들은 언제 보아도 그 하이힐에 긴 다리며 화장을 한 작고 동그마한 얼굴, 긴 목, 커다란 앞가슴, 눈썹 짙은 까만 눈망울로 광장 분위기를 살피는 모습은, 영락없는 호숫가의 하얀 고니들 같았다.

이곳 유흥업소들은 서울 강남에도 뒤지지 않을 만치 물이 좋다는 평가였고, 그녀들의 하얀 패딩은 한 눈에도 고급스런 우아하고 푸근한 털빛깔이었고, 문득 그 눈망울들이 어딘가로 쏠린다. 소매점 근처의 지하 주차장으로 연결된 엘리베이터 문이 열리면서 몰려나오는 그 허물없는 모습들이, 적어도 노는 덴 죽이 맞아 보이는 삼십 대 후반쯤의 사내들이었다. 앞장서 걷는, 키가 작달막하고 어깨가 떡 벌어진 사내가 담배 연기를 후후 불어 제치며, 농지거리로 동료를 도발하는 것이었다.

"오늘 불금을 즐겨 보는 거야! 하수야 넌 진짜, 그 이름이 후져서 말야!"

반보쯤 뒤처져 걷는 두 사내 중 멀대처럼 키가 큰 사내가 팔자걸음으로 웃으며,

"흐흣, 즈그 아부지 성함은 대수라지 아마?"

그러자 좀 어수룩해 보이는 중키의 깡마른 사내는 의기양양한 얼굴로 말했다.

"니들 그래 봐야 10분, 15분이거딩!"

사뭇 의미심장한 어퍼컷이라도 날린 듯한 표정이었고, 누구도 더는 토를 달지 않았고, 그들은 하얀 패딩의 그녀들을 힐끗대며 지껄이는 거였다.

"여긴 쫌 비싸!"

"비싸지. 그래도 인계동보단 물이 좋잖아."

"물이야 좋지!"

순간 목을 길게 뽑듯 고니들의 까만 눈망울들이 반짝거렸고, 안 보이던 호객꾼 아줌마가 어디선가 잽싸게 나타나 사내들에게 찰싹 달라붙는다. 하지만 그녀들은 멀뚱히 관망하는 자태를 흐트러뜨리지 않았고, 그는 퍼뜩 전날 이용한 편의점을 겨우 기억해 낸다. 그래, 오늘은 소방서 옆 씨유(CU)지, 호객꾼 아줌마에게 영락없이 걸려든 먹잇감마냥 붙들려 있는 사내들을 바라보며 그는 씨익 웃었고, 발걸음을 재촉하는 거였다.

그는 왼쪽 다리가 신경 쓰여 내딛는 힘을 세심히 조율하며 걸었고, 광장을 가로질러 길 건너의 화랑1동 행정복지센터 건물을 바라보며 큰길까지 걸었고, 좌회전, 서너 블록 걷다 보면 사거리에 이르고, 다시 좌회전, 소방서 건물을 끼고 돌면 그 편의점이었다.

유리창 너머로 오늘도 어김없이 이십 대인지, 삼십 대인지 ─어느 땐 사십 대로 보이기도 하는 대머리 사내가 바지런히 움직이는 게 보인다. 물품들을 진열하는 손놀림이나 동작 하나하나에서 소심할 만치 깐깐한 성격이 느껴지는 사내였다. 그는 친근감을 느끼지만, 이 사내는 정작 누구의 관심도 사절할 것 같은, 좀 독특한 인상인 건 사실이었다.

언제나 마치 일에 과몰입한 사람처럼, 거의 표정도 없었고, 헌데 그는 이 사내를 가만히 지켜보면, 문득 짓궂고도 엉뚱한 상상을 하는 거였다. 대머리에 입을 씰룩이는 게 왜 염소가 떠오르는지 알 수 없었다. 물론 턱도 뾰족한 데다 듬성듬성 난 수염, 오므린 작은 입은 말 없이 씰룩였고, 그는 자신의 상상이 지나쳐 진실로 미안한 마음이 들다가도 슬며시 웃음을 짓게 되는 거였다.

편의점 안으로 들어간 그는, 사내를 향해 눈을 맞추기라도 하듯 "반가워요." 웃으며 말을 건넸고, 시간 들일 것도 없이 늘상 먹는 한 종류의 컵라면과 김밥 한 줄을 산다. 그가 먹는 김밥은 전통식(式)에 가까운 김밥이었다. 사내는 그 무표정한 얼굴로 오므린 입을 씰룩이며 계산을 하고, 바지런히 하던 일을 이어간다.

그는, 괜한 짓궂은 웃음을 숨기듯 지우며 컵라면 용기에 적당히 뜨거운 물을 받아 구석의 테이블에 자리를 잡고 앉는다. 탁자 위나 바닥은 반질반질 윤이 날만치 깨끗했고, 김밥을 올려놓고는, 아우성인 빈속을 달래려 그는 우선 김밥 한 조각을 나무젓가락으로 들어 입에 넣는다. 오늘따라 김밥이 입에 착 달라붙는다. 단무지며 시금치, 우엉, 햄, 달걀, 그는 담백한 맛을 음미하며 천천히 씹는다.

또, 김밥을 먹을 때면, 아주 오래전, 아니 한 세기(世紀)는 지난 것 같은, 예전 신혼(新婚) 시절이 어슴푸레 떠오르기도 한다. 가슴 안엔 시퍼런 멍울이 그대로지만, 희한할 만치 세월은, 그 멍울조차도 감싸 안아서, 겨울 홍시 같은, 아련한 빛깔로 남았다. 선홍빛의 홍시는, 이젠 곰삭아서 달큼한 느낌마저 드는 것이었다.

정녕, 꿈이라도 꾼 세월이었을까. 그는 자신의 걸어온 길이, 이젠 너무 낯설어서, 아니 점차 낯설어지더니 어느 순간부터는 꿈결로 화(化)한 기분이 들곤 한다. 과연 그 시절이 다시 온다면, 그런 길을 갈 수 있을까.

시집오기 전에 밥을 지어 본 적도 없는, 그의 아내는 그 홀쭉하거나 배가 터진, 김밥을 만들어 내놓곤 했었다. 몇 년 전만 해도, 그는 어디서건 김밥을 먹지 못했다. 다른 건 몰라도, 왜 김밥이 그토록 잊히지 않고 아프기만 한지 알 수 없었다.

그는 라면이 부풀 동안 절반을 먹고, 절반은 라면 국물을 후후 불며 같이 먹으면, 한 끼로 충분할 만치 배가 든든해지는 것이었다.

그가 김밥과 컵라면을 먹는 동안, 사내가 일을 하면서 지금 매장 안에 있는 손님의 존재를 몹시 의식한다는 걸 안다면, 아마 그는 물론이거니와 이곳을 드나드는 모든 사람은 좀 놀랄 것이다. 사실 이 사낸 겉보기완 달리 속은 별종인 구석이 있다. 일에 과몰입한 듯 보여도, 어이없게도 사내는 병적일 만치 주변 사람을 몹시 의식했고, 일부러 무표정한 모습을 가장하는 셈이었다.

사내는, 냄새를 풍기며 컵라면과 김밥을 맛있게 먹는 그에게 눈길 한 번 주지 않으면서도, 내심 이런 생각을 하는 거였다. 저 손님은 자신이 먹은 걸 언제나 깨끗이 치우지. 좀 웃긴단 말야? 국물 한 방울, 밥 한 톨 떨어뜨린 적이 없어. 우습지 않아? 곧 들어올 물품들, 그리고 진열장 안의 유통기한 날짜가 임박한 도시락과 삼각김밥 같은 냉장 식품들을 하나하나 확인하면서도, 혼자 입을 씰룩이며 손님을 나름 평가하는 거였다.

사실 이 청년은 이십 대 후반으로, 손님들에 그리 무신경한 것도 아니었고, 어쩌면 그가 빙그레 웃으며 상상하는, 성서 속의 그 애꿎은 슬픈 짐승 염소야말로 퍽 어울리는 모습인지도 모른다. 의도한 바는 없지만, 청년은 손님들의 어떤 특징이랄까, 머릿속에 한 번 기억되면, 오래도록 잊히지 않았고, 그런 눈썰미 하난 타고난 것이었다.

그는 어릴 적부터 주변 사람들을 깜짝깜짝 놀라게 한 적도 있고, 그 성장사(成長史)엔 나름 눈여겨 볼만한 흥미로운 부분도 여럿 있었다. 가령, 문방구를 운영했던 어머니가 아들의 싹수를 보았던 사건도 그중 하나였고, 하루는 갑자기 급한 일이 생기는 바람에, 다섯 살 아이를 문방구에 놔두고 온종일 밖에 나가 있었는데, 그날 다녀간 많은 학생과 어른들을 하나도 빠짐없이 다 기억해 냈다는 것. 거기에 누가 무얼 샀는지,

또 그냥 왔다 갔는지, 아무튼 그 덕에 그날 사라진 수채화 물감과 팔레트를 훔쳐 간 학생을 찾을 수 있었다.

부모는 그런 자식에게 어릴 적부터, "넌 공무원이 되면 승진도 하고, 잘될 거다"며 말하곤 했었고, 어쨌든 자랄 때 그를 따라다녔던 그런 일화는 주변 사람들에겐 잘 알려진 얘기였다. 그런데 가족들이나 남들은 모르는, 평생 혼자만의 비밀일 수밖에 없는 한 사건은 청년에겐 자신이 남다른 걸 절감한, 아니 어찌 보면 그 '염소'의 진면목이 여실히 드러난, 잊으려야 잊을 수 없는 사건이 되었던 셈이었다.

중학생 때의 일로, 당시 그 지역에선 학생들 사이엔 공포스럽고도 흉흉했던 사건(?)이 연이어 일어났었다. 밤길에 여학생들에게 몹쓸 짓을 하는 그 '악마'가 바로 자신의 담임선생님이란 걸, 맨 처음 알아본 게 그였던 것이다. 향수 냄새를 풍기며 국어를 가르쳤던 담임선생님. 어느 날 수업 시간에 여학생들을 바라보는 눈빛이며 손길에서, 머릿속에 번갯불이 번쩍이듯 그 치한(癡漢)을 떠올렸고, 그건 의심의 여지 없는 확신이었다!

온 우주의 시간이 까맣게 멈춰버린 것 같은, 그 혼자만의 무서운, 지옥 같은 시간들, 시름시름 앓듯, 새 학기인 봄을 지나 여름, 가을이 지나갔고, 누구에게도 말할 수 없어, 그는 담임선생님을 피해 수업을 빼먹거나 달아나곤 했었다. 헌데 '문제아'로 선생님들의 눈 밖에 날 즈음, 담임선생이 일신상의 이유로 학교를 떠난 것이다. 그도 제자리로 돌아왔고, 그 흉흉했던 소문도 가라앉고 사라진 것이었다.

아무튼, 청년에겐 그가 처음 편의점에 왔을 때부터 그 인상을 기억하는 건 어찌 보면 자연스런 일상적인 일이기도 한 것이었다. 그 웃는, 어딘지 실속 없어 보이는, 만만찮은 얼굴? 또, 그 옷차림이며 손에 들린 휴대폰과 배터리, 늘상 김밥에 컵라면을 사 먹는 걸 보면 틀림없는 대리기사라는 것, 그리고 그가 화랑이 아닌 주변 도시 어딘가의 원룸에 혼자 사는 중년의 이혼남일 거라는 등등.

오늘따라, 손님의 실없이 웃는 모습이며 구두 뒤축이 반듯하게 닳은 걸 떠올리며, 사내는 불쑥, 설마 교회 목사였겠어? 이런 혼자만의 생각을 곱씹는 거였다. 웃기는 손님은 맞아. 그런데 청년의 머릿속엔, 그런 생각은 극히 일부일 뿐, 실은 그 순간에도 오늘 외어야 하는 영어 문장들을, 반복해서 쉼 없이 읊조리는 거였다.

입을 씰룩이는 것처럼 보이는 건 그 때문이었다. 번번이 시험에 떨어지면서, 경찰이 되는 목표를 내려놓은 후, 아니 정확히는 재작년부터 새로운 목표를 향해 청년은 소리 없이, 활활 불태우듯 매진 중이었다. 오히려 지금의 그토록 뚜렷한 목적의식, 하루하루 자신의 한계를 시험하는 그 악바리 같은 모습은 "이렇게 공부했으면 뭐든 붙었을걸?!" 나름 힘주어 자평할 정도였다.

알바 생활을 하면서도, 적어도 재작년까지는 청년은 자신이 불행하다고 여긴 적은 없었다. 처음으로 자신의 모든 걸 주고 싶지만, 아직은 희망뿐이었던 그 '운명적인 첫사랑'과 맛있는 걸 먹고, 커피를 마시고, 영화관에도 가고, 원룸에서 사랑을 나눌 때의, 그 불안 속의 오히려 뜨겁게 달아올랐던 시간들은, 아마 먼 훗날 그가 사라지더라도 영원히 기억 속에 살아있을 것만 같았다.

가녀린 몸에 까만 눈이 예뻤던 그녀는, 화장품매장에서 일하는 걸 보면 한 마리 나비처럼 사뿐거리곤 했다. 그는, 운 좋게도 어쩌다 그 나비를 낚은 것이다. 그녀는, 그를 만날 때면 강아지 인형을 사곤 했고, 그 인형들에 별나고도 예쁜 아기 이름을 지어 불러 주고는 했다. 깨롱이, 잼잼이, 씽씽이, 뿡뿡이, 살살이, 사랑을 나누며 "나 뭐든 할 수 있어, 민지?"

하며 힘주어 말하곤 하는 그에게, 생긋 웃으며 "응, 믿어." 귓속에 입김을 뿜으며 속삭여 주곤 했던 그녀였다.

손안의 그 나비의 불안감이 현실로 닥친 건, 재작년 어느 토요일 아침이었고, 심장이 쿵 떨어지는 듯, 그때 그는 하늘이 샛노래졌었다. 언제인가 결혼을 하게 되면, 애 둘은 꼭 낳아 기르겠다는 남다른 집착을 보였던 그녀로부터 이런 문자를 받은 것이다. '우리 이제 그만 만나. 나, 진짜 오래 생각하고 고민했어. 잘 지내, 안녕.'

알고 보니 그녀를 채간 놈이 공무원 시험에 합격한, 친구는 아니지만, 같은 학원에 다닌 데다 서로 얼굴을 아는 사내였다. 화장품매장이 그 학원 근처라는 것 외엔 어떻게 그들이 알게 되고 가까워졌는지는 그로선 알 수 없었다. 알바를 시작한 후로, 그때 처음으로 며칠 동안을, 일도 안 나가고, 방에 틀어박혀 거의 아무것도 먹지 않았고, 그는 흔적도 없이 땅속으로 꺼져 들어 사라지고만 싶었다.

심장이 찢긴 것 같은 통증은, 시간이 지나자 무감각해졌고, 어렸던 눈물도 말랐고, 잠시 의식을 잃었던 것도 같지만, 긴 잠에서 눈을 떴을 땐 초저녁이었다. 가느다랗게 비쳐들던 햇살, 희부연한 먼지 가득한 공간 속의 겨우 숨이 붙어있는, 벌레 한 마리. 못생긴 벌레였고, 문득 그 눈에 차올랐던 눈물 한 방울이라니. 사람의 눈물이라기엔 그 벌레의 눈에 고인 것 같은 생경한 감촉, 마치 그 새빨간 방울이 스며들어 마르는 걸, 간질거리고 거북한 걸, 그는 미동도 않고 오래도록 있었다.

어쨌든 그 일 이후로 청년의 삶은 자신이 생각해도 백팔십도로 사람이 달라진 것이었다. 탈모 끝에 대머리가 된 것도 그때 이후였지만, 새로운 목표도 생긴 것이었고, 아직 정해진 나라는 없지만, 다행히도 이 지구상엔 수많은 나라가 있고, 어떤 곳이든 떠나 새롭게 시작하겠다는 유일한 목표요 희망이 그것이었다.

편의점 알바를 마치면, 청년은 한 가지 일을 더 했는데, 광장의 밤업소 주방에서 새벽까지 그릇을 닦았다. 일을 마치면, 불태워버린 몸과 의식은 뿌연 잿가루마냥 스러져버릴 것 같지만, 그 목표를 위해서라면 그는 이보다 더한 독종이 될 수도 있었다.

하필 오늘은, 원룸에 어머니가 올라와 있어, 그는 온종일 마음이 심란했고, 그 '징그런 모성애'를 떠올리는 것만으로도 극심한 스트레스였다. 언제인가 훌쩍 떠나면 다시 볼 수 없는 어머니지만, 이 순간엔 더없이 홀가분한 기분을 상상하는 것만으로도 한결 위안이 되는 거였다. 입을 씰룩이며, 청년은 더 바지런히 움직인다.

그가 컵라면 용기에 나무젓가락을 넣어 쓰레기통에 치우고, 휴지로 탁자 위를 훔치고는 자리에서 일어나는 걸, 청년은 '역시 오늘도, 실속 없는 인간인 건 맞아.' 내심 냉소하듯 평하는 거였고, 그로선 이제 저녁 식사도 해결했겠다, 든든한 걸음걸이로 편의점을 나선 것이다. 휴대폰 화면의 대리기사 프로그램 앱을 켰고, 점차 달아오르는 광장의 열기가 느껴졌고, 사람들도 눈에 띄게 불어나 있었다.

그의 발걸음은 다시 광장 중앙으로 향한다. 지금쯤 대리기사 천막이 쳐질 시간이었다. 분수대 근처 한편에 조립식 천막을 치고 있는, 커다란 덩치의 사내가 그의 눈에 들어오고, 덩달아 숨결이 차오르면서 발걸음에 속도를 내어 다가간다. 그는 도우려는 것보단, 어떤 상황 속으로 자신이 빨려드는 듯한 기분인 것이다.

환한 불빛 속, 그 가장자리를 찾아든 나방마냥, 그의 표정은 상기됐고, 한걸음에 다가가 사내를 거든다. 박태주(朴泰柱)는 반가운 기색보다는 역시 시큰둥한 말투로,

"오늘도. 일등이네?" 한다.

"일등은 박 사장이고, 나야 출근이라도 일찍 해야….".

그는 일 년 넘게 이 천막에서 일을 시작하는 데도, 묘한 흥분과 긴장은 좀체 덜어지지 않았고, 이 사내 또한 마찬가지인 것이다. 마치 '생활의 달인'들을 체험하는 것 같은, 그 물씬한 수컷들 냄새라니. 하긴, 술 마신 손님들 운전이나 대신해 주며 밥을 버는 존재들이지만. 박은 오늘도 컬러풀한 헐렁한 재킷에, 넓은 통바지며, 몸통이 드러나는 티셔츠, 그 움직이는 걸 보면 에너지가 철철 넘쳤고, 리드미컬했다.

그는 박력 있는 손길에 맞춰 거들면서도, 연배로 치면 한참 아래인 박의 두룩한 눈빛, 그 내뿜는 에너지에 자신도 빨려드는 것 같다. 그의 눈에 박은, 언제나 흥미롭고도 사람의 타고난 강한 어떤 특질이랄까, 그 영혼의 허황됨을 광장의 불빛 아래 그토록 적나라하게 드러내 보이는 건, 언제나 참 신기한 것이었다.

천막을 씌우는 작업은 금방 끝났고, 봉고차에서 안에 설치할 것들을 꺼내 오고, 이제 그가 거들 수 있는 건 고작 플라스틱 의자들을 안에 펼쳐 놓는 것 정도다. 그제야 그는 한시름 놓은 얼굴로 박이 민첩하게 움직이는 걸 지켜보는 것이다. 박은 사무용 책상이며 그 위에 노트북 컴퓨터며, 카렌다, 한구석에 커피머신을 설치했고, 전깃줄을 끌고 나가 옆 건물 콘센트에 연결하면 작업은 끝나는 셈이었다.

그는 천막 밖에서 담배를 꺼내 불을 붙였고, 박을 바라보며, 늘상 떠올리는 '깃발'을 상상하며 슬며시 웃는다. 이 천막은 박에겐 일종의 놀이터였고, 이제 그 깃발을 꽂은 셈이었고, 마치 팡파르를 울리는 깃발인 것이었다. 아마 박은 어디에 갖다 놓는대도 그 깃발을 꽂을 수 있는 곳이라면, 금방 자신의 놀이터로 만들 위인이었다.

천막 안으로 들어간 그는 의자에 엉덩이를 걸쳤고, 혹시 일찍 올라오는 콜이 있을까 대리 앱에 시선을 고정한다. 보통 오후 일곱 시는 돼야 콜이 보이기 시작했다. 오늘은 어떤 곳을 여행하게 될까, 온갖 도시들, 마을들, 이제 그는 이 나라 어디든 밤의 여행을 떠날 참이다. 엊그제는 강원도 속초로 들어가는 콜이 올라와 잡았는데, 이 광장에서 그런 콜은 극히 드문 데다 누구도 거들떠보지도 않았다. 더욱이 목적지가 시내 아파트 단지나 도시에 있는 어떤 기관들이나 명칭이 아닌, 도로명과 번지수로만 올린 콜은 속임수가 있는 것처럼 꺼림칙해서 누구도 잡지 않는 것이었다. 청년 시절 몇 번 여행을 갔던 그곳을, 그는 밤에 들어간 셈이었고, 역시나 바닷물이 하얗게 부서지며 으르렁대는 해변 마을의 펜션이었다. 택시를 불러도 잘 들어오지 않는, 외진 곳이어서, 그 사십 대로 보이는 남자 손님은 망설이는 듯하더니 뜻밖의 제안을 했다.

"시내로 나가는 버스를 타려면 두 시간쯤 걸어 나가야 합니다. 막차 시간도 간당간당하고. 괜찮으시면 여기서 자고 내일 아침에 출발하는 편이 나을 것 같아서요. 버스 타는 곳까지 차로 태워 드릴 수 있고."

그는 그의 서글서글한 인상을 다시 본 것이었다. 그런 친절은 흔치 않았고, 예기치 않게 하룻밤 신세를 진 것이다. 그런데 펜션에 도착했을 때 그들을 맞았던 동거인(同居人)은, 그 손님과 비슷한 연배의 남성인 데다 처음엔 친구이겠거니 했는데, 아침에 앞치마를 두른 모습을 보고 그는 좀 당황한 것이다.

그들 틈에서 아침밥까지 얻어먹었고, 어딘지 깨 볶는 것 같은 동성 커플이란 확신이 들었을 땐, 그는 식탁에 차려진 음식들이 달리 보였고, 손맛이 남다른 정갈한 음식들이 놀라웠고, 마치 그들만의 은밀한 행복을 그도 무사히 얻어먹은 기분이었다.

아무튼 그런 음식 맛은, 난생처음이었고, 식사 후엔 차로 시내까지 바래다주었고, 덕분에 그는 오랜만에 속초 시내를 구경하고 올라온 것이었다.

또 얼마 전엔, 파주로 가는 콜을 잡았는데 이번에도 도로명과 번지수로 올라왔고, 누구도 잡지 않는 콜이기에 그의 차지가 된 거랄까. 그때도 깊은 산 속에 조성된 주택단지였고, '하늘정원'이란 입간판이 어울릴 만치 밤인데도 그림 같은 집들이 들어서 있었다. 정년을 마친 공무원들이 하나둘 모여들어 형성된 마을이란 거였고, 그의 손님들도 교원(敎員)으로 평생을 봉직한 부부였고,

입을 닫은 남편보다는 부인이 동정 어린 눈빛으로 그에게 말했다. 남편은 그런 부인의 친절이 못마땅한 게 얼굴에도 역력해 보였다.

"어쩌죠? 이곳에선 나가기가 힘들 텐데."

"괜찮습니다. 운 좋으면 택시를 탈 수도 있고요."

"그럼…"

"안녕히 계세요."

그는 부엉이 우는 으슥한 산길을, 아마 두어 시간은 걸어 내려왔었다. 그나마 운 좋게 시골 밤길에서 택시를 잡아타고 시내로 나온 것이다. 그 온갖 종류의 동행자들, 어쩌면 그는 여기에서도, 유일한 밤의 여행자라 할 만했다.

그는 짐짓 여행자의 떠나기 직전의 어떤 '모험심'과 호기심의 설레는 감정은 낯설면서도 자신의 영혼에 베풀어진 선물인 듯 느껴진다. 누군가에 필요한 존재라는 거. 거리낌 없이, 망설임 없이, 안전하게 누군가를 목적지까지 운전해 준다는 거.

문득 그는 책상의 컴퓨터 앞에 앉은 박의 커다란 등짝을, 슬쩍 바라

보기도 했고, 컴퓨터를 잘 다루는 박은 이 낙원의 손색없는 '문명인(文明人)'이다. 그는, 자신과 이 사내중 누가 더 문명인다운가? 그런 어이없는 상념에 잠긴 적도 있고, 이 순간에도 그는 자신보다는 박이야말로 문명인다운 걸 새삼 깨닫는다. 이 불빛 가득한 낙원의 손색없는 문명인.

박은 언제나 최신형 휴대폰과 노트북 컴퓨터를 사용했고, 그 방면 지식도 꽤 있는 것 같았다. 컴맹인 그는, 휴대폰도 기본적인 것 외엔 잘 활용할 줄 몰랐고, 도태되어 사라지지 않고 그나마 밥을 벌어먹으며 살아남아있는 것도 용한 것이다. 무엇보다 박은, 에스엔에스(SNS)에 자신의 주장을 수시로 올리는 것 같았고, 그 내용들이 어떤 건지는 대충 짐작은 가지만, 어쨌든 사람이 달리 보이는 건 사실이었다.

전문대를 나와 제약회사에서 일한 경력이나, 여러 사업에 뛰어들었던, 나름 현대인으로서 누릴 걸 누리며 살아온 사내였다. 그는 어느 날은 박을 바라보다, 얼마 전까지 지구촌 뉴스의 가위 독보적인 존재였던, 미국의 트럼프를 떠올린 것이었다. 한때 최강국 대통령을 지낸 트럼프로선 몹시 거슬리겠지만, 박과 그 덩치 큰 백인은 여러모로 닮은 데가 있었다. 이 광장이 아닌, 인류의 낙원을 떠올려 봐도, 그의 눈엔 저들은 현대인을 대표한다 해도 손색이 없는 것이다.

상남자 포스에도, 박은 호불호가 분명했고, 덩치에 어울리지 않게 민첩성과 교활함, 그가 이 천막에서 의도치 않게 느낀 바로는, 이 사내의 행동엔 나름의 노림수가 있고, 부단히 끈덕지게 본능적으로 획책한다는 인상이었다. 이 공간에서도 나름 정치를 하는 것이었고, 박이 가깝게 어울리는 패들은, 어떤 식으로든 자신에게 이용 가치가 있는 사람들이었다. 대리기사 중에서도 그 안목으로 선별된 놀이터의 친구들이랄까.

자, 이쯤 해선 그는 호흡을 가다듬고, 진정할 필요가 있는 것이다. 어쨌든 한 인간에 대한 지나친 관심은, 어떤 현상을 과장할 수도 있지만, 그보다 늘 가만히 자신을 관찰하는 건 무의식적인 냉소였다. 해독제 없는 독거미, 냉소를 그는 그렇게 불렀다. 이 독거미에게 깊숙이 물리는 순간, 그 영혼이란 하잘것없는 존재였다.

트럼프를 공정하게 바라보는 건, 그에겐 인간이란 생물, 그 가장 진실한 문(門) 앞을 서성이는 자신을 보는 것이었다. 낙원을 즐기는 개구쟁이들, 저 놀이터는 그들을 위한 세상이라 할 만했다. 성숙이나 지성을 입에 올리길 좋아하는 치들이 저 코끼리들을 혐오하지만, 본능에 충실한 저들이 오히려 솔직해 보이는 건 부인할 수 없었다.

오늘날 인류가 욕망하고 꿈꾸는, 그 유일한 지향(指向)이랄 게 있다면, 힘, 가진 자, 이 광장에서도, 가진 것만큼 즐겼고, 많이 가진 자는 황제처럼 즐겼다.

일말의 양심이 있는 자라면, 누가 저 덩치들에게 돌을 던진단 말인가. 그는 이런 상상을 하곤 한다. 오늘의 낙원이 번창할수록 저 코끼리 떼가 초원을 삼키듯, 벌거벗은 영혼들의 천국이 멀지 않았다고.

박이 그를 지금껏 일관되게 별 볼 일 없는 존재로 여기는 건, 썩 유쾌한 일은 아닐지라도 일견 타당하니, 그로서도 수긍할 뿐 아니라, 그 뒤따르는 후과(後果)를 은근히 기대케 하는 인물인 것이다. 이 사내는 자신의 감정을 얼굴에서 숨기는 법이 없었다. 그 언뜻 던지는 눈빛은, 마치 성서 속 유대인이 이방인에 대하여, 두피(할례)도 절제하지 않은, 그 구원과는 거리가 먼 종족을 대하는 걸 상상케 하는 것이다.

사실 그런 차가운 모습은, 그를 당혹스럽게도 하지만, 박과 그 어울리는 패들이 천막 안에서 나누는 흥미로운 대화들을 듣다 보면, 그조차도 눈 녹듯 사라지는 거였다. 누구도 그에게 대화에 끼어들 아량을 베풀지도 않지만, 아니 솔직히는, 그의 관심사나 어조조차도 어쩐지 저들과는 심히 동떨어져서 물과 기름처럼 섞일 것 같지 않은 것이다. 서로 어색한 나머지, 오히려 자연스럽게 그는, 이방인으로 자리 잡은 셈이었다.

헌데 그는, 그들이 얘기꽃을 피우는 걸 옆에서 듣는 건 언제나 흥미진진해서, 어느 땐 얼굴을 붉힐 만치 당황스러울 정도였다. 자신만의 성곽(城郭)에 오래도록 유폐(幽閉)됐던 존재가, 비로소 바깥 공기를 흠씬 마시는 것 같은, 더욱이 이 광장의 천막 안, 저들의 낄낄대거나, 은근하면서도 조리 있는 목청과 확신에 찬 눈빛들은, 늘 절감하는 바지만 자신이란 인간은 저들을 따라잡기엔 이번 생애에선 불가능할 성싶어진다.

어느 날인가, 그들은 광장의 떠도는 어떤 소문을 놓고 열띤 갑론을박을 벌였고, 무엇보다 특별한 소수만 모이는 베일에 싸인 업소에서 '황홀한 황제 파티'가 열린다는 것이며, 하룻밤 수백만 원의 돈을 물 쓰듯 펑펑 뿌려댄다는 것이었다. 서울 강남도 아닌 신도시 화랑에서 과연 그게 믿을만한 것인가, 또 그 황제 파티를 즐기는 특별한 소수는 누구란 말인가. 그들도 소문의 신빙성에 의견이 분분했었고, 화랑 중심부의 아파트에 사는 중년인 오 사장(嗚喆漢)이 결과적으로 이런 의견을 내비쳤었다. 그는 그 패들에게선 무게감이 있었고, 또 화랑의 정보에도 익숙한 번듯한 주민이었다.

"화랑에도 돈 많은 사람들 많아. 주식 부자들도 많고. 돈을 주체 못해, 어디 쓸데없나 고민으로 날밤 새는 이들도 있고. 하기는, 재벌들도 자기 돈 그렇게 펑펑 뿌리진 못하지. 눈먼 돈이거나, 이 도시를 뒤에서 주물럭대는 놈들일지도. 화랑이 건설될 때도 좀 말들이 많았어? 나도 그 덕을 쫌 본 사람이지만, 엘에이치나 대형 건설사들, 정치꾼, 투기꾼들, 짬

짜미로 해 먹는 거야 다 아는 사실이고, 아, 화랑2 신도시도, 그놈들 작품인 거고, 조물주가 따로 있남? 뭐 그놈들이라면."

그러자, 은행에서 조기 명퇴한, 같은 화랑 주민인 한상혁(韓相赫)이 아직도 사십 대 사무직 같은 인상과는 달리 기대 이상의 말을 보탰었다.

"신도시 하나 건설되는 거, 저도 직장 생활할 때 경험했지만, 왕거미들이 거미줄 짜는 거랑 비슷하거든요. 그 거미줄이 크면 클수록 해 먹을 게 많은 거죠. 내 집 마련, 행복한 도시, 대다수 개미들이야 그거 갚느라 등골 쫙 뽑히잖아요. 왕거미들이야 땅 짚고 헤엄치기죠. 수천 평만 해 먹어도, 그 땅값만 적게 잡아 수백억인데."

박태주의 그 두룩한 눈빛이 만면에 헐쩍 웃음으로 번지며,

"형님, 그 조물주 말요! 왕거미도 그렇고, 난 머릿속에 뱅뱅 돌면서도, 표현력이 딸려서. 조물주가 맞지러! 조물주나 왕거미들이 창조한 세상에서 호구들이 사는 거예요!"

거의 확신에 찬 어투로 맞장구쳤다.

그런데 며칠 후인가, 그 소문은 다소 엉뚱한 방향으로 비화된 양상이었고, 그날 그들은 광장에서 일어난 한 사건을 입에 올렸고, 그로선 알 턱이 없는 '실종 사건'에 관한 것이었다. 광장 유흥업소에서 일하는 아가씨 두 명이 숙소로 쓰던 화랑 아파트에서 감쪽같이 증발했다는 거였고, 경찰이 여러 날째 업소들을 상대로 탐문 수사를 벌이고 있다는 거였다. 이곳 소식에 누구보다 빠삭한 오 사장이, 그날도,

"텐프로에서 일한 탈랜트 뺨치는 애들이라드만. 돈 좀 쓰는 손님들만 상대했다는 거라. 경찰이 장부까지 까고, 들쑤시고 있다니까. 누가 그러드라고. 영화 찍는 기분이래."

그들의 관심사는, 그녀들의 숙소였던 고급 아파트인 메타폴리스의 완

벽한 보안(保安) 시스템, 촘촘한 씨씨티비(CCTV)를 피해, 감쪽같이 증발한 게 있을 수 있는 일인가. 아직은 알려지지 않은 굉장한 무언가 있다는 음모론으로 의견은 기울었다. 그때 박이 그의 기억엔 두룩한 눈을 번쩍이며, 자신만의 상상력에 한껏 고무된 듯 말했었다.

"그 조물주들 작품 아녀요?"

다시 그 '조물주'를 새삼 화제 안으로 등장시킨 셈이었다. 그도 박의 기발한 착상에 내심 놀란 것이다. 박에게서 '조물주들 작품'이란 표현은, 새로운 면을 발견한 기분이었달까. 또, 그 주고받는 그들의 자연스런 호응도 흥미롭기 그지없었다.

"실종 사건이 맞다면, 탤런트 뺨치는 얼굴에, 고급지게 몸 파는 애들인데, 조물주들의 비밀을 마누라 외에 누가 알겠어요? 이거요, 누가 증발시키냐고요? 분명 조물주의 창조 질서가 들통나서, 영화처럼 없애버렸을 수도 있는 거고."

"태주가 추리 소설도 많이 읽었나 봐?"

"흐훗, 조물주가 지상으로 내려올 순 없지."

"걔들이 겁대가리 없이 쇼부치려 했을 수도 있죠. 조물주들이야 니미럴 좃되면, 지상의 호구로 강등될 판인데, 황홀한 파티가 끝난다고 생각해 보라니까요."

"캬― 기막힌 상상이지만, 듣고 보니 그럴듯하네."

"그럼요. 파티는 계속돼야죠!"

"그래서 정리를 하자면, 몸 파는 애들에게 새 나간 입을 막으려…"

"조물주가 감쪽같이 증발시켜 버렸다는 건데."

"경찰보다는, 흐훗, 추리 작가인 태주가 이 사건을 파헤쳐 보는 거여."

"아파트부터 실마리를 차근차근 풀어가다 보면."

"진짜 조물주라도 만나는 겨?"

"난요, 쇼부를 보더라도, 손자병법에 그런 말도 있잖아요. 지피지기, 상대를 알고 덤벼야죠. 이 사건은요, 조물주가 누구예요? 신이에요, 신!"

"흐흣 신이라."

"그러니까, 걔들이 신의 콧수염을 만진 거네?"

아무튼, 박이나 그 나이 지긋한 패들에겐, 이 광장의 천막 안에 앉아있는, 그 효과를 십분 감안하더라도, 이 신도시가 처음부터 어떤 보이지 않는 손들에 의해 불순하게 기획되고, 연출된, 그 조물주의 창조물이라는 것이며, 그리고 황제 파티를 즐기는 자신들의 정체가 탄로 날까 싶으면, 가차 없이 사람을 없애버리기도 하는, 그 상상의 유령이 지배하는 환상 가득한 도시인 것이었다. 더욱이 박태주는 그날 이후, 어이없게도 자신이 정말 추리 작가라도 된 듯한 착각 속에 있는 듯 보인다는 거였다. 그가 제대로 보는 게 맞다면, 부쩍 광장의 떠도는 소문들과 어떤 조그마한 정보에도 촉각을 곤두세우는 모습은, 이 사내의 무모한 욕망이나 배포로 보아 망상이라도 현실로 극대화할 위인인 것이었다.

어쨌든 그런 얘기들 외에도, 이들의 관심사는 의외로 정치에 할애된다는 점이었고, 특히나 정치인의 성추문(性 醜聞)은 두고두고 안줏거리마냥 심심할 때면 소비되었고, "그놈은, 좆 땜에 좆된 거야!" 그도 얼굴을 붉히면서도, 내심 즐겁게 듣는 거였다. 작년 어느 날 밤에는, 박과 그 패들이 몇 년이 지난 한 정치인의 성추문 사건을 소환해 능청스레 질겅이듯 주고받는, 제법 뜨겁게 달아오를 만치 열띤 토론을 벌였던 걸 그는 혼자 빙그레 웃으며 떠올리고는 했다. 어쩌다 그 사건이 새삼 소환되어 그들의 입담에 오르게 됐는지는 잘 기억이 나지 않지만, 관전자의 입장에선, 이 낙원 속 현대인들의 의식 수준을 유감없이 보여 준 거라 할 만했었다.

그 패들, 네 사람의 성향, 빛깔이 그때만큼 빛깔지게 드러난 적도 없었던 듯싶은 것이다. 그날도 초저녁 이른 시간이라, 그를 비롯 그 패들만 일찍 천막에 나와 있었고.

그날따라 자신의 정치색을 유감없이 보여 준 이는, 역시나 박태주였고, 헌데 의외로 속내의 현란할 만치 다채로움은 퍽 인상적이라 할 만했었다.

"안의정은요, 솔직히 누가 손해여요? 난 그런 여잔 줘도 안 먹어요. 한 트럭 가져와 보라니까. 백 보 양보해서, 지가 모신 도지사인데, 안 그려요? 몸까지 줘 놓고선, 생방송 나와서 지 입으로 강제로 따먹었다고 온 동네 떠들지 않나. 요샌 물 만난 페미들 세상이랑게요. 잠시 쪽팔려도 목적이 잘 나가는 정치인 하나 날려버리는 거였으니까."

박은 몹시 흥분한 얼굴로 뇌까린 거였다.

"콩밥을 먹고 나왔어도, 이제 정치 건달 낙인이 찍혀서 어디 발이나 붙이겠어? 이혼도 했드만. 안의정 얘기만 나오면, 태주가 저러는데, 아 대표적으로 좆으로 좆된 놈 아녀? 난 어떤 놈이 민주당 역사를 새롭게 이어줄까, 기대된다니까. 거, 꽃밭에서 자—알 놀다, 그때 임자를 제대로 만난 게지."

마른 얼굴에 호리호리한 체격, 얍삽한 눈매의, 오십 대 후반이지만 밝은색 콤비를 즐겨 입는 오 사장이 그날도 살살 약을 올렸었다.

"내가 이 자리에서도 분명히 밝혔지만, 노무현 대통령을 지금도 존경하지만, 난 문빠는 상대도 안 해요. 다 그놈덜 작품이랑게요. 페미들 하고 정부가 짝짜꿍으로, 한통속이었으니까. 안의정이 당한 거라니까요. 틀림없어요! 문통이 잘한 게 쇼밖에 더 있어요? 내가요, 쇼통이란 말을 인정한다니까요."

그들 패의 좌장(座長) 격인, 육십 대 초반의 배가 툭 불거진, 앉은 플라스틱 의자가 위태로울 만치 육중한 체격의, 정 사장(鄭漢基)이 어른스레 거들었다. 화랑 근처 수원에 거주했고, 그들 중 가장 연장자였고, 거드름하난 일품인 자였다.

　"난 말여, 골치 아퍼서 정치 얘긴 하고 싶지도 않고, 이게 뭐냐면, 요즘 세상 돌아가는 게 막장인 거라. 갈수록 사회가 팍팍해져서 원, 난 무섭더라니까. 그래도, 고등교육을 받은, 자칭 똑똑한 애가 옷 벗고 달란다고 주난 말야. 쌓은 정분이 있고, 썸씽이 있었다고 보는 게 합리적이지. 이거, 좋은 징조가 아니라니까. 우리 땐 여비서 건들고, 그런 썸씽은 아무 일도 아니고, 추억도 있고, 낭만이 있었는데 말야."

　두루뭉술, 정 사장은 어느 편도 들지 않겠다는, 그 황소 같은 몸집이나 우락부락한 얼굴과는 영 딴판이었다.

　"이 형님도 차―암, 그건요, 반쪽만 맞는 거라니까요. 인간 자체가 건달이라니까. 정치 건달, 건든 게 한둘이 아니라고. 연구소 애도 건든 것 같고. 자고로 입진보들의 전성시대가 저물고 있는 거예요. 조국을 보라고요. 아주 꼬소해. 예전에 영자의 전성시대란 영화가 있었어요. 발가벗은 게 아주 꼬소한 거야."

　오 사장의 꼬소해서 좋아 죽겠다는, 얄미운 어깃장이었고, 박이 사뭇 목소리 톤조차도 진지하게 자신의 소신을 피력한 것이다.

　"안의정이 일 잘했던 거는 인정하죠? 그거 맨입으로 얻은 거 아녜요. 그만하면, 일 잘하고, 장래가 유망한 정치인을, 아니 옷 벗고 주겠다는 여자들이 널렸는데, 그것 쫌 즐긴 거 가지고."

　"아직도 너무 편드는 거 아녀?"

　오 사장이 톡 쏘듯 웃음을 지었고, 정 사장이,

"그쪽선 당시 인기가 하늘을 찔렀지?" 하며 히쭉 웃었다.

"유능한 정치인을 그렇게 매장시켜 불면, 아쌀하게 말해 누가 손해여요? 폐미들 장단에 놀아나면요, 산으로 가요 배가."

박이 나름 재밌는 주장을 폈고, 정 사장이,

"아야, 대권을 꿈꾸는 놈이라면 처신은 잘해야 하는 건 맞제. 누구 손해든, 물건 간수 잘못해서 패가망신한 놈이 어디 한둘이여? 에이, 한심한 놈은 맞지. 감옥에서 배운 게 있다면 다행이고. 운동권 싫은 건, 오 사장한테 한 표!"

"난요, 웬만하면 여기서도 이런 말은 안 해요. 내가 쇼통에 질려서, 눈을 딱 감고, 저번 대선 때 누구 찍은 건 알죠? 집값만 올려놓고, 입만 살아서 무능이 자랑인 줄 알어요. 지금은요, 내 손목을 도끼로 찍고 싶당게요. 후진국으로 굴러떨어졌다잖아요."

그 정도론 성에 차지 않는지, 박이 화제를 엉뚱한 데로 돌려 정 사장을 겨냥했다.

"형님도 등산 다니면서, 한눈팔지 말고 몸 간수 잘혀야지. 괜히 거 남의 여편네 눈독 들였다간 안의정 짝나요."

정 사장이 그 등치하곤 어울리지 않게 화들짝 놀라 정색하며,

"생사람잡지마라야, 내가 누굴 눈독 들인다고?"

"여기 증인들이 다 있응게, 엊그제 술 마시면서, 목소리도 꾀꼬리 같고, 자태가 그토록 매력적인 여자라메요? 차 한 잔, 술 한 잔, 손도 잡아 보면서, 남녀 간 진도가 다 그런 거 아녀요? 사내의 본능이란 게 안 따먹곤 못 배기거덩."

"너, 너 생사람 잡지마라야!"

정 사장은 의자가 부서질 듯이 엉덩이를 들썩이며 손사래 치고, 모두

들 웃었고, 박도 능청스레 웃으며 얘길 이어갔다.

"우리 아파트 단지에 골빈 여자 하나가 이웃 남자한테 홀딱 반한 거요. 밥 사 달라, 술 사 달라, 몸이 달아서는, 모텔도 가고, 다 줘 놓고는."

"그래서, 어찌 됐는데?"

누구보다 정 사장이 그 숫소 같은 커다란 눈을 씀벅이며 비상한 관심을 보였고, 모두들 박의 그 벌겋게 달아오른 얼굴을 바라보았고,

"여자들이란 게 비슷하당게요. 이 여자가, 지가 성폭행 당했다고 경찰에 신고한 거요. 상황이 몹시 급했든 모양이여. 먼저 유혹했으믄 일말의 양심이란 게 있잖어요."

"양심이 어딨어."

오 사장이 즐거운 듯 뇌까렸고,

"불장난의 종말이구먼."

정 사장은 어딘지 낙담한 기색이 역력했고,

"자고로 여잔 믿을 게 못된다니까요."

이때까지 듣고만 있던, 늘상 그 말쑥한 양복 차림의 길쭉한 얼굴, 어딘지 섬세해 보이는 눈빛이며 여성스런 피부의 한상혁이 한마디 거들고 나섰고,

"야 임마, 넌 착한 제수씨 믿어야 혀."

"증말 착하지. 은행 파트 타임 일도 힘들거든. 애 둘 키우면서, 야 이 자슥아, 그 희생과 남자에 대한 하늘 같은 마음이 난 부럽든데."

"제 말은 그런 뜻은 아니고요. 안의정을 감옥으로 보낸 여자도 그렇고, 여자란 게, 비유를 하자면 갈대지라, 갈대."

"너 시 읽는 걸 좋아 하드만, 비유 하난 멋 떨어지네. 나도 대학 다닐 때 시집을 끼고 다닌 시절이 있었어. 누구 시였더라. 참 인상적인 구절이

었어. 갈대는 저를 흔드는 것이 제 조용한 울음인 것을 까맣게 몰랐다."

오 사장이 칭찬인지 맞장구쳤고,

"신경림 시인의 갈대에 나온 구절이죠."

한이 자신의 시 사랑을 자랑해 보였다.

"넌 그런 맘 먹으면 안 된다."

정 사장은, 굳이 한마디 덧붙이는 거였고, 박은 좀 전의 그 주제로 돌아가 다시 이를 드러내 끈덕지게 물고 늘어졌다.

"난 말요, 이거 오래 생각해 본 건데, 이 여자란 게 진짜, 이해 불가한 존재걸랑. 니미럴, 그 책임을 고스란히 남자들한테만 떠넘긴다? 이건 순 어거지랑게요. 남녀 간의 그 미묘한 감정 같은 거는 쏙 빼 불고, 얼굴 싹 바꾸고는."

"안의정은 안의정이고, 자― 우리도 몸조심덜 하더라고."

"아 그러엄, 대리기사는 손꾸락 하나 잘못 놀렸다간…"

"영술이 그노마 입건 됐다메?"

"떡이 된 여잘 깨웠다가, 흐흐, 신세 조지게 생겼어."

"졸지에 성추행범이 된 거여."

"몸매가 잘 빠진 애라믄서?"

"꼼짝없네."

"어제도 경찰에 불려가고, 대리기사도 못 해 먹게 생겼어."

"그럼 운행 마치고도 안 깨면요?"

"몸은 노타치지! 절대, 파출소로 가야제."

"그러―엄―!"

"경찰은 만져도 되고요?"

"그거야 우리 알 바 아니고, 상혁아, 머릿속에 꽉 입력! 노타치, 알간?"

"예스, 노타치!"

다들 웃었고, 하지만 박은, 오징어 다리를 질겅이듯 뇌까렸다.

"나만 이런 기분인가? 기억도 가물하지만, 어뜬 년이 나타나 고소할 수도 있는 거고, 안 그려요? 유명하지 않아 다행이지, 아주 껄쩍지근한 먹잇감이 되는 생각을 하면…"

3

✝

 여전히 콜은 보이지 않았고, 그는 잠시 눈길을 천막 밖으로 주는 거였다. 올려다보이는 하늘은 현란하고도 폭포수 같은 불빛으로 가득 찼고, 언뜻 황막한 사막(砂漠)이 보이고, 갑자기 그의 머릿속엔, 그 '인류의 조상'이 떠올랐다. 오, 주여! 예전 입에 뱄던 탄식인지 탄성인지, 그 버릇이 무의식적으로 터지기 직전 그는 놀라 입을 다문다. 하지만 그 수만 년의 고난의 행군, 돌멩이와 모래와 전갈과 가시나무 투성이인 사막. 깜깜한 어둠은 공포였고, 유령들이 득시글댔지. 그는, 오랜 고난의 행군을 마친, 그 자식들, 풍성한 열매들을 보는 거였다. 어둠도, 유령도 물러가 버린, 하나 같이 뽀얀 살결과 살이 포동포동한 선남선녀들이 밤을 만끽했고, 문득 그는 낙담했고, 자신에게 찾아온 '선물'이 달아날까 긴장한다. 하지만 걱정하지 말지니, 가난한 자여, 네 영혼은 나사로만큼이나 가진 것도, 누리는 것도 없으니 평안을 누릴지어다. 그의 눈은, 비로소 지상으로 내려온다. 선남선녀들이 간이점 앞에서 떡볶이나 튀김 같은 음식을 사먹는 게 보였고, 늠름한 휴가 나온 군인도 섞여 있고, 옆의 타로 천막 앞에도 대학생들로 보이는 연인이 서성이며, 뜨거운 눈웃음을 주고받는다.

 머리 위엔 온통 네온사인의 현란한 불빛들, 모나리자, 파티마, 등등의 모텔들이 반짝였고, 그는 저들에게 축복을 빌어 주고 싶었다. 어딘가에서 이 밤을 맞고 있을 자식들을 떠올리면서. 그는, 이번엔 박의 어깨너머로 자신을 향해 요염한 눈웃음을 짓는, 젖가슴이 풍만한 카렌다의 여성 모델을 보며 슬쩍 웃는다. 약간의 긴장과 구둣발을 살짝 구르며 그는 휴대폰을 주시하기도 했고, 헌데 앞에 앉아있는 박태주도, 그 실시간 상황판과도 같은 노트북 컴퓨터 화면을 주시하면서도, 자신의 뒤에 있는, 늘 거북스런 존재인 그를 잠시 생각하는 중이었다. 이 천막에서 '대리기사 등록'을 했던 터라 얼마 동안은 이름을 기억했지만, 박으로선 당연할 만치 지금은 까맣게 잊은 것이었고, 성이 이씨(李氏)란 것만은 기억했다.

박은 첫인상부터도 그가 왠지 마음에 들지 않았고, 거의 매일 보지만 도대체 어떤 인간인지도 감을 잡을 수 없고, 조용한 듯 보이지만, 그 웃는 표정도 왠지 기분을 거슬리게 한다. 쳇, 온갖 인간들이 다 몰려드는구만! 하며, 박은 첫날부터도 그가 대리 일이나 제대로 할는지 내심 지켜보겠단 심산이었다. 역시나 그때 자신의 판단이 정확했다고, 박은 그를 볼 때면 자신의 안목에 대한 자부심을 느끼는 거였다. 또, 일은 더럽게 못하면서 무언가 기대하는 눈치여서, 저런 인간을 대하는 방식으론 짓밟듯 무시해 버리는 게 제격이었고, 개에게 던져 줄지언정, 무엇 하나라도 베풀고 싶지 않았다. 박은, 그 어울리는 패들에겐 자신의 권리인, 나름 '특혜'를 베풀었는데, 그들에겐 '좋은 콜'을 우선적으로 배정하는 식이었다.

그 좋은 콜이란 건, 모든 대리기사의 희망 사항이지만, 가격 좋고, 거리 가깝고, 그리고 행선지가 번화가라면, 더욱이 물 좋은 강남이거나 천당 아래 분당이라는, 그 분당이라면, 일이 되는 날인 것이었다. 하기사, 저 인간은 설사 떡을 준대도 못 받아먹을 위인이란 건 이미 증명되고도 철철 넘칠 정도지만, 전직(前職)이 뭐였는지는 궁금하지도 않았고, 사실 박은 왠지 그와는 말을 섞기도 싫은 것이다. 난 당신 같은 인간은 싫어, 싫다구! 헌데 저 인간은, 거주하는 곳이 병림이라면 그곳에서 일을 시작할 것이지, 굳이 이곳까지 출근처라도 되는 듯, 매일 누구보다 일찍 나오는 것이다.

그는 대리기사들이 콜을 잡는 것만 봐도 그 사람의 형편과 살아온 인생사를 훤히 꿰뚫어 볼 수 있다. 대체로 인생 낙오자들, 그 패잔병들에겐 동정의 눈길이라도 주게 되지만, 저 인간은 어딘지 죽도 밥도 아닌 회색이랄까, 도통 무슨 생각으로 살아가는지, 그 웃는 모습이며 점잔을 빼는 어쭙잖음도 영 밥맛없기는 마찬가지였다. 얼마 전 박은, 사실 저 인간은 심히 무책임할뿐더러, 이런 일을 할 자격도 없다는 결론을 확실히 내린 바 있었다.

하긴, 그는 자신이 누굴 냉혹하게 평하거나 혐오할 만한 자격이 못 된다는 건 잘 알았고, 타고나길 건달에 성정(性情) 자체가 글러먹었지만, 그렇더라도 세상 돌아가는 이치란 게, 더욱이 한 사람의 인생사란 건, 그 사람 하기 나름이고, 자신만 잘했으면, 망해 먹은 사업도, 깨진 가정(家庭)도 지켰을 거라는 건, 의심해 본 적이 없는 것이다. "당신만 변하면 난 다 용서할 수 있어. 우리 애들 키우면서 남들처럼… 하나님만이 당신을 구원할 수 있단 말야!" 하던, 헤어진 아내의 애원을 냉정하게 뿌리친 그였다.

가끔 그런 후회나 반성을 하기도 하지만, "인생이란 게 다 그렇고 그런 거 아녀?", 그는 그때로 다시 돌아간대도 솔직히 다른 선택을 할까 싶었다. 당시 그는 한 여자에 빠져 있었고, 그럴수록 엇나가듯 마누라는 교회에 미쳐갔고, 그 희멀끔한 얼굴의 목사를 생각하면 약이 오르고 분노가 치솟아서, 결국 이혼 서류에 도장을 찍고 말았다.

그는 오늘날까지 딱히 자신이 불행하다고 느낀 적은 없었다. 어찌 보면, 할 짓 못 할 짓 다 하며 즐겁게 살아왔고, 오늘 이 천막에서도 즐겁게 일했고, 낮에 하는, 유치원 젖비린내 나는 아이들을 태워 나르는 일도 짧은 운행 시간에 비하면 수입이 쏠쏠한 편이었다. 예전 봉급쟁이 생활을 할 때와는 천양지차지만, 또 사업을 벌여 흥청망청했던 시절과는 세상 변하는 게 하루가 달랐고, 주변의 태반이 자영업자인, 이 각자도생(各自圖生) 사회에서, 인생 '폭망'을 딛고 용케 살아남았다는 것, 더욱이 투잡에 월수입 3백여만 원의 나름 자족(自足)하는 지금의 독거(獨居)생활이란, 가끔 생각해도 실로 놀라운 변신이 아닐 수 없었다. 지난날의 허황된 객기 대신, 몸조심하며, 속물로서 적당히 하루하루를 즐겁게 사는 것도 그리 나쁘지만은 않았다.

물론 그렇더라도 '꿈'을 아주 접은 건 아니었고, 항상 머릿속엔 한 번 폼나게 살아보는 꿈, 한 가닥 희망을 아주 놓아버린 건 아니었다. 그도 매주 몇만 원을 로또복권 사는 데 쓰는 거였고, 그놈의 황금돼지 꿈을 한 번만 꾸어 봤으면, 원이 없을 성싶었다. 당첨만 된다면, 서울 강남에 아파트를 사고, 해외여행도 다니고, 잘 빠진 여자들과 원 없이 놀아보는 꿈. 그리고 근자엔, 이 광장에도 사무실이 있는, 엘에이치며 사실상 이 도시를 좌지우지하며 주물력대는, 조물주들. 그는, 그들이 이 도시를 지배한다고 믿었다. 그들 간의 커넥션이며, 어떤 은밀하고도 비밀스런 정보를 얻고자 그는 혈안이었다. 그 패들에게도 박은 어느 날부터 그 부분은 입도 뻥긋하지 않았고, 자신이 그들과 다른 것은, 그 정보들이 굉장한 폭발력을 가졌고, 단번에 인생을 바꿔 줄 수도 있는 걸, 지금껏 모아 놓은 걸 다 쏟아붓는대도 한 번 파고들 만한 가치가 있는 걸 거의 본능적으로 느낀다는 거였다.

아무튼, 누구의 소개로 밤 시간에 나와 이 천막 안에서 일을 하게 됐을 때도, 불빛을 찾아 모여드는 대리기사들, 그 유통기한(流通期限)이 다

한 싸구려 상품 같은 몸뚱이들, 그 주눅 든 순한 양 같은 고분고분한 눈 빛들, 탁하고 눅눅한 밤공기를 그들과 더불어 마셔가면서, 그는 한 가지 기특한 생각을 갖게 됐으니,

'양아치 콜은 지양한다!'

어쩌면 허황된 거였지만, 그 다운 생각임엔 분명했다.

대리비조차 후려치려는, 벼룩의 간을 빼먹으려는 양심불량의 인간들이 넘쳐나는 걸 몸소 겪으면서지만, 더욱이 부자 동네에서 살고, 가진 게 많은데도 푼돈을 아끼려 양아치 짓을 버젓이 하는 걸 보면, 부아가 치밀어 오르는 거였다. 적어도, 그 원칙을 지금껏 나름 지키려 노력했다고 자부하는 그였다. 콜을 접수해 기사들에게 배정하거나 공유된 앱에 실시간 띄우는 입장에서, 지역이나 거리에 따라, 어느 정도 형성된 대리비가 있고, 양심이 있는 사람이라면 적정가를 지불하는 게 맞았다.

'이런 날강도 새끼들! 니놈들도 한번 뒤집어져서 이런 일을 해봐야 하는데.'

도리 없이 손님의 요구를 받아들일 때도, 또 자잘한 대리회사들이 경쟁 때문에, 똥콜을 올릴 때도 그런 콜을 누구도 잡지 않기를 바랐고, 대리기사라면 그게 정상이었다. 누구도 잡지 않으면, 요금은 조정되어 오를 수밖에 없었다. 적어도 그의 천막에선 그런 콜을 잡는 이는 없었다. 그런데 이씨(氏), 저 인간이 등장하면서부터, 그런 똥콜을 잡아 수행하는 일이 그의 천막에서도 일어난 것이다. 목구멍이 포도청인 대리회사들 입장에서야 그런 손님도 감지덕지지만, 그건 대리회사들이지 그는, 자신과는 하등 상관없는 일로 여겼다. 그것도 한두 번이 아니고, 저 인간은 매번, 들어가면 빠져나오기 힘든 곳으로 잘 알려진, 용인의 그 외떨어진 마평리(里) 한숲 단지를, 어느 지역 대리회사에서 올린 콜이었지만, 만 5천 원에

운행한 건, 그의 기억으론 전무후무한 기록이었다. 원래 3만 5천 원은 돼야 들어가는 곳이고, 대리기사 노릇 하루 이틀만 해도 눈치 있는 이들은 단박 알 수 있고, 콜이 많을 땐 더 훌쩍 올라가는 지역이었다. 그가 도통 이해가 안 가는 건, 이 인간은 그런 낚시 콜을 냉큼 물어 개 호구 노릇을 하고서도 도대체 창피한 줄을 모른다는 거였다. 초보들도 운행하고 나면 이를 바득바득 갈기 마련인데, 일 년이 넘었는데도 여전히 호구 노릇을 멈추기는커녕, 뻔뻔함의 경지를 보여 준달까.

'진짜 저걸 머리통이라 할 수 있어? 성질 같아선, 열어 보고 싶다니까.'

박은, 이러는 자신이 무슨 노동 운동가라도 되는 양, 실소를 머금으면서도, 하지만 자고로 대리기사라면, 하층 노동자로서 악바리가 되는 건 마땅한 것이었다. 그래야, 양아치들에게 이용당하지 않고, 정당한 노동의 대가를 바라고, 또한 어려움에 처한 이들을 가지고 장난을 치는, 이 도떼기시장 같은 대리업계가 정화되고, 정상화되리라 믿는 것이다.

하긴, 밤이면 몰려나오는 대리기사들이 거리에 넘쳐나고, 콜 수와 비례해서 시장(市場)이 조정하는 측면도 없진 않지만, 어쨌거나 멀쩡한 정신을 가진 인간이라면, 살아남기 위해서라도 그런 자세로 임해야 하는 게 마땅했고, 그런 점에서도, 그에겐 저 인간은 허망한 잉여 인간이요, 동료들에게도 해악을 끼치는 존재인 것이다.

"시간이 돈이고, 그거 계산 안 되면, 이 일도 힘들지."

박태주가 얼굴을 반쯤 돌려 불쑥 말을 건넸다. 그로선 나름 뼈있는 조언이지만, 그걸 알아들을 위인이 아니란 건 이미 판명된 마당이다.

"시간이 돈이라. 참새 다리로 종종대며 먹이를 쫓아 봐야, 황새 다리가 되는 것도 아니고. 그저 다리 고장 안 나게 쉬엄쉬엄해요. 시간이야 각자 살기 나름인 거고."

웃으며 일부러 던지는 조심스런 그의 농담에, 박은 빈정 상해 귓불부터 붉어진다. 박은 귀에 오물이라도 튄 것 같은, 있지도 않은 정나미마저 확 달아나 버린다.

그러던 박은, 뜬금없다 싶을 만치 저 더욱 밥맛 없어진 인간은 머릿속에서 싹 지워졌고, 유치원에 새로 온 여선생의 얼굴이 눈앞에 어른댔다. 앳된 얼굴, 그 배시시 짓는 눈웃음. "기사님, 우리 천사들 잘 태워주세요." 앵두 같은 도톰한 입술, 어딘지 순진해 보이는 커다란 눈망울. 그 젖무덤과 엉덩이는, 걸을 때 보면, 필시 아직 사내의 손길을 타지 않은 것 같았다. 설마 그런 천연기념물이 아직도 있을라고?

매일 그녀를 볼 때면, 박은 자신이 무슨 일을 저지를 것만 같은 아찔한 기분이며 충동에 휩싸이는 거였다. 그녀의 사는 곳이며 동선을 파악해 어느 곳에 숨어있다 덮치는 상상을 한 적도 있고, 이 순간에도 그 아찔하고도 강렬한 충동에 자신도 모르게 몸이 달아올랐고, 그는 일어나 밖으로 나와 담배를 꺼내 불을 붙인다.

박이 천막으로 들어와 막 앉았을 때, 뒤이어 허벙긋한 얼굴로 평소의 순서대로 화랑의 오 사장이 천막에 얼굴을 들이밀며 들어선다.

"굿나잇트! 역시 금요일이라, 오늘은…"

오 사장은 슬쩍 그를 보았고, 어색하게 서로 인사를 주고받았고, 그리고는 박의 곁에 의자를 끌어당겨 앉는다. 오 사장은, 오늘도 콤비 색깔이 달랐다. 연청색 체크무늬에 바지는 하얀색이다. 살구색 셔츠, 백구두는 그의 트레이드마크였다.

"오늘 기분 좋은가베요?"

박이 헐쩍 웃으며 묻는다.

"기분 조오치! 즐겁게 사는 게지. 우리 마눌 생일이었어. 내가 인심 좀 썼지."

"허훗, 인심을요?"

"우리 마눌이 퍼팅이 젬병이거덩. 내가 전생에 지은 죄가 있어서리. 골프 치게 한 게 내거든. 그 죗값을 치르는 게지 머. 퍼터 바꿔도 말짱 도루묵인데, 한 대여섯 번 바꿨나. 누가 좋다 하면 여편네가 귀가 솔깃해서는, 승부 근성이 있어."

"쩌번에도 바꿨잖아요?"

"바꿨지. 이 여편네가, 혼자서 바꾸면 될 걸, 여자들이 그런 거 있잖어. 며칠 전부터 생일 선물 타령해서 인심 좀 썼지 머. 오늘 모처럼 호텔에서 비싼 식사도 했고. 장난이 아니다만. 한 사람당 15만 원이니까, 와인에, 킹크랩도 나오고, 이래저래 좀 썼지."

"이번엔 어떤 걸로요, 퍼터?"

"첨엔 오딧세이, 그 담엔 스파이더였나. 그 뒤론 핑을 썼지. 박 사장도 골프 쳤었다니까, 그 시리즈 있잖어. 이번엔 최근에 나온 걸로 바꿨는데, 그래 봐야 쓰리 빠따야. 운동 신경이 신통치 않아. 이번 거는 핑 시그마 투인지 쓰리인지."

"형님도 스크린만 다닐 게 아니라, 필드로 나가야죠."

"난 일 년에 딱 세 번, 꼭 필요한 모임 외엔 안 나가. 너한테 얘기 안 했었나? 내가 회사 그만뒀을 땐, 여유도 좀 됐었고, 벤처 붐에, 운도 좀 따랐었고. 스톡옵션 받은 거 다 처분했으니까. 당시엔 그놈의 골프 원 없이 치고 싶었거든. 골프장에서 살았지."

"알죠. 그래도 일 년에 서너 번은."

"그땐 프로들하고 라운딩도 다니고. 겨울엔 필리핀 가서 치고, 한땐 미친 거라, 골프에. 내가 건달들한테 엮여서는, 이런 얘긴 챙피해서 안 하는

데, 너한테 안 했나? 호구가 된 거라. 내기 골프로 먹고사는 놈들 있잖어. 그때 수억 뜯겼지.”

“하핫 참! 수억씩이나요? 어뜬 새끼들인지 제대로 뜯어 먹었네! 호구 소릴 들을 만하네요. 내기골프 하면 나도 추억이 많지러.”

“한국씨씨(cc) 하면, 내가 아직도 근처에도 안 가잖어.”

“난 청평에 있는, 거기 많이 갔어요. 이천도 많이 갔고. 그럭저럭 부킹이 되니까.”

“아 거기, 나도 많이 갔지.”

“형님이야 놀면서 친 거지만, 나야 회사 영업 땜에 한 거고.”

“말 말어야. 태주야, 나도 말여, 회사 다닐 땐 몸 망가지고, 일만 했어. 애국자였지. 이래봬도 내가 충성파잖어, 충성파. 업주한테 돈 많이 벌어줬지. 과로에, 스트레스, 술에, 망가진 거라. 한 번 쓰러졌거든. 당뇨에 합병증까지 도졌으니까, 우리 마눌이 사람 죽겠다고, 울고불고 했었지. 골프장 나가면서 다시 살아났지.”

“공기 좋고, 가슴 화—악 트이고!”

“제약회사 영업부장이면, 골프 못 치면 일 못 할 걸?”

“병원 원장들, 의사들, 머리 좋잖요. 대가리 굴리는 게 얼마나 얍싹 빨라요. 다 그런 식으로 해쳐 먹었으니까. 부정청탁금지법이란 것도 없던 시절이니.”

“못 챙겨 먹으면 나만 바보 되거든.”

“내가 잘 맞을 땐 싱글 쳤어요. 72타를 친 적도 있고. 이거 뻥치는 거 아니고, 90타 100타 치는 놈들하고… 하긴 개 중엔 좀 치는 놈들도 있긴 했어요. 접대 나가면, 그 수준에 맞춰서 잃어 주는 거예요. 그놈들이 선후배로 다 연결되니까, 공짜는 없어요. 더 바라는 놈한텐 적당히 더 잃어 주고."

"짜고 치는 고스톱이네?"

"의사니깐, 핫하, 인격적으로 해 먹는 거죠."

"인격적으로? 거 말 되네. 머리 올려 준 놈도 있겠네?"

"있죠. 암튼, 그렇게 바친 돈 계산하면, 수억이 뭐요? 그나마 큰 회사였으니까, 악어와 악어새지러. 전국 골프장에 그렇게 챙겨 먹던 놈들이 어디 한둘이어요? 악어와 악어새들. 공짜 골프에, 뒷돈에, 비싼 요리에, 술에…"

"그런다고 달라진 것 같어? 경제는 오공(伍共) 때가 좋았다구. 깨끗한 게 장땡이냐구? 나라가 발전하는 건 그런 게 아녀."

"캐디 따먹으려고 안달인 놈덜도 많았고."

"반반하게 생긴 애들이야, 그 시절엔 밥이었지."

"저야 요즘엔 골프 나갈 형편도 못 되지만, 그놈덜 생각하면 고소하긴 해요. 쓰리 퍼터, 포 퍼터는 밥 먹듯이 치면서도, 돈 챙겨 먹던 새끼들."

"너도 반대급부를 챙겼잖어?"

"그땐 진짜 재밌었는데. 좋은 시절 다 갔죠."

두 사람이 즐겁게 이야길 나눌 때, 수원의 정 사장이, 숨을 헐떡이며 천막 안으로 들어선다.

정 사장은 그는 안중에도 없었고, 오 사장과 박을 바라보며, 즐거운 얼굴로 의자를 끌어당겨 앉으며,

"어젠 별 웃기는 자슥을 만났어."

튀어나온 배를 쓸어안는 듯한 자세로, 숨을 헐떡이며,

"덕분에 한 콜, 한 콜로 시마이 한 거지!"

자랑인지, 그 손님에 대한 비평인지 어쨌든 그 우락부락한 각진 얼굴

엔 허불쭉한 미소가 번진다. 박이,

"형님이 어제 문자 보내서, 일할 시간에, 고 때가 열 시쯤이었나? 술 한 잔 땡기고 있다길래, 먼 소린지 했죠."

"어제 분당 첫 콜 탔잖어? 그놈여. 비엠더블유(BMW) 엑스 6에, 생긴 것도 멀끔한 놈여. 용서(용인서울도속도로)를 달리는데, 아 이놈아가, 거 종종 귀찮게 스리 자꾸 말을 거는 새끼들 있잖어. 난 짜증나서 상대도 안 해."

"상대해 주면, 사람을 개떡 같이 알거든."

오 사장이 맞장구쳤고, 정 사장이 얘길 이었다.

"아 이 자슥이 자기가 배신을 당했다나 어쨌다나. 술 한잔하면 어떻겠느냐, 연배가 형님 같아 보인다, 아 이 놈아가 하룻밤 벌걸 주겠다며 꼬드기는 거야. 나한텐 생긴 것부터, 손님들이 말을 잘 걸지도 않거든. 좀 특이한 놈이야. 에라 모르겠다, 미금역 근처, 방통대 뒤편, 그 횟집 있잖어."

"아 거기, 콜이 곧잘 뜨지. 엄청 비싸다고, 어떤 손님은 학을 떼더라고."

"맞어, 그 무슨 항구 횟집, 지하 주차장에 차를 대고는, 둘이서 뱅어돔 사시미에, 소맥에, 참, 그 독도 심해(深海)에서 잡힌다는 새우회도 있더라고. 새우회에, 입안에서 살살 녹드만. 엄청 비싸드라고. 암튼 동업자 친구한테 배신당하고, 마누라는 바람났고. 듣고 보니 안됐더라고. 기분 좀 맞춰 주면서, 여리고 착한 놈이야. 동생 같은 기분도 들고 말야. 나도 술이 땡겨서 금방 취해부렀지. 계산 마치고 나오면서, 이 놈아가 지갑에서 빳빳한 5만 원 권이야. 20만 원을 주더만."

"집까지 운행은, 다른 대리 불렀어요?"

오 사장이 궁금한 듯 물었고,

"거 까치마을 있잖아. 근처지만 불렀지."

"그 정돈 받아야죠. 생판 모르는 새끼하고 술 마셔 준 건데."

박이 웃으며 말했고, 오 사장이

"제대로 한 콜 탔구만요."

하며 즐겁게 웃었고,

"안됐기도 해서, 나는 십만 원은 돌려주려고 했어. 아 이 자슥이, 돈을 주려는 걸 먼가 오해한 건데."

"오해를 해요?"

"이 자슥이 비틀비틀거리면서, 너무 적게 드렸습니까? 허 이러네. 군대 거수경례까지 붙여 가면서, 군 생활을 강원도 화천에서 했드라구. 나도 7사단이고, 그 자슥은 15사단이고. 5만원 권 두 장을 더 주는 거라. 어떡해, 주는데 받아야지."

"그럼 삼십만 원이네?"

"아 안 받으면, 그 자슥이 또 오해할 거 아녀? 내가 아량을 베푼 게지."

정 사장은 자랑을 더 이어갈 심산이었다.

"하핫, 마도로스 형님다운 아량이지러!"

"잘 받았어요. 공짜 술에, 그래도 여자 술이 쫌 낫지."

"자네, 또 그 발정녀 50만 원 얘기여?"

"나야 유혹하니까, 인생 상담도 해 주고."

"인생 상담만 해 주는지, 누가 알어요?"

"요샌 귀찮아서리."

"그래도 생긴 게 삼삼하믄?"

"인생이 피곤해져서, 쩌번에 학을 뗀 후론, 정말이야. 뜨거운 눈길을 받으면 피곤해져요. 그간 팁 받은 거 곱으로 털어먹었으니깐."

"우리도 봉사할 때가 많잖어. 어떤 놈은 길에서 키를 잃어버리지 않나, 그걸 찾느라 시간 다 날리고, 고속도로 달리는데 오줌보가 터지겠다는데, 어쩌겠어, 위험 감수하고 세워야지."

"그거야 양반이죠. 옆에서 토하는 걸 얼굴에 뒤집어써보라고."

"어젠 덕분에 좀 쉰 거라."

그때 언제나 그 말쑥한 양복 차림의 한상혁이 천막 안으로 쑥 들어왔고,

"안녕들 하십니까?!"

웃으며 자못 큰 소리로 인사했다.

"어서 오더라고!"

"너 어제 일이 잘됐다며?"

"그랬어?"

"어젠 첫 콜부터 좀 되더라고요. 도곡동 타워팰리스, 그 손님이 자기 아파트를 못 알아보니까, 거기 가면 여러 동이 있잖아요. 입구까지 가면, 아닌 것 같대요. 몇 바퀴 돈 거예요. 술 취하다 보면 그럴 수 있잖아요. 정신이 돌아와서는, 눈을 꿈벅꿈벅하더니, 그때서야 찾아 들어간 거죠."

"얼마 받았는데?"

"미안하다면서, 10만 원 받았죠. 어젠 팁도 좀 받았고."

"여— 부자 신사구먼."

"20만 원 벌었으면, 많이 한 거여."

"상혁이 야도 프로 다 됐어."

"저야 아직 멀었죠."

그때 첫 콜이 올라왔고, 광장의 다른 천막에서 올린 것이었다. 그 울리는 익숙한 소리와 함께 모두들 시선이 자기 휴대폰 화면에 쏠렸고, 네

사람의 눈길은 동시에 그를 향했다. 화랑2 신도시로 들어가는 콜이었고, 만 5천 원에 올라온 것이다. 그들로선 눈길도 주지 않는 양심을 밥 말아 먹은 '똥콜'인 것이었다.

그들의 표정은 설마, 저런 욕부터 터져 나오는 똥콜을 그가 잡을까, 하면서도 평소대로라면 그 기대를 저버린 적이 없는 그인 것이었다.

전국에서도 부동산 가격이 가파른, 요즘 가장 핫한 지역인 화랑2 신도시는 아직 교통편도 원활치 않았고, 한 번 들어가면 거긴 콜도 없어, 다시 나와야 하는 시간을 계산하면, 2만 5천 원에 올라온대도, 그들로선 눈길조차 주지 않는 건 당연했다.

역시나, 냉큼 콜을 잡고 일어서는 그를 바라보며 드러나게 우거지상을 한 박 외에는, 저토록 활기찬 발걸음으로 천막을 나서는 모습에, 그들은 뜻 모를 웃음을 입가에 지으면서도, 구제불능의 인간을 보는 양 진실로 연민을 느끼는 거였다.

그는, 더벅머리를 쓸어 넘기며 걸으면서도, 짐짓 느긋하게 걸었다. 밤의 여행자는 되도록 느긋하게 걸어야 하고, 빨리 걷는 건, 다리에 무리를 주기도 하거니와, 안전한 여행을 위해서도, 보폭과 호흡, 정신이 혼연일체를 이뤄야 하였다. 그는 잠시 걸음을 멈추고는 담배를 꺼내 불을 붙였고, 걸으면서 두어 모금 가슴 가득 연기를 들이켜 내뿜고, 남은 담배는 쓰레기통에 던지고는, 발걸음을 재촉하는 거였다.

걸으면서, 그는 남자 손님일까 여자 손님일까 머릿속에 그려보며, 거리가 짧은 여행인지라 심장의 뛰는 동계는 반감된 기분이지만, 그래도 장점은, 동행자에 대한 부담이 덜하다는 점이었다. 먼 길이면, 대화를 해야 하고, 그러자면 그로서도 이왕이면 대화가 통하는 사람이면, 여행길이 한결 수월한 것이다. 이런 짧은 운행은, 그런 부담감은 한결 덜했다. 그는, 임시로 주어지는 고객 번호로 연락을 취했고, 이때는 손님의 말이 잘 들리도록 휴대폰을 귓속까지 들이대듯 밀착했고, 앳된 여성의 목소리였다.

"여보세요?"

"안녕하세요? 대리기삽니다."

어딘지 깍쟁이 같은, 약간 목이 잠긴 목소리로 그녀는 뚜렷이 말했다.

"여기, 광장프라자 지하 3층이에요. 흰색 벤츠고요, 비상등 켜 났어요. 얼마나 걸려요?"

"근처고요, 잠시 기다려 주시면, 곧 모시러 가겠습니다."

그는 오늘의 첫 여행지가 손님과의 통화로 최종 확인된 다음에야, 마치 호반(湖畔) 위에 펼쳐진, 그 불빛으로 수려하게 수놓은 듯한, 화랑2 신도시를 떠올린다. 벌써 여러 차례 들어가 봤지만, 언제나 놀라움을 안겨 주는 도시였다. 분당이나 광교 같은, 신도시들과는 또 다른 분위기며 빛깔을 선사하는 것이다.

불과 몇 년 만에, 저런 굉장한 도시를 만들어 내다니! 도시 아래로 고속철도(SRT)가 지나고, 가장 최근에 지어진 신도시의 산뜻함도 한몫했을 터였다. 화랑1 신도시의 서너 배 크기인, 화랑2 신도시는, 그 규모 면에서도 압도적이었다. 더욱이 밤엔, 마치 먼지 하나 없을 것 같은 깨끗하고도 시원스런 도로들, 수려한 불빛과 더없이 산뜻해 보이는 환경, 고층 아파트들로 가득한, 그 채색된 아늑한 숲의 장관(壯觀)이라니.

현대인이라면, 공평하게도 모두의 욕망을 부채질하는 듯한, 마치 환상의 나라를 연출해 놓은 것 같은, 호숫가의 탐스러운 아파트 단지로라도 들어가게 된다면, 그는 오늘 밤 그곳 편의점에서 커피를 사서 들고, 담배도 한 개피 피우며, 그 아늑하고도 호젓한 공원길을 걸어 볼 수도 있을 것이었다.

그는, 엘리베이터 앞에서 자신의 옷차림새를 살피는 거였고, 몸에 밴 담배 냄새가 신경 쓰였지만, 그건 어쩔 수 없는 부분이었다. 담배는, 그로선 양보할 수 없는 유일하고도 자그마한 '향락'이었다. 하지만 상대가 어떤 여성인지는 아직은 알 수 없고, 만나 보면, 의외로 다를 수도 있는 것이다. 또 목소리와 달리 나이도 지긋하거나, 요즘엔 골초인 여성들도 상상외로 많았다.

밤이라는, 그 환한 불빛 아래에서 일어나는 현상이긴 해도, 그는 어떤 의외성을 늘상 경험하곤 한다. 일종의 환시(幻視)나 환청(幻聽) 비슷한 현상이랄까. 그리고 도대체 연령대를 심히 착각하곤 하는, 어느 땐 많아 봐야 삼십 대 후반일 듯 보였는데, 운행을 마치고 작별할 때 보면, 오십 대는 돼 보여 당황하고 놀라는 식인 것이다.

그는 문득 엘리베이터에 오르려다 말고, 어이쿠, 깜박한 듯 옆에 화장실이 보여, 아까부터 방광의 저릿한 통증이 있었기에, 이왕 본 김에 화장실에 들러 오줌 몇 방울을 털어내는 걸 잊지 않았고, 그제야 만반의 준비를 한 셈이었다.

사람들로 복작이는 건물인 데다, 사십 대로 보이는 남자 셋이 엘리베이터 앞에 서 있었고, 그들은 웃으며 얘길 나눴고, 드러나는 잇몸과 웃음이 어딘지 성겁게 보이는 사내가 한창 '참치 해체 쇼'에 대해 침을 튀겼다.

"진짜 볼만 하드라니까! 보통 일본 말을 쓰드만. 혼마구로. 여긴 오오마산 혼마구로래. 최상급을 일본서 직수입한 거랴. 야, 술맛 나드만! 쓰, 쓰나즈리?"

"뱃살이여, 뱃살, 셋이서 날 한 번 잡자구!"

"수요일이라 했지? 오늘은 참돔회에 한따까리하고, 여기 문어숙회도 먹을 만해."

동료인 두 남자도 호응하며 말했고,

"소맥에 한따까리하고, 알딸딸 오르면 슬슬 위로 올라가는 거야."

엘리베이터가 두 대지만, 느려 터진 건 유흥업소들이 많은 건물의 구조나 생리상 어쩔 수 없는 것이었고, 그는 십여 분이나 기다린 느낌이었고, 이쯤 되면, 급한 모양인 그 깍쟁이가 전화를 할 수도 있었다. 다행히 휴대폰이 울리기 전에 그는 지하 3층에 도착했고, 비상등을 켠, 하얀 벤츠로 다가간 것이다.

그 목소리와 어쩐지 어울려 보이는 에이(A) 클래스 벤츠였다. 그 앞에서 그래도, 손님을 확인하는 건 필수이기에 그는 임시 번호를 눌렀고, 전화를 받는가 싶더니 곧 뚝 끊긴다. 그리고는 비상등이 멈췄고, 클랙슨이 빵 울렸다. 그는 차 문을 열며, 웃는 얼굴로 "안녕하세요? 이거 죄송합니다. 안전하게 모시겠습니다."

뒷좌석에 앉아있는, 얼굴이 갸름하고, 아이보리색 정장을 입은 그녀는 그의 눈길을 외면한 채, "네." 짧게 대답했고, 그는 운전석에 앉으며 문을 닫았다. 시동을 걸며 그는 결벽증이 느껴질 만치 깨끗한 차 안이며, 젊은 부부의 단란한 가족사진, 방긋 웃는 아기 돌 사진, 잔잔하게 흐르는 에프엠(FM) 음악 방송 여성 진행자의 고운 목소리, 삼십 대 초반이나 됐을까, 그녀의 체취가 화장 냄새와 함께 후각을 자극하는 것이다.

정작 그가 긴장하는 건, 이 건물은 유독 지하 통로가 좁아터진데다, 그 벽에 새겨진 무수한 승용차들의 상흔(傷痕)들 앞에선, 대리기사라면 누구라도 건물 설계자를 원망하게 되는 거였다. 살짝 긁히기라도 한다면, 아니 실낱같은 기스라도 생기는 일이 발생한다면, 상상하고 싶지 않은 일이 벌어질 것이었다. 오늘의 여행은 초장부터 고난의 여정이 되는 거야 두말할 것도 없었고.

그렇더라도 이십 대에 운전면허를 땄고, 이날까지 무사고 경력을 유지해 왔으며, 무엇보다 대리기사로서 그의 강점이라면, 여하한 경우에도 서두르지 않는다는 것, 사실 저 얼룩들은, 거의 방심과 서두름의 결과물이었다. 그는, 목적지가 화랑2 신도시로만 나와 있는 터라 그녀에게 물어 주소를 휴대폰의 내비게이션 앱을 켜서 입력해 실행했고, 그땐 호수공원 옆의 단지지만 '환상의 나라'를 상상할 여유조차 없었다.

액셀러레이터를 부드럽게 밟으면서 그는 흡사 그 노련하고도 용맹스런 밤의 여행자의 얼굴로 벤츠와 호흡을 맞추는 거였다.

'자, 백마(白馬)여, 오늘 여행을 떠나 볼까?'

그는 그 달팽이 속 같은 통로를 진땀을 빼며 올라왔고, 무사히 지상으로 올라왔을 땐, 벤츠나 그도 적이 만족스런 표정이었고, 한결 여유 있게 핸들을 잡았고, 뒤에서 지켜보던 그녀도 차창 밖으로 시선을 주는 거였다.

4

†

광장을 벗어나, 하얀 벤츠는 빛으로 환한 시원스러운 도로를 달렸고, 화랑2 신도시로 이어지는 왕복 6차선 도로 위를 그는 부드럽게 속력을 올렸고, 차 안엔 막 존 덴버의 선샤인 온 마이 숄더스(Sunshine On My Shoulders)가 여유롭게 흘렀다.

차창 밖을 바라보던, 그녀의 까만 눈동자는, 어느결에 감겨있고, 몸을 파묻듯 곧 새근대는 숨소리가 들리는 듯했다. 그는 더 부드럽게 액셀러레이터를 밟으며 승용차를 운전했고, 우아한 털 빛깔의 새처럼 잠든 영혼을 룸미러로 살짝 훔쳐보는 것이다.

그는 팝송의 선율이며 감미로운 목소리에 자신도 모르게 젖어든 것이었고, 오래전, 경비행기를 몰다 추락사한, 당시 미국을 대표하는 컨트리송 가수이자, 평생 자신이 노래한 자연 속으로 홀연히 떠나버린, 그 목소리를 따라 소리 없이 흥얼댄다.

그는 팝송을 들을 때면 떠오르는, 잊지 못하는 얼굴이 있다. 팝송이라면 전문가 수준으로 훤히 꿰었던, 예전 장인(丈人)의 어떤 모습이었다. 성직자치곤, 그 시절 팝송을 지극히 사랑한 나머지, 찬송가만큼이나 팝송을 잘 부르는 걸로 유명했다. 얼마 전까지도 그는, 그 어른을 회상한다는 건, 숨이 턱까지 차오르고, 그 헤어나기 힘든 막막함과 죄책감은 천형(天刑)의 무게로 짓눌렀었다.

Sunshine in my eyes can make me cry

눈에 비친 햇살에 눈 부셔 눈물도 나지만

Sunshine on the water looks so lovely

물 위에 비친 햇살이 정말 아름다워

Sunshine almost always makes me high.

햇살은 거의 언제나 날 기분 좋게 해

If I had a day that I could give you

나의 하루를 너에게 줄 수 있다면

I'd give to you the day just like today

바로 오늘 같은 하루를 네게 주겠어

If I had a song that I could sing for you

내가 불러 줄 노래가 하나 있다면

I'd sing a song to make you feel this way

그 노래로 네가 이런 기분을 느끼길

　그는 이 순간 '십자가'의 짓눌린 무게가 한결 덜어진 것마냥, 새삼 밤
의 여행자의 시간에 베풀어진 은총을 절감하는 거였다. 하지만 그가 이
순간에도 간절히 기도하듯 바라는 건, 그 어른을 만나기라도 한다면, 무
릎이라도 꿇고 진정한 용서를 비는 거였다. 헌데 그는 이십여 년이 훌쩍
흘렀는데도, 아니 얼마 전 뉴스에 '천국교회 원로목사가 지병으로 강남
세브란스병원에 입원했다'는 소식을 접하고도 결국 병문안조차 못 한 것

이다. 고통스러웠지만, 그는 자라 머리마냥 껍데기 속으로 움츠러들었고, 네 영혼은, 그릇이란 고작 그 정도인 것이다. 그것밖에 안 되는 존재인 것이다. 어떤 변명도 공허하고 무의미해 보였다. 헌데 진실로 용서를 구한다는 거, 진실, 용서. 어떤 진실이고, 용서란 말인가? 진실이건 용서건, 서로가 수긍될 때나 구하고, 받을 수 있는 거였다.

그러고 보면, 장인은 그에겐 여전히 막막하고, 떡 버티고 서있는 성채(城砦)나 같았다. 고통스러워 회개하면서도, 그 높고도 단단한 성채를 바라보노라면 숨이 막히고, 움츠러들고 마는, 서로에게 영원히 수긍될 수 없는, 관계요 존재인 것이었다. 관계? 관계랄 게 남아있기라도 한가? 끊어진 지 오래인, 신앙을 떠나 인륜을 저버린 게 그였다. 부디 쾌유하시기를. 그는 회한에 젖어, 더는 홍얼댈 수가 없다. 요즘 들어 그는 부쩍 자신이 감상에 젖는 걸, 그 떠나온 실락원(失樂園)의 실향민의 영혼이 그럴까.

저 80년대 미국에서 유학했고, 드디어 신학박사 학위를 받아 귀국하는, 사도 바울의 모습. 장인은 사도 바울이었다! 어떤 영웅이, 그런 성스런 아우라를 뿜어낼 수 있었을까. 그의 기억엔, 미국의 유명 신학대학에서 박사 학위를 받아 귀국하는 건, 어떤 영웅도, 예전의 위대한 선지자도, 그 찬란한 아우라 앞에선 빛이 바래거나, 초라해지고 작아질 뿐이었다. 교회에서 예수보다 사도 바울의 귀환(歸還)을, 그 성공의 화려함을, '위대한 사역자'를 떠올린 것도, 지극히 당연한 것이었다. 보잘것없는 나라의 모두의 욕망과 꿈, 신앙이란 건 그걸 실현해 줄 위대한 사역자를 필요로 했다. 저 눈부신 사도 바울은, 실은 이 나라 80년대의 민중, 아니 오래도록 가난하고 누추해진, 비루할 만치 잘살아 보겠다며 땀과 눈물로 짓이겨진 영혼들의 가장 진실한 얼굴이었다. 엄혹한 시절의 투쟁들이 거리를 달궜지만, 그에겐 그보다 진실한 얼굴은 없었다.

당시 그의 아버지의 가장 자랑스런 신학대학 동기였고, 귀가 따갑도록 위대한 사역을 펼칠 거라, 듣곤 했었다. 그때만 해도, 아버지가 그토록 사도 바울이 될 거라 칭송했던, 그분의 사위가 될 거라곤 그는 꿈에도 상상한 적이 없었다. 그런데 그는 아버지와 형제와도 같은 그분과의 우정 덕분에, 물론 그도 예비 목회자였기에 자연스레 혼담(婚談)이 오갔던 거지만, 영광스런 사위가 된 것이었다. 그도 아버지처럼 장인을 우러러보았고, 한국 교회가 낳은 큰 인물이요, 교단의 거목(巨木) 중의 거목이 된 것이었다. 기적과도 같은 부흥과 교세(敎勢)가 그 사도의 능력을 찬란하게 증명해 보였고, 서울 강남의 한가운데 〈천국교회〉를 일군 것이었다.

그 시절 〈천국교회〉는, 수만 명의 교세만으로는 설명되지 않는, 앞선 서구적 교회 문화를 전파한 교회로서도 눈부셨고, 그 하얀 예배당은 모든 교회들의 꿈과 희망을, 한숨을 쉬게 하였고, 모든 교회가 〈천국교회〉를 앞다퉈 질투하며 모방하려 했었다. 〈천국교회〉의 성도들은 그가 이 백성을 죄에서 구원해 온갖 축복을 내려 줄 하나님의 사자임을, 지극히 보잘것없는 믿음을 가진 자라도 확신해 마지않았다. 오, 신이 질투할 만한, 그토록 성도들을 사로잡은, 위대한 하나님의 종이라니!

너무 눈부셔서 성도들은 감히 그 위대한 하나님의 종을 마주 바라보는 건, 심장이 멎어버리거나 내면의 죄성이 죄다 드러날까, 은혜에 감복(感服)하면서도 벌벌 떨 정도였다. 서구적 교회라지만, 성도들은 율법의 엄위함과 심판의 두려움, 오히려 그 안의 은혜야말로 하나님이 값 없이 베푸는 은총이기에, 더욱 순종적이고, 믿음으로 충만한 것이었다. 그 하나님의 위대한 종이, 유별나다 싶을 만치 팝송을 사랑한 것이다. 집안이나 차 안엔 늘 찬송과 함께 팝송이 흘렀었다. 덕분에 그도, 신학책밖에 몰랐던 숙맥치곤 어지간한 팝송이며 유명 가수들은 훤히 꿰게 됐었다.

장인이 귀국할 때 가지고 온 팝송 테이프만 몇 박스였고, 그 낙천적이고
도 낭만적인 기질이며 늘 팝송을 흥얼대던 모습, 친구의 아들을 사위로
맞아, 자식처럼 살갑게 대해 주었던 분.

　장인이 그런 팝송들을 가리지 않고 좋아한 것으로 알았지만, 언제인
가 그는 문득 밥 딜런의 노래가 빠져 있었던 걸 새롭게 기억해낸 적이 있
었다. 그 발견은 이런 의문을 가질 만했었다. 설마 실수한 게 아니라면
그 가수만을 싫어했을까. 장인이 정말 그 가수를 싫어했는지는 알 수 없
고, 비틀즈나 조안 바에즈 같은 가수들의 노래는 좋아했던 것이다. '예스
터데이(Yesterday)'나 '도나도나(Donna, Donna)' 같은 곡들이었고, 어쨌든
많은 시간이 흐른 후에야 그는 비로소 한 인간을 이해한 셈이었다. 그땐
그 팝송들도 다르게 다가왔었고, 그의 머릿속엔 뚜렷한 한 영혼이 그려
졌었다. 야곱이나 그 아담의 후예다운 삶의 슬픈 곡조 같은. 그런데 그
는 여전히 그 시절을 회상하노라면 장인의 그 낭만적인 모습과 쓸쓸한
슬픈 곡조를 같이 떠올리는 것이다. 그 온갖 역경을 이겨낸 자의 노래였
고, 자기 나라의 대중가요가 아니라 팝송이기에 더욱 그랬지만, 무엇보
다 평생 싸웠을 그 내면의 악마와의 처절한 싸움에서 승리한 자의 노래.

　그는 지금에야, 오히려 장인을 공정하게도 그 시대 '사도 바울'이요, 야
곱도 탄복할 만한 아담의 후예란 걸 떠올리곤 한다. 자신을 극복하고 이
긴 자, 그 큰 능력으로 수많은 이들에게 어쨌든 은혜를 베풀었다면, 그는
작은 종지기만큼이나 성직자로서도 미천했었고, 누구에게 기쁨을 준 바
있는지 한 영혼에게라도 천국을 선물했는지 한없이 부끄러울 뿐이었다.
그런 분을 배신한 것이었고, 도대체 무얼 위해서였던가? 신앙? 의로움?
저 종교 개혁자들의 성스런 깃발? 자신을 깨뜨려야 한다는 절박함에 내
몰려 있었다 해도, 역사나 교회사(史)가 진실되게 보여주는 것이지만, 시

간 속에서 그 깃발은 남루해지고 추레해지기 마련이었고, 도대체 칼빈과 루터의 후예들을 보라! 그도 무엇에 홀린 듯 사람의 약점을 꼬투리 잡아 '선지자'라도 되는 양 저 광야로 나선 꼴이었다.

그 시절 이사야나 예레미야를 흉내 낸 자칭 '선지자'들이 나라 도처에서 출몰했었고, 귀가 얇은 유다를 빼닮은, 족속들이 현혹되어 그 마귀들을 쫓았고, 헌데 시간이 흐르면서 더 많은 무리가 시험에 들어 구름떼처럼 쫓았다. 하긴 그래 봐야 저들이 마귀들이란 건 불변의 진리였다. 이미 심판을 받아 그 저항과 절규가, 온갖 탄압과 망가지고 끌려가는 저들이 지옥불에 타는 메뚜기로 보였고, 교회란 성채 안의 성도들은 자신들이 천국 백성임을, 축복받아 신의 엄위한 영광을 드러낼 빛의 자녀들이었다. 특히나 보수 교단의 교회에서 저 마귀들은, 하나님의 질서에 대적하는, 지옥불의 메뚜기들이었다. 정의가 무엇인가? 하나님을 믿는 것이다. 사랑이 무엇인가? 오직 하나님을 믿는 것이다! 감히 그 거룩하고도 단단한 성채를, 마귀들이 넘볼 수도, 시험 들게 하는 일도 없었다. 그런데 어쩌다 위대한 하나님의 종의 사위이자 〈천국교회〉 부목사가 시험에 든 것이었고, 그 유혹은 자신도 모르는 사이에, 천천히 찾아왔었다. 마귀의 유혹과 속삭임은 소리 없이 다가왔었다. 신이 유다를 그렇게 사용했듯, 그를 소리 없이 시험에 빠뜨린 것이었다. 시험에 들면, 무엇보다 그 귀가 열렸고, 막혀 있어야 마땅한 귀가 어느 순간부터 그 마귀들의 강렬하고도 유혹적인 목소리가 들려 왔었다. 서울 강남교회들에 대한 저주였고, "하나님의 몸 된 교회를 바알에게 갖다 바친 삯꾼들의 머리에 심판이 내리리라!" "바산의 암소 강남교회여! 불벼락 심판이 너희를 찾아가리라!"

하지만, 그 악의에 찬 저주들이 그의 머리통을 쪼듯 깨웠을 리는 만무

했다. 오직 기도와 찬송과 그 은혜 충만한 교회의 고요한 평화는 이곳이 천국임을, 오직 기도만이 역사와 정사를 다투고 인도하시는 하나님의 뜻을 헤아리며, 그 은총과 내려질 축복을 뜨겁게 간구하는 거였다. 그는, 어느 시점부터 자신이 시험에 빠졌고, 무엇이 올무가 되어 걸려 넘어졌는지 짐작조차 할 수 없고, 지금도 마찬가지인 것이다. 두려움, 문득 공포에 가까운 두려움, 맨 처음 느꼈던, 마귀의 유혹은, 두려움이었다. 혼란스럽고도 깜깜한 어둠처럼, 어느 순간, 자신의 영혼이 시험대 앞에 서 있고 두려워 떤 것이었다. 기도하고, 매달려 봐도 소용없었다. 도대체 무엇 때문이지? 그 순간에도, 그는 자신이 질겁했던 걸, 차마 장인을 떠올리지 않으려, 두려워한 것이었다. 여러 사건이 있었지만, 위대한 하나님의 종의 길은 틀릴 수 없었다.

순전한 믿음, 그 시절, 그에게 믿음은 그런 거였다. 그 무렵에 있었던 사건은, 어찌 보면 대수롭지도 않은 것이었다. 그는 그 일을 지금도 뚜렷이 기억했다. 장인은 〈천국교회〉 담임 목사이자 교단 신학대학에서도 목회신학을 가르치는 교수로서도 유명했고, 명민한 두뇌며 무엇보다 정통주의 신학 이론에서 첫손가락에 꼽힌다는 평가였다. 1990년대 초반 무렵, 타(他) 교단에 불어닥친 이단 논쟁의 불똥이 그의 교단에도 튀었고, 보수 교단으로선 이례적인 낯선 광경이었다. 물론 타 교단의 '기독교 밖에도 구원이 있다'는 그 소속 신학대학의 교수가 일으킨 핵폭탄급의 엄청난 충격과 파장에 비하면, 그의 교단 사건이란 교수가 학생들 앞에서 잘못된 구원론을 발설했다는 점에선 비슷했지만, 타 교단 교수처럼 선을 훌쩍 넘어버린, 이른바 '확신범(確信犯)'에 비하면 실수에 가깝다는 게 중론이었다.

강의를 들은 일부 순진하고도 믿음에 투철한 학생들이 교단 총회 본

부에 '상소(上訴)'까지 하면서 문제 삼았고, 기독교 언론에도 보도되면서 그 교수는 공개적으로 사과하며 진화에 나선 것이다. 자신은 성경과 보수 신학의 구원론을, 오늘날까지 일절 어긴 바 없고, 학생들이 오해한 건 교수법(敎授法)에 실수가 있었다는. 앞으로는 학생들에게 오해의 소지가 없도록 교수법을 지양하겠다는 사과였다. 교단 차원에서도 받아들였고, 일단락된 듯싶었다. 아무튼, 타 교단의 이단 논쟁은 극렬했고, 흡사 중세의 십자군이 마귀들을 척결하는 것과 비슷했다. 부흥하는 한국 교회들에 찬물을 끼얹는, 이단 사설(邪說)로 선지생도들의 눈을 멀게 하는 마귀들은 가차 없이 척결돼야 마땅했다. 대교회 목사들이 주축이 된 심판자들은 ─그 중심인물도 미국에서 신학박사 학위를 받아 온 인물이었지만, 그 교수를 신학대학에서 쫓아내는 것으로 모자라 아예 성도의 자격을 박탈해 버린 것이었다.

타 교단의 서슬 퍼런 척결에 비해, 장로회 교회에서도 정통보수를 자처해 온 그의 교단에선, 그 잘못된 구원론을 실수로 발설한 교수를 너무 느슨하게 관용적으로 처리한 게 아닌가, 일각에서 다시 비판 여론이 일어난 것이었다. 그런데 조직신학을 가르친 그 교수도, 미국에서 신학박사 학위를 받았고, 더욱이 교단에서도 잘 알려진 소위 기독교 명문가(名文家) 집안 출신이었다. 든든한 배경 때문에도, 누구도 그를 함부로 건들 수 없다는 것이었는데, 장인이 팔을 걷어붙이고 나선 것이다. 장인은 타 교단 사건이 터졌을 당시 분개한 나머지, 정통주의 신학을 맨 앞에서 지켜 왔다고 자부한 성직자로서 일성을 토했었다.

"교회 밖에도 구원이 있다는 건, 신성모독이다! 하나님을 믿지 않는 쭉정이들이 드디어 본색을 드러내 도전하고 있는 게지!"

장인은 이미 교단에서도 중추적인 인물이었고, 그 교수를 천국교회로 조용히 불러 담소를 나누며 그 문제를 추궁한 것이다. 교수법의 지양이 아닌, 진실된 회개며, 그 구체적 구원관을 들어보겠다는 거였다. 그가 전해 들기론, 그 교수는 학생들 앞에서, 어떤 학생의 질문에 답하면서 문제가 생긴 것이다. "기독교의 전래(傳來) 전, 믿지 않는 훌륭한 선현들이 구원을 받았는가는 하나님만이 아신다." 더욱이 그는, "구원론을 너무 협소하게 받아들이면 예수의 관용과 사랑의 측면에서도, 자칫 영적인 시험에 들게 된다." 이런 발언을 한 것으로 알려져 있었다. 그 교수는, 장인을 같은 동료 교수—특히 미국에서 신학을 한 공통점은, 그가 긴장을 푼 이유였을 것이다. 그 자리에서 교수는 장인에게 지나치게 율법주의적인 신학대학의 분위기를 에둘러 하소연했고, 아무튼, 두 사람 사이엔 논쟁이 붙었고, 기분이 극도로 상한 그 교수는 자리를 박차고 일어나 돌아가 버린 것이다.

장인은 그런 그를 용납할 수 없었다. 아니, 실수란 말로 적당히 넘길 수 없는 확실한 꼬투리를 잡은 셈이었다. '예수를 믿음으로 구원을 받는다, 그 외의 구원은 없다' 이 명백한 답이며 회개한 자의 모습을, 그 교수는 보여주지 않았다는 것이다. 헌데 두 사람은 살아온 배경부터 여러모로 대조적이었다. 장인이 밑바닥부터 혼자서 독학으로 신학을 해 오늘에 이른 입지전적인 인물이라면, 그 교수는 부친이 유명한 교회 장로이자, 집안이 대대로 여러 사회사업으로 기여해 온 상류층 출신으로 외모부터도 '귀공자' 스타일이었다. 장인은 정통주의 신학의 엄격한 학풍을 위해서도, 신학대학 후배이자 나이도 몇 살 아래인 그 교수를 강단에서 끌어내리겠다고 공언했다. 두 사람의 자존심이 걸린 감정싸움은, 장인으로선 몹시 불쾌할 뿐만 아니라, 한국 교회의 정통주의 신학을 사수하려는 자신의 신앙과 사명감의 무게를 깎아내리려는 마귀들의 수작일 뿐이었다.

하지만, 그 진행되는 과정을 그는 어쩌다 상세할 만치 주의를 기울여 지켜보게 된 셈이었다.

신학대학교 이사장을 맡을 유력한 후보였고, 가장 많은 후원금을 내는 천국교회 담임 목사인 장인의 영향력은 막강했고, 뒤늦게야 위기감을 느낀 그 교수는, 사태의 심각성을 깨닫고, 장인을 찾아왔지만 만날 수 없었다. 사색이 된 교수를 그가 겨우 달래서 보냈을 정도였다. 연세가 팔순이 넘은, 교수의 부친인 백발이 성성한 노(老) 장로가 교회로 찾아오기도 했었고, 자신이 잘못을 저지른 양 사과했던 것이다. 결과적으로 장인은, 그 교수가 교회의 당회장실에서 무릎을 꿇고 빌었을 때야 분노를 풀고, 용서했던 것이다. 교수가 어떤 해명을 하고, 용서를 구했는지는 알 수 없지만, 한 가지만은 분명해 보였다. 무릎을 꿇고 빌었기에, 교수직을 지킬 수 있었던 것이다.

어쨌거나 장인이든 그 교수든 미국에서 신학박사 학위를 받은 그들은, 교단에선 매우 '특별한 존재'들이었고, 선민(選民)이었다. 당시 미국이나 유럽의 선진국에서 신학박사 학위를 받아 오는 이들은, 일찍이 하나님이 큰 그릇으로 쓰기 위해 선택한, 선민 중의 선민이었다. 같은 교단의 그 선택받은 최고의 학위를 가진 선민들의 '신학 논쟁'은 나름 흥미로운 데가 있었다. 어릴 적부터 그는, 그 특별한 선민들에 대한 '신화' 속에서 자랐고, 교회에 초빙되어 강단에 선 그들을 우러러보는 눈빛들, 그 빛났던 아우라를 잊지 못한다. 그들은 헬라어에 능숙하고 로마 시민권을 가졌던, 이곳 교회의 사도 바울들이었다. 더욱이 정통주의 신학을 더욱 강고하게 하려는 바울들, 신(新) 신학을 전하려는 바울들, 특히나 신 신학을 불모의 땅에 이식하려 했던 타 교단의 마귀는 축출됐고, 그 교수 또한 은연중에 자신의 신앙 양심에 따른 발언을 했다가 개망신을 당한 셈이었다.

당사자에겐 개망신이 맞았고, 그 교수가 조직신학을 가르치면서 제법 유명했다는 것이고, 동료 교수이기도 한 장인에게 무릎을 꿇고 빌었다는 게, 교회와 신학대학에 소문으로 퍼진 것이었다. 어찌 보면 타 교단의 마귀는 끝까지 소신을 지키며 장렬한 최후를 맞은, "너희들이야말로 후진 국적 율법에 사로잡혀 있는, 눈먼 자들이다!" 단말마의 비명이라도 질렀지만, 그 교수는 자신의 어떤 신앙 양심조차도 오직 교수직을 지키려 던 져버린 셈이었다. 돌이켜 보면, 그 선민 바울들의 대결은 점입가경(漸入佳 境)이라 할 만했다. 누가 잘 났느냐, 아니 자신이야말로 최고이며 하나님 또한 자신 편이라는, 그들이 선민 바울들이기에 더 격렬하고 잔인했던 거라고 그는 믿는 것이다. 누가 자신의 영혼과 양심에서 솔직하고 진실 했는가. 신학이나 신앙에서도 그건 중요하지 않았고, 자신의 솔직한 내 면을 드러내는 순간, 마귀요, 이단이었다.

영혼의 솔직한 고백은, 그래서 불온했고, 신을 믿는다는 신학대학은 —전부는 아닐지라도 상당수가 그 내면을 꼭꼭 숨긴 자들의 율법을 달 달 외고 맞춤옷마냥 빼입고, 하나님의 선별된 군대, 그 선한 양심의 사관 (士官)마냥 성직자의 길에 오르는 것이었다.

헌데 기독교의 출발이, 그 시절 정통 유대교의 율법을 깨고 나온 '새싹' 이어서, 그 싹을 잔인하게 잘라버리려 했지만, 그 후의 역사는, 놀라운 반 전이요 순리라 할 만했다. 이제는 기독교가 그 자리에 앉아서, 잔인하게 싹을 자르려 했다. 그런데 어떤 사상이든 음양(陰陽)의 조화만큼이나 그 냥 생기는 건 없었다.

이렇듯 회상하는 그로선, 자신이야말로 믿음이 작고 보잘것없었기에 그런 역사를, 더더욱 망각 속에서 신앙하는 존재였지만.

그 승리자의 만면 가득한 느긋한 미소라니. 막강한 권력으로 위세를 과시했던, 장인의 설교나 신학은 정통주의 신학에 입각한, 오직 예수, 오직 성경, 일점일획도 다 성령으로 쓰인 성경은 정확(正確)무오(無誤)한 신의 말씀이었다. 또, 한국 교회를 지켜야 한다는 사명감으로 불탔었고, 늘 미국의 청교도 신학이 자유주의 신학과 입 맞추는 순간, 무너졌다고 했다. 그런 가르침은, 순진한 신학대학생들에겐, '자유주의 신학'은, 공포스런 공산당만큼이나 마귀요 이단의 다른 이름이었다. 청교도 신학의 기둥이자 요람이었던 프린스턴 신학교가 이젠 자유주의 신학의 놀이터가 됐다는 말도 공공연히 하곤 했었다. 순전히 그런 장인의 영향이었지만, 그도 자연스레 그 청교도 신앙과 신학을 빛냈던 오래전 이름들에 무척 익숙했었다. 그 신학의 본향(本鄕)과도 같은, 이젠 '실락원'이 돼버렸다는 그곳에서 후학을 양성했던 신학자들이었다. 아르키발트 알렉산더(Archibald Alexander. 1772~1851), 찰스 핫지(Charles Hodeg. 1797~1878), 에이 에이 핫지(A. A. Hodge. 1823~1886), 비 비 워필드(B. B. Warfield. 1851~1921), 그레샴 메이천(J. Gresham Machen. 1881~1937) 등등.

　사회적으로 강력한 영향력을 끼쳤던 미국의 청교도 신앙과 신학은, 19세기 말에 이르면 자유주의 신학의 거센 도전에 직면하게 되는데, 독일에서 유학하고 돌아온 신학자들이 주도했던, 미국 개신교계의 초기 자유주의 신학(사회복음주의 신학)이며 그 이단자들의 이름도 그에겐 퍽 익숙했었다. 장인에겐 그 이름들은 지옥의 명부(名簿) 앞줄에 명기될 이단의 대표 격들이었다. 릿츨, 하르낙, 헤르만 등에 영향을 받은, 그 추종자들이었고, 월터 라우셴부쉬(Walter Rauschenbusch), 세일러 메튜스(Shailrer Matthews), 뉴먼 스미스(Newman Smyth), 그레이엄 테일러(Graham Taylor) 등등.

그러니까, 정확히는 20세기 초에 이르면, 장인의 표현을 빌면 자유주의 신학의 거센 공세 앞에서 청교도 신학의 빛났던 보루가 허망하게 무너지고, 지리멸렬 패퇴(敗退)하기에 이르는 것이다. 장인은 그날을 늘 사뭇 한 탄조로 언급하곤 했었고, 1929년 그 신학교에서 주도권을 상실한 청교도 신학자들이 짐을 싸서 떠난 날을, 정통주의 신학의 조종(弔鐘)이 울려 퍼진 사건인 양, 어느 글에선 '그날 미국의 신학은 몰락하고 말았다!'는 식으로 우울하게 쓴 것을 그는 지금도 선명하게 기억하는 것이다.

그녀의 휴대폰이 울렸고, 컬러링이 차이코프스키의 호두까기 인형 중, 행진곡의 장중한 선율이 차 안에 울려 퍼지는 듯했고, 그도 좀 놀라서 룸미러로 바라보았고, 잠결에 잠긴 그녀의 목소리가 조용조용 들려온다. 그런데 스피커폰이 켜진 상태여서 상대 여성의 톡톡 튀는 듯한 음성이 연신 탄성을 질렀다.

"여기 로마야! 오늘 이스탄불에서 이곳으로 왔어. 우린 성(城)에 묵고 있어! 성 안에 골프장도 있고, 휴양 시설이 있어서 신혼부부들보단 나이든 여행하는 사람들이 많아! 재성 씨 아버지가 다 예약해 준 거야! 지금은 둘이서 시내를 산책하고 있어! 호호, 있지, 보헤미안이 우릴 안내하겠대! 호호, 생판 모르는 백인 아저씨야! 성악을 전공했다면서 노래를 불러 주는 거 있지! 우리야 좋지, 로마에 와서 공짜로 안내도 받고! 목소리가 왜 그래?"

"잤어. 깜박 졸았어. 퇴근, 집에 들어가고 있어."

"어 그렇구나. 그럼 차 안?"

"응, 차 안. 병원 사람들하고, 술 한잔했어."

"니가 운전해?"

"대리 불러서."

"글쿠나."

"이따 연락하자."

"알았어! 호텔에 들어가면 다시 전화할게!"

그녀는 다시 눈을 감은 듯했고, 하지만 새근대는 숨소리는 들리지 않았고, 룸미러로 살짝 보니, 그녀는 까만 눈망울을 굴리며 상념에 잠겨 있다.

다시 그 장중한 그녀의 휴대폰 컬러링이 울린다.

"은영아, 우리 청담동!"

"응, 혜진아, 다 모였니?"

"상희만 늦는대."

"벌칙으로 한 턱 쏠게."

"그걸론 안 되지야."

"그럼?"

"집들이 안 할 거야?"

"하긴 해야지."

"해야지."

"난 그냥. 천천히 하려 했거든."

"왜애?"

"…"

"거기도 많이 올랐다며?"

"넌 더 올랐잖아."

"얘 좀 봐. 나야 강남이구."

"오르긴 했지."

"옆에서 애네들이 궁금하댄다."

"일, 이억 올랐대나."

"오십 평에, 13억이었지?'

"응. 호숫가니까."

"외진 곳 치곤."

"난 화랑은…"

"왜애? 신도시 치곤 평이 좋은 곳인데."

"형준 씨 사무실이 멀어."

"쫌 멀긴 하겠다."

"핑곗거리 생겼잖아."

"먼 말?"

"맨날 늦어."

"형준 씨 안 되겠네."

"외지긴 하잖아."

"너야 언젠간 강남으로 나올 거잖아."

"그래야지."

"유별나긴 하다."

"뭐가?"

"니네 시부모. 하여간."

"징그런 본능이지."

"자손이 귀한 집안이시라."

"넘 그러지 마."

"벌써 와 계셔?"

"응. 보약도 챙겨 왔대."

"와 진짜?"

"하준이가 두 살이잖아."

"니가 애 낳는 기계도 아니고."

"하도 저러니까."

"그래서?"

"하나 정도는."

"죽어도 더 안 낳는다더니."

"그 노인네들 심각해."

"순 미개인들!"

"아파트 살 때 도움도 받았고."

"손주 하나 낳아 줬잖아."

"둘 더 낳으랜다."

"욕심도 많지."

"아직 우린 도움 받는 처지고."

"너넨 둘이 벌잖아."

"그건 다르지."

"욕심도 많아."

"엄연히 다르지."

"하긴 강남 큰 평수로 나오려면."

"난 양재천이 좋아."

"타워팰리스?"

"모르지."

"그래도 넌 은근히…"

"은근히?"

"우리보다야 넌."

"너거들보단 뭐가?"

"그런 거 있어."

"모야, 어서 말해."

"여성성, 그런 거."

"여성성?"

"히프도 크고, 은근히 애도 잘 낳잖아."

"히프는 니가 제일 커."

"어머머, 애, 난 표준 싸이즈야!"

"너 땜에 내가 웃지."

"애 좀 봐? 얘들아, 은영이하고 나하고 누구 히프가 더 커?"

"물어봐봐, 호호."

"우리 둘 다 오리 궁둥이랜다!"

"나 대리해서 들어가는 중이야."

"차 안이야?"

"응. 이따 통화하자."

"그래, 내가 전화할게."

"잘들 놀아."

"잘 들어가."

그는 이럴 땐 본의 아니게 남들의 얘길 엿듣는 기분이어서 쑥스러웠고, 헌데 그녀는 개의치 않는 듯 스피커폰을 그대로 사용한 것은 좀 뜻밖이었다. 대체로 손님들은 통화할 땐 대리기사를 의식해 스피커폰이 설정돼 있더라도 놀라서, 들리지 않게 바꾸곤 한다. 그는 그녀가 자신을 의식하지 않는 게 편했고, 의식하고 예민하게 반응하는 게 타인에 대한 배려와는 상관없다는 걸 늘 경험하는 바여서, 오히려 처음의 깍쟁이 인상에서, 보기완 달리 의외로 털털한 성격일지도 모른다는 생각도 든다.

하지만 그는 손님이 말을 걸기 전엔, 일절 입을 열지 않았고, 그건 예의이자 원칙이기도 했다. 알듯 말듯 낯선 동행자들 간의 서로 느끼는 어떤 체취며 침묵 또한, 이 여행의 묘미를 배가시킨다. 그는, 한결 편해지고 새로워진 감정으로 그녀를 느끼는 거였고, 언뜻 보이는 차가움도 개성일 성싶은 것이다. 그리고 사진 속 눈썹이 짙은, 번듯한 인상의 남편과 웃고 있는 그녀, 돌복 차림의 의젓한 사내아이에게 축복을 빌어 주는 거였다.

그녀는, 그의 상상처럼 털털한 성격은 아니지만, 그렇다고 대리기사를 의식해서 자신의 평소 하던 것을 감춘다는 건 상상할 수 없었다. 일단 그녀는, 누구에게든 솔직한 게 좋고, 무언가 감춘다는 건 결벽일 정도로 성격에 맞지 않았다. 이 순간 그녀는 흐르는 팝송에 귀를 기울였고, 문득 대리기사에 대한 짜증은 이젠 머릿속에서 깨끗이 지워진 걸 깨득했다. 운전을 잘했고, 의외였다.

대신 그녀의 커다란 까만 눈망울엔, 언뜻 의혹과 활활 타는 듯한 증오가 떠올라서, 살얼음장처럼 고인다. 입에선 자신도 모르게 한숨이 터져 나왔고, 그녀는 달래려 해도 달래지지 않아 자신도 모르게 부르르 떠는 거였다. 숨이 거칠게 목을 타고 올라왔고, 금세 얼굴은 창백하다 못해 잿빛 같았다.

남편이 오늘도 형사 사건을 의뢰한 어떤 고객과 저녁을 먹기로 했다는 말을 그녀는 손톱만큼도 믿지 않았다. 그 인간의 모든 게 거짓, 거짓이라 단정한 지 오래였다. 바람을 피우는 게 확실했고, 심증이긴 하지만 벌써 한두 번이 아니었다. 요즘 그녀는 온통 이번엔 그 상대가 누굴까. 남편 주변의 여자들을 하나하나 상상해 보는 거였고, 혹 변호를 맡았던 고객

중 누구일 수도 있었다. 하긴 정형준은, 바람을 피워도, 냄새도 나지 않을 만큼 '완전범죄'를 추구하는 스타일이었다.

문득 그녀는 자신의 결혼 생활이 몇 년 만에 파탄 직전임을 절감한다. 모른 척 눈을 감던가, 흥신소라도 찾아가 증거를 수집해서 결판을 짓던가, 하지만 어느 쪽이든 그녀는 절망이었고, 참을 수 없는 모멸감으로 파르르 떠는 거였다. 절대 용서 못 해! 정형준 개자식! 오늘도 집에 자기 부모가 와 있는 데도, 그는 달랑 문자를 보낸 게 다였다. '오늘 좀 늦어. 그 형사 사건 고객과 저녁 먹기로 했어. 부모님에겐 좀 늦는다고 아까 통화했어.'

그녀는 입술을 깨물었고, 문득 이러는 자신이 극단의 불길 속으로 치달을 것만 같았다. 그녀는 자신의 강박증을 잘 알았고, 그 통제 불능의 불길하고도 등골이 싸늘한 전율에 휩싸이는 거였다. 며칠 전 꿈속에선, 메스를 쥔 자신이 누군가의 심장을 찌른 것이었다. 거구의 사내는 피를 쏟으며 거꾸러졌었고. 그 시원, 통쾌함이라니! 그녀는 절레절레 머리를 저으며 그 악몽을 어떻게든 잊으려 했다.

박은영은 남편과 대학생 시절 만났고, 그들은 캠퍼스 커플로도 유명세를 탔었고, 사실 이런 결혼 생활을 전혀 예상 못 한 건 아니었다. 어쩌면 그 예상이 빗나가지 않아, 벌을 달게 받고 있는 셈이었다. 연애할 때 남편은 웃으며 그녀에게 가벼운 농담 투로 묻곤 했었다. 몇 번 육체관계를 가진 그녀에게 떠날 기회를 준 셈이었다. "한 여자로 만족할 남자가 있을까? 아마 이 지구상엔 없을걸. 어떻게 생각해?"

그녀는 농담으로 듣지 않았고, 바람을 피워서 집안을 쑥대밭으로 만들어 놓았던 아버지에 대한 그 증오심을 일깨우는 말이었지만, "잘 모르겠어. 수컷들 본능이야 어련하겠어."

그 말의 의미를 그녀는 거의 본능적으로 알아챘었다. 당시에도 그는 허튼 말을 하는 법이 없는 법대생이었다. 너랑 진지하게 사귈 의향이 있지만, 보다시피 내가 좀 잘났거든. 인물 좋고, 집안 좋고, 머리도 좋고, 비록 판, 검사는 되지 못했지만 이제 변호사도 됐고. 남편은 친구도 많았고, 주변엔 항상 여자들이 있었다.

그녀로선, 이해해 줄 수 있지? 안 된다면, 지금 말해야 해. 그녀는 그때 솔직하지 못했었다. 모든 걸 가진, 장래가 촉망되는 사내였으니까.

벤츠는 불빛 가득한 드넓은 도로 위를 유영하듯 달렸고, 부드럽고도 힘찬 속도감은, 그녀에겐 자신의 애마가 하얀 날개를 펴고 날아오르는 듯하였고, 특히나 번잡한 도회와는 다른 이 신도시의 시원스런 밤길을 달릴 때면 색다른 분위기를 선사하는 것이었다. 이 신도시로 이사했던 날이 하필 그녀의 스물아홉 번째 생일이었고, 남편이 그날, 깜짝 선물로, 이 벤츠를 사준 것이었다.

그녀는 대리기사의 차분하고도 능숙한 운전 솜씨가 마음에 들었고, 인상과는 달리 의외였고, 이 순간엔 적잖은 위안을 받는 거였다.

하지만, 그녀는 첫인상부터 자신이 내심 짜증과 피해의식이 발동했고, 말투도 친절하지 않았던 걸 떠올리면서도, 미안하진 않았다. 내가 왜 미안해야 해? 그녀는 이 신도시로 들어온 후 특히 대리기사를 이용할 때면 화가 머리끝까지 치밀었고, 스트레스를 받았다. 서울 강남에 살 땐 대리를 부르면, 거의 총알마냥 달려왔는데, 아무리 신도시라지만, 30분 기다리는 건 기본이고, 대리비도 매번 덤탱이를 쓰는 기분이었다.

그래, 오늘은 운이 좋은 거야. 그녀는 눈을 감았고, 대리기사의 전직(前職)이 살짝 궁금했지만, 곧 부질없는 상념을 털어버렸다. 그녀는 몹시 피곤해서, 몸을 파묻듯 기댔고, 차 안엔 엘튼 존의 유어 송(Your Song)이

흘렀고,

Yours are the sweetest eyes I've ever seen(당신은 내가 지금까지 본 중 최고로 달콤한 눈을 가졌다는 거야). 그녀의 까만 눈망울은 닫힌 듯하더니, 다시 열리며 차갑게 반짝인다.

그는, 더욱 부드럽게 액셀러레이터를 밟았고, 하지만 손님들은, 특히나 이런 고급차는, 대리기사가 자신의 애마를 어떻게 다루는가, 신경이 곤두서 평가하는 걸 잊지 않는다. 이런 차는 날아오르듯 우아하고 멋지게 달려야 제격인 것이었다.

규정 속도를 지키는 것도 중요하지만, 우아한 속도감을 즐기는 건 기본이었다. 대리기사가 가장 경계해야 할 첫째 '악덕'이라면, 답답한 운전이있고, 손님이야 범칙금을 무는 일도 없지만, '대리기사는 아무나 하나?' 싸늘한 눈빛은 각오해야 한다. 진상손님이 많은 건 사실이지만, 술주정과 다툼엔 답답한 운전이 한몫하는 건, 누구도 부인할 수 없었다. 어떤 진상손님이, "발바닥으로 운전해도 당신보다 낫겠어! 차 세우고 내려!" 그런데 이쯤 되면 불알 달린 사내라면 견딜 수 없는 모욕이어서, "어디 발바닥으로 잘해 보슈!" 차를 고속도로 갓길에 대고 내려버렸다는 것이다. 그 진상이 어떻게 귀가했는지는 알 수 없지만. 또 들어보면, "당신 초보야?" "동네 아줌마 운전해요?", 답답한 운전을 숫제 경멸하는, 저 진상들을 달래주는 길은, 시원스럽게 밟아 주는 것 외엔 답이 없었다.

아무튼 대리기사는, 손님들은 하층 계급처럼 여기지만, 나름 동행자의 심리에도 통달해야 하고, 안전함과 편안함, 속도감, 저 불빛을 같이 바라보는, 어떤 '일체감'의 경지에 도달해야 하는 직업이었다. 차체(車體)와 함께 통통 퉁기고 유영하는 듯한 그 일체감은, 어느 땐 전생(前生)에 무슨 인연이라도 있었을까, 그는 그 만나는 영혼들에게, 자신의 이 순간이 전부인 양 ―진실로 그렇지만, 기꺼이 바치려 한다.

그는 어느덧 시원스런 도로 양편으로 가득 찬, 하늘 높이 솟은 고층 아파트들, 그 수놓는 휘황한 불빛들이 '어서 와요!' 하며 자신을 반기는 듯한 착각에 빠진다. 실은 그는 오래전 이곳이 시골일 때 와 본 적이 있었고, 그 골프장과 주변의 작은 시골 마을 외엔, 야트막한 산들과 완만한 경사를 이룬 펼쳐진 구릉지며, 제법 커다란 저수지, 벼나 보리가 자라는 논과 밭들이 펼쳐졌었다.

그 가난한 시골 풍경이 말끔히 사라지고, 아파트들이 하늘을 뒤덮듯 위용을 뽐내는 신도시가 들어선 것이었다. 이 신도시는 화랑1 신도시와도 사뭇 달랐고, 그 물씬한 '인공미(人工美)'는, 어떤 전통이나 자연적인 요소들이 남김없이 증발해 버린 듯한, 그 산뜻한 쾌적함을 자랑했다. 예전 그 시골에 유령이 존재했다면, 이제 유령들은 이 도시 어디에도 숨어들 공간이 없었고, 파리 한 마리도 없을 것 같은, 쾌적함과 깨끗함은, 그 인위적 인공미가 구현해 보이는 가히 '신세계(新世界)'의 풍경이라 할 만했다.

그는 특히나 이 신도시에 들어올 때면, 예전 어떤 신학자가 쓴 책을 떠올리곤 했다. 〈세속도시〉. 그 강렬한 기억은, 지금은 많이 빛이 바랬지만, 이 신도시가 그런 기억들을 소환해 주는 건, 그로선 묘한 기분인 것이다. 90년대 중반쯤에 접한 그 책은, 제목부터도 자신의 신앙으론 감당하기 벅찬, 위험스럽고도 불온한 빛을 띠었었다. 헌데 당시 그에겐 더는 피할 곳도 없고, 그 시절을 살았던 누군가는 비웃을는지 모르지만, 영혼을 건 도박을 택한 셈이었다. 그 외엔 다른 길이 보이지 않았다.

그런데 그런 책이 미국에서 출간된 게 1965년이었고, 30여 년 지난 후에야 그는 목사로서 읽은 것이고, 그 시절에도 기독교의 시간에서 미국과 한국은, 마치 현대와 중세(中世)의 거리감이랄까. 도대체 오래전 출간된 책이지만, 여전히 한국의 보수 교단에선 자유주의 신학으로 터부시되고, 차단막부터 쳤던. 아무튼 그에게 그 책은, 신학자이자 목사로서 저자의 시선과 그 무척 감각적인 문체조차도, 중세의 눈에 비친 현대의 모습, 마치 중세의 기독교도가 현대신학에 도전한 시험대였달까.

물론 당시 그는 선악과를 따먹는 듯한 심정이었던, 여러 현대신학자의 책을 닥치는 대로 읽었지만, 그 신학자는, 특별히 〈세속도시〉를 신의 뜻이라 역설한 것이었다. 그의 선배 격인 신학자 본 훼퍼가 신을 상실한 시대, 그 '성인된 세계'나 고뇌며 영감 어린 '그리스도'를 그려 보였다면, 그 젊은 미국 신학자는, 거기에서 한발 더 나아간, 오늘날의 세속화된 현대의 도시야말로 신의 뜻임을 그려 보인다.

현대의 고도로 발달된 도시들, 그 안의 세속화한 자유로운 개인들, 그들에겐 지금 여기, 오늘의 삶이 중요하며 예전의 신이나 형이상학적 인생관 따윈 불필요했다. 그리고 그런 현상은 반(反)종교적이 아닌, 성서 신앙의 역사화(化)에서 비롯된 산물이며, 오히려 인간의 성숙 과정이자 신의 선물로 반기라고 한다.

저 쾌적한 도시야말로, 폐쇄적 세계관과 모든 초자연적 신화와 거룩한 상징들을 말끔히 지워버린, 진정한 해방, 풍요롭고도 자유로운 개인들의 낙원, 그 모든 게 신의 섭리이자 문명의 진보였다.

하긴, 그로부터도 20여 년이 지난 오늘, 그 신학자는 여전히 활약하며, 달라진 시선을 보여 주고 있지만, 그렇다고 본질적으로 달라질 게 있을까. 신을 상실한 시대, 그 신학들이 가리키는 건, 어떤 명징한 현대를 살아가는 인간의 속살이었다.

그 신학들과 오늘날 낙원의 시민들은, 적어도 그 속살을 평등하게 공유행고, 신을 주제로 신학을 하지만, 고뇌나 더는 '이상향(理想鄕)' 따위를 꿈꾸지 않는, 상실한 신에 어떤 이유에서건 매달려 있는 영혼들의 모습이었다.

그는 한참 시간이 흘렀을 때, 미국 사회에서 자부심이 넘치는, 성공한 백인이 아니라면 과연 신학의 이름을 빌어 저런 책을 쓸 수 있었을까, 이런 의문을 가진 적이 있다. 그 백인 신학자는 하버드대학교에서 철학박사 학위를 받았고, 그 책은 당시 현대를 살아가는 기독교인들의 호응에 힘입어 세계적으로 널리 읽혔고, 명성을 얻은 것이었다.

문득 그는, 몇 개월 전 손님으로 만났던, 인상 좋은 중년 남자가 생각났다. 그 신사는 무척 점잖았고, 어조엔 연륜과 여유가 묻어났고, "우리 기사님은 고향이 어데예요?" 하며 친근하게 묻는 거였다. 그는 좀 당황했지만, 그런 대화들이 왕왕 오가는 일도 있고, 보통은 괜한 오해를 살 수 있어 피하는 데 그 손님은, 술기운 탓일 수 있지만 너그럽고도 무척 아량이 깃든 목소리였다.

그로선 우선 고맙기도 했지만 ─손님이 먼저 대화를 자청하는 건 고마운 일인 것이다─선선히 받아 주자, 이번엔 "종교는 있어요?" 한술 더 떠 묻는 거였다. 그도 그땐 룸미러로 손님의 인상을 슬쩍 다시 보게 되는 거였고, 약간의 호기심이 동했던 것 같다. 그는 예전엔 기독교 신자였지만, 어쩌다 멀어졌노라고 공손하게 말했다. 헌데 그와 연배가 비슷해 보이는, 그 귀족풍(貴族風)의 손님은 높은 자리에서 기꺼이 내려와 진지한 대화라도 나눌 양으로 그 불쾌한 얼굴을 운전석 뒤에 가까이 들이밀듯 종교 얘길 이어갔을 땐, 그는 자신도 모르게 풍기는 술내에 좀 놀라고 당황한 것이다.

사실 그날 벤츠에서도 고가(高價)인 검은색 S클래스 손님을 만난 건,

화랑의 한 골프장 근처 한정식(韓定食)에서였다. 그 지역엔 골프장들이 몰려있어, 대리기사들은 초저녁부터 나와 진을 쳤고, 그들은 을(乙) 중의 을이었고, 능력의 편차가 있긴 해도 하룻밤 기껏 일해 버는 게, 그 손님들이 쓰는 골프 비용이나 음식값, 술값에 비하면 푼돈 수준이었다. 그 흥겨운 불빛과 '브라보!' 술잔 부딪치는 소리는, 을들에 가해지는 '형벌'만큼이나 황홀한 밤 풍경을 선사하는 거였고, 한 유명한 업소에선 언제나 귀에 익은 팝송이 흘러나와 불빛 가득한 숲의 분위기를 한층 돋우는 것이었다.

그 을들을 수시로 괴롭히는 건, 콜을 잡고도 손님들이 제시간에 나오지 않아 꼼짝없이 기다렸고, 어느 땐 한 시간을 훌쩍 넘기기도 했고, 그래 봐야 시간당 5천 원을 더 받는 식이었다. 을들은 대리회사로부터 불이익을 당하지 않으려면, 그런 갑질을 감수하는 수밖에 달리 방법이 없었다. 그것도 주차장에서 얼쩡대듯 서서 대기하는 거였고, 한겨울엔 오들오들 떨며 마치 까마귀들마냥 웅숭그린 모습이란. 그 손님들도 한참이나 기다리게 했었다. 잘 꾸미고 닦아놓은 듯한, 공원(公園) 분위기의 숲이며 아스팔트길을 미끄러지듯 내려오며, 손님의 말은 이어졌었다.

"오늘날과 같은 축복의 시대에, 안 그렇소? 얼마나 좋은 세상이에요. 누군 그걸 누리고, 누군 못 누리고. 여러 이유가 있겠죠. 기사님도 나이도 지긋해 보이고, 어떻습니까? 손님들 보면, 성공한 사람은 어딘가 달라 보이죠? 물론 머리도 좋아야죠. 하지만, 그보다 더 중요한 게 그 사람의 정신과 자세라는 거예요. 한때 교회를 다녔다니까 하는 말이지만, 우리 기사님도, 사연 없는 사람 있을라고요? 나도 모르게 누군가 기도하고 있을지 모르죠. 다들, 안 그러겠어요? 안타까운 거예요. 우리 어머님이 평생 새벽 기도를 다녔는데, 자식들이 잘되더라고. 내가 형제가 다섯인데 다 잘 됐어요. 되돌아보면 다 그 기도 덕분이죠."

　요즘 사람답지 않게 그는 기독교 집안인 걸 드러내는가 싶더니, 이번
엔 자기 자랑을 늘어놓았다. 교회를 다닌다고 말하진 않았지만, 어쩌면
주일(主日)을 지키진 못해도 마음속엔 늘 그 빚진 자의 어두움이 있어, 그
순간 낮아짐과 아량의 미덕을 베풂으로써 은총의 위안을 얻으려는지는
알 수 없지만, 어쨌든 요지는, 자신은 성공했고, 거기에 만족하고, 행복한
삶을 누린다는 거였다. 자식들 자랑도 늘어놓았는데, 둘은 미국에서 명
문대를 나와 큰 놈은 국제 변호사가 됐고, 둘째 놈은 월가의 유능한 증
권맨이 됐다는.

　"막내가 제일 처지는데, 그놈도 서울대를 나와서 좋은 직장 들어갔고."

　이 대단한 손님은, 자긴 대기업에서 임원(任員)도 해 봤고, 정년퇴직 이
후엔 임원 직급을 지낸 이에게나 베풀어지는, 그 대기업과 관련된 망할
염려 없는 조그만 사업체를 운영한다고 했다. 그로선, "훌륭하십니다, 사
장님!", 그 말을 서너 차례 반복했고, 손님은 무척 흡족해했다.

　그로선, 훌륭하십니다를 연발한 데는 그 능력이 출중한 손님에 대한
예우 차원이기도 했지만, 상대가 자신이 믿는 종교 얘길 더 이어갈까 솔
직히 부담스러운 것도 있고, 이 "훌륭하십니다!"란 표현의 효과랄까, 그
도 처음엔 부러 사용한 게 아니었지만, 어쩌다 그 효과를 경험한 이후로
예의 "훌륭하십니다!"를 계속해서 써먹는 셈이었다. 역시 그 남자도 운행
중간부터는 말수가 줄어들었던 것이다.

　그도 정확히는 알 수 없지만, 다만, 훌륭하십니다란 표현이 그 손님에
겐 존경보다는, 평가로 들렸을지 모르겠고, 더욱이 대리기사에게서 "훌륭
하십니다!"란 말을 듣는 게 썩 내키는 일은 아닌 게 분명했다. 물론 이것
도 그의 생각일 뿐, 상대의 감정까지 알 수는 없는 것이다. 운행을 마쳤

을 때, 그 손님은 모범 시민다운 선행을 베풀었었다. 대리비 외에도 팁으로 만 원을 더 얹어 주었다. 어쨌거나, 그 남자야말로 이 낙원의 손색없는 시민이었다. 그는 아파트 단지를 걸어 나오면서, 상념에 잠겼던가. 산책로마냥 나 있는, 단지 안의 길을 걸으며 그는 그때 뜻밖에도 한 인물을 떠올린 것이었다.

순전히 그 밤이, 그 공기가 그 신학자를 소환해 준 셈이었다. 신학자 본 훼퍼였다. 그 밤과 그 신학은 시간을 초월해서 어울리는 느낌이었고, 그 신의 부재(不在)를 응시하는 눈, 타고난 감각은 발랄하고도 불온(不穩)을 넘어서, 투명하게 다가오는 듯했다.

그러고 보면, 저 부족할 것 없는 남자에게, 신은 그저 그 어렴풋한 '환상곡(幻想曲)'일 따름이었다. 그 환상곡이란 게 본질적으로 신과는 아무 상관 없는, 지극히 편리한 환상의 일종이란 점에서, 그리고 오늘을 사는 누구도 그 환상에서 자유로울 수 없고, 그 부조리극의 연출자로서 인간은, 늘 욕망의 존재로서 충실했다. 그 투명한 불빛은 어둠을 밝힌다기보단 오히려 한층 더 환상적인 부조리극을 연출하는 거였고, 여흥(餘興)과 환상 속, 빛의 자녀들로서 무척 어울리는 낙원이었다.

그 뛰어난 신학자는, 현대를 살아가는 신학 하는 자의 책무로서 기독교 신앙에 대한 '비종교적 해석' '무종교성의 시대' 같은 개념들을 창안했을 수 있고, 현대를 인간의 이성이 성숙한 '성인된 세계'로 본 것이나, 이제 예전 종교가 무의미해진 세속화한 세상에서 그리스도는, 어떤 모습으로 나타나야 하는가.

신을 상실한 무신성의 세계란, 신이 이 세상 속에서 무기력하고 고통받고 고난 당하는 존재란 걸 의미한다. 그리고 신은 그렇게 무기력하고 약하며 고난 당함을 통해서 고난 받는 자와 함께하며, 오늘의 현실을 궁정하며 고난에 동참하는 게 그리스도인이다.

(나의 하나님, 나의 하나님, 어찌하여 나를 버리셨나이까?), 그 그리스도를 만나는 길이요, 인간 생의 한가운데서 붙잡는 그리스도다. 신은 성인 된 우리에게 무신성의 세계를 긍정하며, 신 없이 살아갈 것을 바라신다.

그의 〈옥중 서신〉을 한 영혼의 절절한 고백으로 읽는다면, 그토록 현대를 사는 그리스도인으로서의 자신의 정체성과 신을 향한 고뇌와 사색, 오직 그이기에 가능한 신학이었다. 성인된 우리는 "신 앞에서 신과 함께 신 없이 산다."

그가 오래도록 사색 속에서 이르는 결론은, 저 순교자의 투쟁은, 히틀러며 야만의 시대나 폭력도 아니고, 오직 자신의 영혼이었다. 오늘의 신이 없는 세상에서 진정한 그리스도를 갈망하고 기도하는 영혼은, 결국 그 자리에 서는 것이었다. 자신을 향한, 그리스도를 포기 없이 욕망하는 십자가, 어쩌면 신과는 상관없는 그만의 십자가인 것이었다.

한때 그 신학은 방황하던 그에게 다가온 충격적인, 그 이상의 신학이었다. 당시의 고뇌며 방황이 신앙을 향한 몸부림이었던 시절, 너무 앞선 신학은, 그에겐 두렵고도 실감되지 않는 충격이었고, 죄인의 영혼으로서 '빛(신앙)'에 목이 말랐었고, 자신을 깨뜨려서라도 그 '구원(의로운 행위)'을 향한 고뇌며 몸부림을 자처한 셈이었다. 그때 그는 걸으면서 낯 뜨거워져 빙그레 웃었던가. 그토록 두려움과 매혹되었던 신학이라니.

그 신학자가 당대 독일 최상류층 가문 출신으로 약관의 나이(20세)에 신학박사가 됐으며, 누구보다 부유한 삶의 혜택을 누렸던 것이나, 그 저항과 앞선 신학적 개념들이, 그의 삶과 밀접한 관련성을 갖는다는 생각도, 오랜 시간이 지난 후였던 것이다. 그렇더라도, 그 신학자가 오늘의 낙원에 있다면, 그런 신학을 했을까. 어쨌든, 그 천재적인 신학자는 처형

대에 섬으로서 자신의 신학, 그 슬픈 '성인'을 완성한 셈이었다.

산 밑을 뚫어 만든 둥근 터널을 두어 번 지나, 약간 높은 지대의 온통 고층 아파트 숲인 듯한 시원스런 도로는 어느 순간 호숫(湖水)가의 멋스런 아치를 그리는 난간으로 이어지고, 저 아래로 펼쳐져 보이는 호수 주변의 휘황한 불빛과 호젓하고도 수려한 풍경이 눈길을 사로잡는 것이다. 아무튼, 내비게이션은 호수 근처의 한 아파트 단지로 그들을 안내한 것이었다.

차 안엔, 여성 진행자의 노래 신청자 사연 소개와 덧붙이는 멘트에 뒤이어, 케이티 페리의 '로어(Roar)'란 노래가 흘렀다. 재밌는 가사여서 그는 슬며시 웃었고, 호소력 짙은 하이톤 보이스가 차창 안을 가득 채웠고, 문득 그는 룸미러로 그녀를 보았다. 내내 한마디도 하지 않는 그녀는 여전히 피곤한 기색이었고, 승용차가 단지 안으로 들어서 지하 주차장으로 내려갈 즈음, 그녀가 입을 열었다.

"지하 2층으로 가주세요."

"예, 알겠습니다."

그리고 그녀는 곧,

"천팔 동(1008동)으로 가 주세요. 빈자리에."

"예."

승용차가 그 동(棟) 앞에 이르렀을 땐, 이른 시간이라 주차할 자리는 많았고,

"잠시만요. 난 내릴게요."

그녀는 미리 준비해 둔 대리비를 건네며 차에서 내렸고, 차갑고도 이지적인 눈매며 둥근 이마가 도드라져 보였고, 그는 왠지 어두운 인상을

본 기분이었다. 그는 내심 첫 손님과의 이별의 덕담을 건네는 거였다. 구슬이 서 말이라도 꿰야 보배라오. 안녕히 가시오. 그가 조심스레 파킹하는 걸 잠시 지켜보는 듯하더니 그녀는 곧 발걸음을 옮겼다. 주차를 마쳤을 땐 그녀는 보이지 않았고, 그가 내렸을 때 뒤이어 차 문은 소리 내어 잠긴다.

그녀는 주상복합인 아파트 상가(商街)로 올라갈 참이고, 미리 주문해 놓은 케이크며, 시부모가 좋아하는 꽃게찜과 훈제 연어 요리를 찾아서 들어갈 생각으로 바빴다. 걸으면서 그녀는, 자신의 사납게 세운 발톱이 약간은 누그러진 듯했고, 그리고 대리기사를 거의 반값에 이용한 게, 그간의 스트레스를 조금은 보상받은 기분이다.

Get ready cause I've had enough
I see it all, I see it now
준비해 난 할 만큼 했으니까
다 보여, 이제 보여

주차장엔 클래식 음악이 흘렀고, 누구의 아이디어로 시작한 것인지는 짐작할 수도 없지만, 무척 색다른 분위기를 연출했고, 그는 환상의 도시로 온 것을 실감했다. 하지만 그의 귓전엔 여전히 그 여가수의 호소력 짙은 목소리가 들리는 듯했고, 그는 주차장을 걸으면서 내심 안전하게 운행을 마친 것에 안도했다.

그는, 초대받지 않은 외부인이 아파트가 아닌 지상으로 올라가는 엘리베이터나 다른 통로가 없다는 걸 알기에, 경험상 이런 대단지 지하 주차장에선 공연히 헛심 빼며 헤매기 일쑤여서, 평소처럼 들어 온 승용차 통로로 걸어 올라가기로 마음먹었다. 서두를 일은 없었고, 그는 왼쪽 다리에 신경을 쓰며 걸었고, 쇼팽의 '즉흥환상곡' 피아노 선율이 마치 호수공원으로 인도하는 듯싶었다.

바깥으로 나가는 차량은 비교적 뜸하기에 그는 우측 차선을 따라 걸어 올라갔다. 지하 1층으로 올라간 그는 줄곧 '아웃(OUT)' 화살 표시 방향을 쫓듯 따라 걸었다. 바깥이 올려다보이는 통로로 걸어 올라갈 땐 성질 급하게 차선을 넘으며 들어오던 승용차가 빵빵 댔지만, 그는 벽으로 붙으며 웃는 얼굴로 손짓하며 양해를 구했다.

다행인 건, 그들도 승용차 지하 통로로 걸어올라 오는 게 대리기사 외엔 거의 없다는 걸 잘 알았다. 더 현란해진 피아노의 선율을 따라, 그는 한층 공기가 선선해진 주차장 입구를 향해 걸어 올라갔고, 어느덧 머릿속엔 마치 잠들지 않는 환상의 나라가 펼쳐지는 기분이었다. 통로를 나온 그는, 숨을 헐떡이며 가슴 가득 공기를 들이켜 토해냈고, 바로 앞 초등학교 건물과 아파트들로 호수공원의 불빛이 가려있지만, 그는 익히 찾아가는 방법을 알고 있는 것이다.

호수공원은 예전의 시골 저수지를 댐 형태로 물길을 막아, 거대한 인공호수마냥, 아니 이 신도시의 모든 게 치밀하게 설계되고 조각(彫刻)된 셈이었고, 누구나 살고 싶어 하는 환경과 집에 대한 욕구, 그 완벽한 구현(具顯)은, 도시의 성패를 좌우했다. 다행히 화랑2 신도시도 성공작(作)이란 평가였다. 적어도 밤엔 신이 창조한 것보다 월등한 아름다움을 뽐내는 것 같은, 야경(夜景)을 구경하려면, 지대가 낮아지는 쪽을 향하여 걸으면 되는 거였다. 적어도 호수공원 주변의 아파트에선 그렇게 걷다 보면, 어느새 그 불빛들에 젖어 들게 되는 거였고, 바로 앞에 거대한 호수며 불빛의 향연이 펼쳐진다.

호반(湖畔)의 도시, 밤엔 호수는 더 거대해 보여서, 쟁반 같은 평평한 모양인, 호수의 주변뿐 아니라 그 위 아래 쪽으로 이어지는 계곡은 버릴 게 없는 조각처럼 다듬어지고 꾸며져서 그 하얀 불빛들이 도시 한복판으로 끝없이 흐르는 듯 보인다. 들어 올 때마다 하루가 다르게 활성화되어 가는 이 신도시의 풍경은, 마치 영화 속 세트마냥, 그 명료한 어떤 특징이라면, 모든 게 한 치의 오차도 없이 구획되고 연출된 듯한, 아늑하고도 화려한 '백조의 호수'였다. 오늘의 인간은, 이런 도시를 불과 몇 년 만에 만들어 낸다! 그는 늘 경이에 찬 눈으로 바라보는 거였다.

5.

†

그는 곧 호수의 차가운 밤 공기 속에서 주변 상가(商街)들의 휘황한 불빛들이 반사되어 비추는 검푸른 잔잔한 호수며, 하얀 목화(木花)라도 흩뿌려 놓은 듯한, 펼쳐진 불빛들, 고즈넉한 저녁의 산책로를 따라 걷는 사람들, 그는 땀에 젖은 더벅머리를 쓸어 넘기며, 경이에 찬 눈으로 유일한 '전능자(全能者)'를 바라보는 거였다. 그 전능자가 자신의 능력을 한껏 뽐내 보이는 것 같았고, 그는 연신 가쁜 숨을 토해냈고, 어느덧 친숙한 전능자의 눈길이며 여유 있는 웃음소리를 듣는 것이다.

'이보오, 나그네 양반, 또 보는구려. 그것 좀 걸었다고 벌써 절룩대면 쓰나. 그런 몸으로 어디 밥이나 잘 벌어먹겠어? 자, 오늘도 내가 창조한 도시를 감상해 보시구려. 그대 같은 이방인도 언제든 환영이라오. 하긴, 그대 같은 가난뱅이야 평생 벌어 봐야 이 아름다운 도시의 한두 평 공간이나 마련할 수 있을라고? 지나가는 가난뱅이도, 여행객도 구경하는 거야 자유라오.'

'안녕하시오, 전능자여. 그런 아량도 내겐 고마울 뿐이라오.'

그는 잠시 망설이는 듯 서 있다, 차갑고도 달큼한 공기를 들이켜며, 덩달아 부풀어 올라 터질듯한 사람들의 꿈과 욕망에 젖는 듯, 산책로로 걸어 내려갔다. 그는 어디 적당한 곳에 자리를 잡고 앉아 구경할 참이었다. 특히나 이 호수공원 주변의 아파트들은 서울 강남 사람들도 탐낼 정도로, 요즘 가장 핫한 지역이었다. 분양 당시부터 경쟁률은 하늘 높이 치솟았고, 마침내 저토록 탐스런 꽃망울을 활짝 터뜨리듯, 아늑한 백조의 호수를 탄생시킨 것이었다.

그는 마귀마냥, 자신의 짓궂은 표정이 그래 보이지만, 그 향기를 흠씬 맡으려 코를 쿵쿵댄다. 문득 그 무색무취(無色無臭)의 휘황한 밤공기가 가슴을 적셨고, 그는 수많은 도시의 밤공기를 마시지만, 이 신도시는 어딘지 달랐다. 사람들의 꿈과 욕망으로 축조된, 저 휘황한 무색무취의 차가운 공기였다. 이 신도시는 또 하나 새로운 역사를 썼으니, 애초 자연의 상당 부분을, 들리기론 거의 전부를 벗겨내거나 깎아내서 건설됐다는 점이었다.

높은 산(山) 외에는 유례가 없을 정도로, 땅을 뒤집어서 세운 도시라 해도 과언이 아니었고, 그 공기조차 다른 건 당연했다. 이 신도시가 단기간에 건설되는 광경을 목격한 이라면, 그도 직접 보진 못했지만, 가위 상상이 가고도 남는 것이다. 붉은 황토빛의, 대지(大地)에 긴 쇠머리를 박고 살점을 파먹는, 가난한 칡뿌리의 혼(魂)까지 뽑아 게걸스럽게 먹어대는, 온갖 중장비들이 사방에서 떼거리로 달라붙은, 말 그대로 초토화(焦土化)의 전쟁터, 그 현대의 기술력이 총동원된, 함락과 파괴, 그리고 삽시간에 40~50층짜리 아파트들이 번쩍번쩍 쌓아 올라가는 광경은, 어떤 이의 눈엔 참혹한 국지전(局地戰)이긴 하지만, 그 총력 전쟁을 떠올린대도 전혀 무방한 것이었다. 거기에 개발효율(開發效率)의 극대화며 모두의 이익을 최대한 뽑아야 하기에, 어지간한 것은 밀어버렸고, 이도 상상이긴 해도, 수백만 톤의 콘크리트며 철근을 쏟아부었고, 아마 수만 톤은 족히 될 채석(採石)한 바위들, 나무들, 잔디들. 일용직들의 목숨도 부지기수로 바쳐진 그 전장은, 가위 기념비적인 처절한 전장이라 할 만했다.

그런 몰염치한 전장은, 저들의 꿈과 욕망이기에 더욱 그러했지만, 신이 있다면 그 진노(震怒)며 심판을 면치 못했을 터였다. 허영과 낭비, 터진 자루에 부어 넣는 듯한, 저 넘치는 꿈과 욕망, 아무래도 신의 연민은커녕 '노아의 홍수'라도 일으켜 휩쓸어 버린대도, 오늘의 인간들은 할 말이 없었다. 헌데 신이 어디 있는가? 신도 빗물에 씻기듯, 말끔히 떠내려가거나 지워진 것이었다. 이 얼마나 표백(漂白)된 듯 산뜻한 도시란 말인가! 이 신도시가 들어설 때도, 곳곳에 산재한 무덤들, 모시던 선영(先塋)들도 깨끗이 치워져 납골당으로 갔고, 예전의 신화며 유령들은 이젠 그 그림자도 찾아볼 수 없는 것이다. 하긴, 선영이 사라지는 것에 어떤 미친 노인이 문중(門中)과 신도시 개발 주체인 지자체며, 정부를 상대로 법원에 호소하고, 당랑거철(螳螂拒轍)마냥 포크레인 앞에서 분신(焚身)을 시도했다는 기사가 지역 신문에 실리기도 했다지만, 모두의 잔칫상 앞에서의 해프닝이었고, 어쨌거나 이 웅장하고도 아늑한 멋진 신도시가 탄생한 것이었다!

문득 그는, 더욱 마귀의 얼굴로, 이때도 냉소란 놈, 그 독거미를 경계해야 하지만, 이 도시에 인간 외에 다른 생물이 깃들 여지나 있을까 짐짓 상상해 보는 거였다. 개미 같은 작은 생물도 구멍이나 팔 흙이나 있을까? 용케 구멍을 판대도 먹이는 구할 수 있을까? 그런 상상을 하며 그는 심술궂은 표정을 짓는 거였다.

그는 호수 근처에 이르러, 그 아늑한 불빛의 향연 속의 아직도 건설 중인 엄청난 규모의 시커먼 건축물들이 하늘 높이 치솟는 걸 올려다보는 거였다. 이 신도시의 랜드마크가 될 컨벤션 센터 건물과 백화점이었다. 얼마 후면 호수공원은, 더욱 환상적이고도 풍요로운 그림 같은 풍광(風光)을 자랑하게 될 터였다. 호수 주변을 따라 펼쳐지는 산책로를 걷는 사람들의 활기찬 몸짓이며 얼굴 표정들엔, 그 뿌듯한 성취감 외에도 그런 설렘과 기대들로 잔뜩 부풀어 있었다. 이 신도시가 건설되면서 화랑1 도시 주민들도 대거 입주한 것으로 알려져 있고, 집값이 오를 거란 기대 심리며, 더 넓은 평수의 아파트, 도시 규모도 시원스러웠다. 하지만 그의 생각은 좀 달랐고, 어쩌면 더 본질적인 욕구, 어떤 '깨끗한 새 출발'에의 갈망이 그것이었다.

깨끗한 새 출발에는 여러 의미가 담겼지만, 영혼을 짓누르는 끈질기고도 칙칙한 것들, 어떤 묵은 찌꺼기들을 떨쳐버린다는 것, 이제 그 산뜻하고도 넓은 평수의 아파트 창문을 활짝 열고 새 아침을 맞이하는 걸 상상해 보라. 진정한 행복, 낙원의 새날을 꿈꾸는 사람들. 그 갈망과 욕구로 가슴 가득 부푼 사람들의 활기찬 모습들… 그는 걸으면서 아까부터 호수공원 어딘가의 한적한 벤치를 떠올렸고, 근처의 상가에 들러 편의점에서 커피며 담배를 사서 들고 자리를 잡으면 좋을성싶었다. 일전에 왔을 땐 더러 빈 상가도 보였지만, 이젠 찾아볼 수 없었고, 공원 주차장에도 승용차들로 가득했고, 한 눈에도 입주한 지 얼마 안 된 듯한 사람들도 눈에 들어온다. 그들은 호수의 야경에 흠뻑 취한 모습이다. 헌데 그들의 어딘지 상기된 표정들은, 아직은 좀 어색한 구경꾼 같다. 하지만 그들은 무척 여유로워 보였고, 자신들의 허영에 걸맞은, 환상적인 공원을 걷는 건, 그래서 그들에겐 아직도 여간 신기하지 않은 모양이었다.

마침 젊은 부부가 두 아이를 데리고 주차장 쪽에서 상가로 걸어 올라오고 있었는데, 산책을 마친 듯 보였고, 이제 그들은 무슨 음식으로 배를 채울지 고민 중인 것 같았다. 인형처럼 생긴 어린 딸이 아빠 팔에 매달려 "우리 피자 먹어요!" 귀엽게 말했고, 엄마 손을 잡은 뚱뚱한 사내아이도 질세라 "난 치킨하고 떡볶이요!" 성깔지게 외치는 거였다. 아이들 엄마는 여왕처럼 사뭇 근엄한 얼굴로, "난 건강식이 최고야. 여기 한우 샤브샤브 잘하는 곳이 있대." 일동을 향해 말했고, 사람 좋은 인상의 안경을 눌러 쓴, 어딘지 얍삽해 보이는 가장은 난감한 얼굴로, 그래도 곧 해결책을 찾은 것 같았다.

"애들아, 오늘은 샤브샤브 먹을까? 난 꽃게찜을 먹고 싶었지만, 양보할게. 아빠도 오늘은 건강식으로." 애들은 불만스러운 듯 외친다. "피자도 건강식이에요!" "난 치킨하고 떡볶이가 제일이에요!" 하지만 여왕이 가족을 이끌었다. "자자, 오늘 저녁은 건강식으로! 거긴 호수공원을 내려다보면서 먹을 수 있단다!"

여왕의 통솔하에 계단을 올라 그들이 멀어져가는 걸, 그는 못내 흐뭇한 표정으로 바라보았고, 편의점으로 들어간다. 캔 커피를 살 때, 그는 어떤 걸 살지 좀 망설인다. 이 신도시가 아니라면, 그는 대리기사답게 천 원짜리 캔 커피를 샀을 터였다. 그는 천오백 원짜리 캔 커피며 담배를 사서는, 편의점을 나와 담배 한 개비 꺼내 불을 붙이고는 계단을 따라 내려가 호수의 검푸른 물결이 찰랑거리는, 그 위를 걷는 듯한 산책로로 들어선 것이었다.

그는, 거대하고도 시커먼 호수가 휘황한 불빛에 젖어 일렁이며 고래마냥 거친 숨소리를 뿜어내는 것 같았고, 달도 떠올라서 흐르는 듯 반사되어 뒤엉키는 걸 바라보며 가슴을 헹군 연기를 뱉어낸다. 그는 예전 그 시골 마을, 차창 밖으로 보면, 깨복쟁이 아이들이 철 이른 봄에도 미역을 감던 저수지가 아련한 꿈결마냥 되살아나는 거였다.

그 가난한 촌구석의 수초(水草) 우거진 저수지는, 이젠 어엿한 호수가 되어, 신도시의 야경을 수놓았고, 가만 보니 검은 오리 떼가 자맥질하는 게 보였다. 하얀 백로(白鷺)도 보이고, 유일하게 살아남은 유령마냥 미동도 없이 떠 있는 것 같았다. 또, 간간이 들려오는, 퐁—당, 퐁—당, 물가의 작은 파문은, 그의 눈을 휘둥그레지게 했고, 물고기가 솟구쳐 올랐다 떨어진다. 그는 잉어가 틀림없다고 믿었다.

잔잔한 호반 위를 유영하는 저 평화로운 오리 떼들, 백로나 물고기들에게도, 여긴 천국이나 진배없었다. 예전의 낚시꾼도 사라졌고, 사냥하는 이도 없는 것이다. 이 호수는 엄격하게 법으로 보호될 뿐만 아니라, 이곳 시민들은 가난하지도, 굳이 저런 생물들을 수고스럽게 잡아먹지도 않았고, 주변엔 온갖 먹거리들로 철철 넘쳐서 배가 불렀다. 그는 근처의 어딘가 앉을만한 벤치가 있나 찾아보며 걸었다.

문득 그는, 물고기가 다시 뛰어오르는 걸 바라보았고, 덩달아 다른 놈도 뛰어올랐고, 퐁—당, 퐁—당, 누가 높이 뛰어오르나 장난을 치는 것 같았다. 헌데 보일 듯 말 듯 한 그 작은 파문이 언뜻 붉게 보여서, 그는 눈이 의심스러워 끔벅이는 거였다. 그가 찬찬히 주시하자, 물고기도 누가 자신들을 보는 걸 알아챘는지 더는 뛰어오르지 않았다. 그는, 곧 자리를 잡을 만한 곳을 발견했다. 산책로의 벤치들엔 다 사람들이 앉아있거나 조용하지도 않았고, 저 위쪽의 아늑한 불빛 속의 작은 정자(亭子)가 보인 것이다. 거기엔 사람이 없었고, 그는 그쪽으로 걸어 올라간 것이다.

그런데 어디선가, 웃는 남녀의 목소리가 소곤대듯 들려왔다. 불빛과 나무들에 가려 잘 보이지 않았고, 정자 근처의 벤치에서 들려오는 듯했다. 그는 다시 발길을 돌릴까 망설이는데, 어딘지 철딱서니 없는 그들의 히히덕 대는 목소리에서 무슨 일을 꾸미는 걸 그는 느낄 수 있었다. 그렇다고 남의 얘길 엿들을 마음은 없었고, 다만 그 목소리들은, 의심의 여지없이 낙원에서 들려오는 꾀꼬리들의 소리였다. 그는 그만 귀가 솔깃해진 것이다. 그는 꾀꼬리들의 소리에 이끌려 살금살금 다가간 것이었다.

"우리 엄만 믿어도 돼! 형이야 잘난 자식이니까, 엄만 내 편이야. 걱정 마, 6억 정도는! 우리 꼰대가 문제지. 흐훗, 너만 잘하면 문제없어. 게임 끝이지! 너도 느꼈을걸? 오늘 연기 죽이더라. 의심 많은 노인네지만, 봤지? 자식이 결혼한다는데. 속으론 좋은 거지. 말은 안 해도 흐훗, 그 노인네들이란."

"호호훗, 되게 의심 많게 생기시긴 했더라. 야, 내가 느그 부모라도 너처럼 생활하면, 내 논 자식 되는 거야. 그래도 되게 존경스럽잖아? 넌 안 그래? 그 덕에 우리가 잘만하면 덕 좀 볼 수도 있는 거잖아. 생각보다 재밌다, 그치? 호호훗! 야, 너 진짜 약속은 지켜야 한다?"

"사람을 뭘로 보고, 흐훗, 난 니 신랑이잖아. 1억은 니 꺼야. 연기력 봐서 더 올려 줄 수 있어. 이런 걸 성공보수라 하지. 흐흐, 난 캔디 먹을 때 머리가 잘 돌아가. 기막힌 아이디어가 막 떠오르거든! 또라이거나, 천재거나, 둘 중 하나지. 너 그런 기분 느낀 적 있어? 신나게 놀아보는 거지! 흐훗, 우리 신혼여행도 갈 거 아냐? 세계 일주를 하는 거야! 생활비, 애도 낳으면 돈 타낼 수 있어! 무궁무진이지!"

"야— 아—, 약은 절대 안 돼?! 나 만나는 동안은. 약속해 줘. 내가 좋다며? 사랑은 바라지도 않아. 제발 그 쓰레기들 하곤 어울리지 마. 진짜 약속이다, 약속 어기면, 난 떠날 거야. 혼자서 밴쿠버로 갈 거야. 좋아, 믿어 줄게. 그거 진짜야? 너거 아빠 통장에만 수십억이 있는 거? 너거 형 결혼할 때 집도 사줬다며?"

"걱정 마, 내 머리가 그런 계산 하난 하버드생도 못 따라와. 여기 신도시가 개발될 때 보상금 받은 게 85억이야. 그게 십 년 전이라구! 흐흐, 내가 통장을 봤지. 영이 몇 개인지 두 눈으로 세 보기까지 했어! 그 노인네가, 너 자린고비란 말 들어 봤어? 지독한 구두쇠거든. 그 돈도 투자 자문까지 받아가며, 부동산에, 증권에 투자했거든. 내가 계산 때려 보니까, 지금은 백억이 넘었을걸. 형이 작년에 박사 학위를 받았을 때, 그 노인네가 무얼 해 줬는지 알아? 금송아지를 선물한 거야!"

"어머, 금송아지? 구두쇠 영감하고 어울리는 선물이다. 호호홋."

"복을 부르는 금송아지래. 그 노인네가 번식 욕망은 강하거든. 웃기는 거야. 한국은 지금도 인구가 많아. 작은 땅덩어리에 5천만이야."

"많지. 너무 많아. 너도 유학하면서 돈 많이 썼잖아. 후훗, 이젠 너도 결혼할 거잖아. 돌아온 착한 탕자가 되는 거지."

"돌아온 착한 탕자? 흐흣, 말 되네. 캐나다에 있을 때, 많이 생각한 거야. 어떻게 하면 저 노인네 돈을 빼낼까. 자식이 개고생해서 돈 버는 것보다야 부모덕 좀 보자는 게 잘못이냐? 난 절대 그런 생각 안 해! 인생이란 게 즐기는 거고, 그 노인네들의 시대란 게 원래 자린고비거든! 쓰지 못할 돈을 써 주는 것도 미덕이지."

"그건 니 말이 맞아. 호호홋, 인생은 즐기는 거지! 난 니가 하라는 대로 할게. 내가 이래 봬도 연기력은 타고났잖아? 고등학교 다닐 때 연극반이었어."

"그 중요한 걸 이제 얘기하면 어떡해?! 흐흣, 넌 사랑스런 며느리. 1차, 2차, 3차, 작전은 완벽해야 해! 그 노인네들이 와 볼 거 아냐? 애도 빌릴 수 없을까? 애도 렌탈할 수 있으면, 어, 그런 사업도 괜찮을 것 같은데?!"

"렌탈 못 할 거 머 있어? 내가 그런 거 잘하잖아. 호호홋, 재밌겠다, 그치? 느그 아빠, 원래 농사지었다메? 오늘은 요만큼 보여 준 거야. 시골 노인네 내가 자알 꼬셔 볼게. 막내아들의 사랑스런 며느리. 살살 꼬리 쳐 보는 거야!"

"흐흣, 그럼 좋아! 그 노인네도 아직 남자야! 정력에 좋은 거 다 챙겨 먹더라니까! 야, 이만하면 게임 끝난 거 아냐? 우린 무궁무진이야!"

"호호홋, 이만하면 작전 완벽이지!"

그가 정자 근처의 한 벤치에 다다랐을 때, 히히덕대던 젊은이들의 대화가 뚝 끊겼고, 바로 지척의 벤치에 거의 뒤엉킨 듯 앉아서 캔 맥주를 마시던 그들이 슬쩍 그를 바라봤다. 그래도 좀 쑥스러운 건지, 자신들의 그 '신나는 음모'를 그가 들었을까 서로 얼굴을 살피는 것 같았고, 하지만 희한하게도 밤거리의 숨길 수 없는 대리기사의 행색이란 건, 이곳 주민도 아니고, 그들을 안심시킬 게 분명했다.

그들은 일어나 어디론가 슬금슬금 사라져 버렸고, 그는 벤치에 앉은 것이다. 벤치는 벌렁 드러누워도 될 만치 큰 편이었고, 주변도 호젓할 만치 조용해서 그는 가장 편안한 자세로 호수를 내려다보며 끽연을 한다. 하늘엔 더 많은 총총한 별들이 뒤엉키듯 만발했고, 그는 불빛과 투명한 공기에 흠씬 젖어 들면서, 사뭇 진지한 사색에라도 잠겨 볼 심산인 것이다. 저토록 명징한 한 시대의 풍경화를 바라보며, 그는 이 밤을 이슬을 흠뻑 맞으며 꼬박 새워 볼 수도 있을 것이었다. 하긴, 이곳에서도 콜이 뜨지 않으리란 법은 없고, 그때는 일어나 자신을 필요로 하는 이를 찾아가면 되는 거였다.

담배꽁초를 다시 곽에 넣었고, 이제 불편한 왼쪽 다리를 벤치에 올렸고, 커피를 한 모금 마시는 그의 눈엔, 문득 낮에는 채광도 좋은 저 고층 아파트들엔 이름만 들어도 알만한 여러 유명 인사들도 발 빠르게 들어와 새 거처를 마련한 걸 떠올린다. 연예인들뿐만 아니라, 철학자, 문인(文人)들, 텔레비전을 켜면 얼굴을 내미는, 인물들이 입주하면서 이제 그들은 이 신도시의 자랑이기도 했다.

언뜻 그 깊은 웅덩이 속 안광이 반짝이듯, 그는 짐짓 마귀마냥, 부질없는 상념에 잠기는 자신을 보는 것이다. 희끗 웃는 건, 마귀의 웃음이다. 그는 허허로운 웃음을 날린다. 자넨, 수십 년째 마귀로 살고 있는 셈이구먼! 이젠 지칠 만도 하건만, 대관절, 벗어나지 못하는 건, 집착인가 광기인가? 신, 신학, 그 이분법이 여전히 자신 안에서 기승을 부리며 이를 드러내는 걸 절감하는 것이다.

이젠 끝날 때도 됐건만, 그 증상은 깊고도 깊어서, 그 뿌리를 뽑아서 잘라내고, 하늘까지 자랐던 관념의 축조물이 말라서, 굴러떨어지고, 사라지길 바라지만, 자신의 영혼은 거기에 창백하고도 질기게 매달려 있는 것이다. 자, 저 풍경화를 바라보는 건, 자신 안의 망령들을 헐어버리는 시간이 돼야 맞았다. 더 창조적인 시간을 맞이하기 위해서라도, 거기에 바쳐져야 하고, 이 얼마나 소중한 시간인가!

그는, 자신 안의 그 깊고 깊은 망령의 뿌리라도 드러내듯, 미간을 잔뜩 찡그린 채, 거친 첫소리를 뽑는 거였다. 대관절 신학이란 게 무엇인가? 신이란 게 무어란 말인가? 헌데 갑자기 물 위로 뛰어올랐던 물고기며 동그란 파문이 붉게 보였던 물 빛깔이 떠오르는 건, 그도 어리둥절했다. 그의 눈빛이 어둡고도 슬픔에 차올라서, 호수를 바라본 건, 다음 순간이었다. 아아, 그 시골의 풍경이 붉게 되살아나서 그는, 기도하듯 두 손을 모은 것이었다.

잊혔던 기억들까지, 그토록 생생하게 펼쳐지는 건 어인 일인가!

대리기사로 처음 이 신도시에 왔을 때, 그는 예전에 자신이 서너 번 왔던 곳임을 알아보지 못한 것이었다. 초행길처럼 낯설기도 했지만, 안내 표지판의 골프장 이름이며 지명을 딴 도로명(道路名)은 기억을 되살려 줄 법도 했지만, 그는 까맣게 몰라본 것이었다. 몇 번 와 본 곳을 어떻게 그럴 수 있지?

어느덧 20여 년의 세월이 흐른 것이었고, 더욱이 그땐 밤이 아닌 환한 대낮이었다. 한낮에서도 화창했던 봄날이었고, 그 신록이 무르익은 한가로운 들녘의 먼지가 이는 신작로 주변엔 벼와 보리가 자랐고, 밀밭도 있었고, 물들인 듯 샛노란 유채꽃들이 골프장을 찾는 외지인들을 반겼었던가. 그 기억들이 불현듯 되살아난 건, 그날 일을 마치고 원룸에 들어가 큰대자로 몸을 뉘었을 때였다. 그 시골 풍경이 눈앞에 펼쳐졌었고, 그땐 좀 어이없고 당황스러웠다.

이 순간 그는, 자신이 잊지 못할 여러 풍경을 본 것을, 아니 마치 어떤 시대의 증인(證人)으로 소환이라도 된 듯 회상에 잠기는 것이다. 1995년, 96년 그즈음이었고, 사실 그는 골프도 치지 않는 데다 골프장을 출입할 일이 없었다. 장인의 운전기사 노릇을 몇 번 한 것이었고, 덕분에 골프장이며 그 시골 풍경을 구경한 셈이었다. 장인은 운전기사를 두고 있었지만, 종종 그런 부탁을 하곤 했다. "자네가 운전 좀 해 줄 수 있나? 같이 갔으면 하는데." 그도 부목사로서 바빴지만, 거절할 수가 없었다.

장인이 그런 부탁을 할 땐, 내심 그만한 이유가 있었다. 집안이 어떻게 돌아가나, 그를 통해 듣고 싶어 했다. 당시 장인은 몸이 열 개라도 부족할 정도로 바빴다. 그도 부목사로서 교회에서 하는 일이 벅찰 정도였지만, 오랜만의 나들이, 차 안에서 나누는 사위에게 듣고 싶어 하는 얘기들이 있기에, 군말이 있을 수 없었다. 사생활이 거의 없는 잘나가는 목사에게, 가정사는 늘 말 못 할 근심거리였다.

성역(聖役)에 쏟는 뜨거움만큼이나 자식들은 엇나가기 일쑤였고, 성도들에게 남편을 빼앗겨 버린 부인의 상실감은, 신도 달래 줄 수 없었다. 다 천국을 이루려는, 하나님이 크게 쓰시는 목사들의 성역은, 오직 부흥,

부흥에 바쳐진 탓이었다. 또 마귀가 방해하고 흔들어 대면, 큰 종들의 가정은, 틀림없이 시험에 빠지는 것이었다.

장인이 장모를 만나 결혼한 건, 가장 힘들었던 전도사 시절이었고, 이젠 수만 명의 성도가 섬기는 남편의 사랑이 싸늘하게 식었거나, 혹여 교회의 젊은 여신도들에게 마음을 빼앗겼거나 딴짓이라도 하지 않나 의심을 품으면, 각방을 쓸 만치 냉랭해지는 거였다. 장모는 순종적이었지만, 그 무렵엔 우울증에 시달리고 있었다.

원래 장인은 체력 관리를 위해 볼링과 수영을 하기도 했지만, 그즈음엔 바빠서 하지 못했고, 건강이 급격히 나빠진 것이다. 아무튼, 담임 목사의 건강 문제는, 교회의 모든 구성원들 기도의 첫 제목일 만치 심각하고도 중요한 관심사였다. 교회의 장로들이 중지를 모아 제안한 게 골프였다. 심신을 달래고, 시원스런 잔디밭을 걸으며 치는 골프는 여러모로 목회에 도움이 될 거라는 취지였다.

장인도 고심 끝에 골프를 배우기로 한 것이었다. 틈틈이 근처 골프연습장에 나갔고, 골프장에도 교회의 중직들 중 골프를 치는 이들과 종종 나가게 된 것이었다.

그 무렵엔 교회가 급성장하던 시기라, 그는 대외 활동이 부쩍 많아진 장인을 대신해 핵심 지역구도 떠맡게 된 것이었고, 맡아 온 청년회나, 20여 명에 이르는 부목사와 전도사들의 사목(司牧) 관리, 교회 전반을 아우르는 과중한 업무와 그 책임감은 굉장한 스트레스를 수반했었다. 당시 그는 영적으로 위태로웠고, 절박한 기도에도 어떤 의혹에 붙잡힌 영혼마냥 시험에 더욱 깊이 빠져드는 양상이었다.

당시 서울 강남의 부흥하는 교회들, 그의 천국교회야말로 그 대표적인 교회였지만, 지난 시절의 관영(貫盈)하는 불의에 눈 감거나 편승했던, 영악하고도 잇속에 발 빠른 영혼들, 그러나 자신들이야말로 신실한 신앙인임을 확신하는, 그 누리는 것만큼 축복을 받은 영혼들, 그들을 누구보다 사랑하시는 하나님, 너희 소망을 이루라 능력의 팔로 붙드시는 하나님, 오, 그 '꿀송이 복음'으로 부흥을 이끌었던 사도 바울들의 눈부신 활약상을 어떻게 잊을 수 있을까!

교회 성도들은 장인의 설교를 '꿀송이 복음'이라 했었고, 그 꿀송이 복음을 들으려 구름떼처럼 몰려들던 영혼들, 성령의 불길이 번지듯, 마치 죄악의 도성(都城)을 구원하려는 신이 베푸는 '은총의 기적'이라 할 만했었다! 눈덩이가 불어나듯, 한 가정집에서 시작한 개척교회가 불과 십수 년 만에 수만 성도를 거느린 대교회로 부흥하는 걸, 그는 경이로운 눈으로 가까이서 지켜봤던 증인이기도 했었다.

지척에서 성수대교가 무너지고 삼풍백화점이 붕괴되는 끔찍한 참변(慘變)들 속에서도, 교회들은 부흥했었고, 매일 기적들이 일어났었고, 축복의 열매들로 넘쳤었다. 또 매일 죄인들이 구원을 받았고, 감격의 눈물들이 마를 날이 없었고, 그들은 이제 성공을 위해서라면 죄를 지어도 하나님이 눈감아 줄 뿐 아니라, 회개하면 더욱 깨끗이 씻어 주었다. 헌금을 듬뿍 바치는 그들은, 매일 신의 은총과 구원을 체험하는, 설교에 감동을 받고 눈물을 흘리는 것만으로도 영원히 천국 백성의 자격을 얻는 성도들인 것이었다.

하긴, 이 땅에 들어온 초기 기독교는 동방의 작고 가난한 나라, 그 꾀죄죄한 영혼들에게 베풀어진 놀라운 사건이요, 은총이라 할 만했다. 원래 무속(巫俗) 신앙의 자식들인 그들에게 '너희 원수를 사랑하라', 세상의 부귀영화가 영혼의 구원과는 아무 상관 없다는 가르침은 놀라움과 새로운 영안을 열어 주고, 회개하고 선행하는, 신실한 영혼을 천국으로 인도하는 종교인 것이었다.

그 순진한 영혼들이 받아들였던, 기독교는, 한때 왕정의 박해를 받아 피를 흘리기도 했지만, 오늘날엔 불교와 세를 다투는 종교로 자리 잡았다. 드디어 부흥기를 맞았고, 그즈음엔 '꿀송이 복음'으로 거듭나 활짝 꽃이 핀 것이었다.

믿음이 충만한 부흥하는 교회들에, 신은 자신의 양 떼들을 아낌없이 축복해 주었다. 물질의 복은 기본이었고, 세상의 온갖 명예며 권력을 내려 주시는 신이었고, 새벽 기도로 제단을 쌓는 그 눈물의 간구를 다 들어 주시는 신이었다. 사법고시 패스나 자녀의 일류대 합격, 직장에서의 승진도 책임져 주시는, 불치의 병마도 물리치시는, 자상하고도 전지전능하신 신이었다! 성도들의 기쁨과 눈물의 간증이, 찬양과 함께 성스런 교회를 매일 은혜로 가득 채우고 울려 퍼졌었다.

그 놀라운 이적과 축복들이, 다 꿀송이 같은 말씀을 전하는 우리 목사님의 성령이 함께하는 능력이라고, 성도들의 영혼은 하나같이 믿는 것이었다. 오, 그 수만 성도들의 영혼을 사로잡은, 하얀 예복 차림으로 강대상에 올라 말씀을 전하는, 마치 강림한 신의 현현(顯現)을 우러러보는, 그 감격과 경외감에 사로잡힌 눈들, 꿀송이 복음을 한 방울이라도 떨어뜨리면 은혜가 달아날까, 젖먹이마냥 받아먹으려는, 그 성스런 열기로 가득한 예배당을, 오직 천사가 날갯짓하며 그들을 내려다보는 거였다.

어쩌면 저리도 거룩하고 신성하며, 우리의 영혼을 성령이 어루만지시며 은혜와 감격의 눈물로 흠뻑 젖게 하실까! 영혼을 어루만지시어 새롭게 하시는 이 손길은, 이 달디단 꿀송이 복음을 전하는 우리 목사님은, 필경 성령이 함께하기에 놀라운 은총을 베푸시는 거야! 이 많은 양 떼들에게 매일 영의 양식을 넘치도록 풍성하게 내리시는, 모두가 축복을 받고, 하는 일이 형통하게 되며, 천국으로 인도하시는 능력은, 오직 성령님이 메마른 죄인의 영혼을 적시는 단비처럼, 우리 목사님을 통해 내리시는 거야!

오, 기독교가 이미 저무는 석양처럼, 서구 사회에선 오래전 차갑게 식어버린 신앙과 그 예수 그리스도가, 이곳에선 초대교회 오순절의 성령의 불길처럼 강림해서, 인류를 향한 진지(陣地)를 마련했다. 신의 뜻과 저들의 욕망이 맞아떨어졌다. 저 믿음 충만한 영혼들을 앞세워, 타락한 악마의 자식들이 된 인류를 구원하리라!

한국 교회의 부흥은, 세계 기독교계에서도 놀랄만한 현상이었고, 연구의 대상이 된 것이었다. 20세기를 관통한 저 이성(理性)의 시대가 무색할 만치, 이제 인류의 구원을 두 어깨에 짊어진, 이곳의 부흥하는 교회들의 믿음과 사명감은 남달랐었고, 장인과 같은 저 사도 바울들의 자부심 넘치는 불탔던 사명감은, 기독교사에 길이 기억되어야 하리라! 그 성역은 인류 구원의 길이요, 어떤 시험이나 난관도 주님의 영광을 막지 못하며, 더욱 큰 영광, 더욱 큰 부흥으로 주님의 이름을 드높여야 했다!

문득 그는, 쉭쉭거리는 독사의 혀에 움칠했고, 자신의 얼굴이 사납게 일그러져 있는 걸 낙담하며 가만히 들여다보는 거였다. 긍휼을 베푸소서! 제발 이 미천한 영혼을… 그는 눈을 감았고, 고통스런 신음이 아직도 입가에 남아있다 터져 나왔다. 진실을 내려 주소서! 눈을 떴을 때 그의 영혼은 평온했고, 형형한 눈엔 별들이 담겼다. 그는, 자신에게 여전히 신이며 인간의 존재를 고뇌케 하는 거의 유일한 인물, 그를 다시 담담하게 바라보는 거였다.

장인 같은, 미국 유학파(留學派) 성직자들에겐, 그 청교도의 나라는, 신앙이 차갑게 식었다지만, 그 나라 자체가 은총의 예루살렘이나 같았다. 그 나란 언제나 영광과 탐스런 복음의 열매들로 넘쳤다. 신이 함께 하는 그 나라는 언제나 강대했고, 부자였고, 그 모든 게 신의 은총인 것이었다.

그도 마찬가지였지만, 저 은총의 예루살렘은 모두의 영혼을 어찌나 강렬하게 사로잡았던지. 게다가 거리의 백인들, 특히 미국인은 태어날 때부터 선민의 아우라를 지녔다. 배우지 못한 가난한 백인이라도 이곳에 오면, 우쭐할 만치 특별한 건 당연했다. 더욱이 신앙 간증을 위해 교회에라도 방문하면, 모두들 주의 천사가 오는 양 떠들썩했다.

오래전, 이 땅에 복음을 전한 것도 그들이었고, 하나부터 열까지 신앙의 젖줄로 키운 것이었고, 선진문명의 빛도 가져다준 것이다. 또, 나라의 운명이 공산주의의 침공으로 백척간두에 내몰렸을 때, 그 천사의 군대는 자신들의 목숨으로 지켜준 것이었다. 그 신의 나라, '은총의 금자탑(金字塔)'에 비하면, 이 나라 교회의 놀라운 부흥이나 열매들은, 그 반사체(反射體)로서도 영광이고, 감지덕지했다.

그들의 영혼은 한결같이 그 찬란한 예루살렘을 향했고, 숭배했고, 장인의 꿀송이 복음은, 그 낙원의 탐스런 열매들을 터뜨려 달콤한 과즙을 이제 영의 양식으로 잘 주조(酒造)해 먹이는 거였다. 온갖 신앙의 보화들, 청교도들이 뿌린 씨앗과 열매들, 장인의 주조법은 향기며 감동을 선사했다. 그런 설교는 누구에게나 감동을 주었고, 모두가 간절히 바라는 소망과 꿈이었다. 그 신앙의 나라, 기막힌 예화 하나에도 모두가 감동하고 눈물을 흘리는 것이었다.

아무튼 천국교회의 기적적인 부흥을 이끌며 사도 바울로 우뚝 선, 그 무렵의 장인은, 이 나라의 보수 기독교계의 대표적인 인물로 부상했다. 정치 활동에도 적극적이었고, 다 이 민족과 주님의 영광을 위해서라는 건 의심의 여지가 없었다. 저 사탄의 사상(공산주의)에 사로잡힌, 불쌍한 영혼을 구원하려고 힘쓰는 건, 그 자신이 피난민이어서 더욱 사무친 감정은 깊었고, 무슨 수로든 통일은 그리스도인의 사명이요, 의무였다. 장인의 기도에는 그 증오에서 발원한, 민족에 대한 사랑과 염원이 절절하게 묻어나곤 했었다.

그토록 불철주야 성역에 매진하는 장인에게, 골프라니. 몸이 열 개라도 부족할 만치 교회며 대외적으로도 왕성하게 활약했던 장인에게, 그 시골 풍경이나 골프는, 그에겐 여전히 낯설게 다가오는 것은 사실이었다. 미국에서 정치인들이나 성직자들이 방한할 때면, 장인은 그 귀한 손님들을 각별히 자택으로 모시곤 했었고, 그들 대부분이 골프를 즐기는 걸 보면서도 일절 관심도 없었던 양반이었다.

그 건강했던 분이 과로로 한 번 쓰러진 것이었고, 쉬쉬해서 외부로 알려지진 않았지만, 교회 내부적으론 이만저만한 충격이 아니었다. 당장 저 수만 명의 양 떼가 걱정이었고, 주님의 큰 종이 그렇게 쓰러진다는 건 있을 수 없는 일이었다. 더욱이, 인류 구원의 최전선에서, 하나님의 영광을 위한 성역을 한시라도 멈춰선 안 되기에, 교회 중직들로선 그 믿음과 충성으로 주의 종을 보필해야 했었다.

그즈음에 한 충성스런 성도가 사업이 번창해서, 그게 다 담임 목사님의 기도 덕분이라며 외제차를 선물한 것이었다. 멋스런 스포츠카처럼 생겼지만, 중형 세단인 람보르기니였고, 당시 유럽이나 미국에서 상류층이 탔던 승용차였다.

그 첫 라운딩이 있던 날, 장인의 부탁으로 그가 운전을 했었다. 장인은 어쩌다 휴식을 취할 때면 그 외제차로 혼자서 드라이브를 나가기도 했었고, 헌데도 골프장 갈 때면, 그에게 운전을 부탁하곤 했었다.

장로 한 분이 회원권을 가지고 있었던, 그 골프장은 서울에서 그리 멀지 않았고, 고속도로를 빠져나와 비포장도로를 한 십여 분 더 들어가면 나타났었다. 그들을 먼저 반기는 건 저수지가 있는 시골 마을이었다. 골프장이 들어서면서 주변엔 모텔들, 한정식 같은 식당들이 들어섰지만, 그래도 여전히 가난하고 소박한 풍경이었다.

　그런데 두 번째 방문했던 때였을까. 마을 초입엔 현수막들이 내걸려 있었고, 그는 자신의 영혼 속 어딘가에 깊숙이 꼭꼭 숨겨 두었다 꺼내 보이는 듯 여전한 상처처럼 남아있는 그 낯선 광경이라니. 도대체 저게 무슨 글귀들이지?

　〈캐디 따 먹는 골퍼들을 몰아내라!〉

　〈우리 딸들을 죽게 만든 골퍼들은 천벌을 받을 것이다!〉

　처음엔 그는 얼떨떨했고, 저게 무엇인가 싶었다. 더욱이 골프장은 그 가난한 시골 풍경과는 달리 이국(異國)적일 만치 풍요로웠고, 그 내리쬐는 봄볕, 클럽하우스를 온통 눈부시게 물들인 꽃들이 그들을 반갑게 맞이했던 거라니.

　골프장의 모든 게 풍요로워 보였던 광경은, 그곳에 모인 천국교회 성도들과 무척 어울렸고, 모두들 산뜻한 패션, 만면에 즐거운 웃음꽃들이 피었었다.

　그날 그는 장인을 클럽하우스에 내려드리고, 그 시골 마을로 걸어 들어간 것이었다. 당시엔 골프장으로 뚫린 도로는 반듯한 포장도로였지만, 마을로 들어가는 도로는 여전히 비포장이어서 먼지가 풀썩 일었고, 저 아래로 저수지가 펼쳐졌다. 물가는 온통 수초로 뒤덮였고, 하지만 물이 가득 담긴 저수지는 푸른 들녘을 향해 언제라도 자신의 젖줄을 쏟아 내어 줄 양으로 반짝였었다.

어느 날 본 거지만, 학교가 끝나고 애들이 돌아올 시간이면, 저수지엔 깨복쟁이 애들이 소리치며 풍덩풍덩 뛰어드는 거였다.

밭에서 일하는 농부들도 보였고, 그는 망설임 끝에 다가가 어딘지 가난에 찌든 눈꼬리를 치뜨는 나이 든 여자에게, 저 현수막이 무언지 물어본 것이다.

그는 꽤나 심각해져 물었고, 그 여잔, 더욱 눈꼬리를 치뜨면서 호미질하며 말했다.

"어디서 오셨어요?"

"서울에서요."

"서울 사람들, 저거 다 순진한 애들을 죽인 거여. 금목걸이도 사 주고, 돈 많은 놈들이 살살 꼬셔 놓으니까. 안 넘어가고 배기는감? 죽을 둥 살 둥 빠져서는, 그놈들이 실컷 데리고 놀다 버린 거여. 처자식 있는 놈들이!"

그녀의 호미질은 더 사나워졌고, 마치 한패나 되는 양 날카로운 호미질에 먼지가 날렸고, 그때도 그는, 그녀의 말뜻을 잘 못 알아들었다.

볕이 따가운 데다, 그도 땀을 흘렸고, 그녀의 힘든 노동을 방해하고 있었다.

"그러니까 순진한 애들을, 누가 누구를 죽여요?"

"경찰서에서 나왔어요? 골프장에서? …아, 골프장이사 먼 죄여요?"

그녀는 그가 어딘지 덜 떨어진 서울 사람인 걸 알았는지 자신이 느끼는 것을 비교적 솔직하게 설명해 주었다.

"골프장 생기면서 여기가 살기야 좋아졌지. 신작로도 생기고, 일자리도 생기고. 다 골프장 덕이제. 인정할 건 혀야 하고, 그놈들이 나쁘제! 캐디 나가던 애들 둘이, 하난 감나무에 목매달았고, 하난 저기 저수지에 몸을 던졌어요. 아, 그놈들이야 데리고 즐겼으면 그만이지만, 애들 둘이 죽은 거여."

그는 내친김에 골프장 근처의 식당에 들어가 점심을 먹었고, 사장인 젊은 남자에게 그녀의 말을 차마 곧이곧대로 믿을 수 없어 다시 물어본 것이다. 능글능글한 웃는 얼굴로, 식당 주인은 꽤 신중하고도 진지한 태도를 취했었다.

또 자신이 도시에서 생활하다 골프장이 생긴 이후로 고향으로 내려와 전답을 팔아, 그 식당을 차리게 됐다는 얘기부터 해 주었었다.

"나도 골프장 덕을 본 사람이지만, 동네 사람들이 다 찬성하는 거 아녜요. 애들이 죽은 거야, 골퍼들 잘못도 일부 있을 수 있지만, 아 손바닥이 부딪쳐야 소리가 나잖아요. 캐디로 나가는 애들 많아요. 멀쩡하게 일 잘하고, 돈 잘 벌고, 별문제 없어요. 세상 물정 모르고, 잘못된 길로 빠진 애들도 있는 거고, 다 걔들 운명이죠, 운명."

그리고 남자는 무심결에, 무식하고도 가난한 마을 사람에 대한 냉소를 드러냈다. 저러는 건 의도가 빤하다는 거였다. 그 부모들은 수치스러워서라도 가만히 있는데, 선동해서 골프장에서 돈을 뜯어내려 한다는. 그는, 그 식당 주인의 매몰찬 시선보다 그 시골에 강림한 어떤 것을 본 기분이었다. 그 시골에도 교회의 부흥과도 같은, '천사의 발톱'이, 그 발톱에 붙잡힌 순진한 영혼들, 비죽한 선홍빛의 풍경이었다.

어쩌면 그는, 그때 그 시골의 저수지가 오늘의 호수가 되고, 그곳이 멋진 신도시가 될 거라는 걸 예감했었는지도 모른다.

6

†

아무튼 그 무렵이었고, 어느 순간 그는 마귀가 자신의 영혼을 삼켜버린걸, 더는 바둥대도 소용없는걸, 하나님이 나를 버리셨구나! 그땐 지옥으로 떨어진 목소리로 외친 걸 생생하게 기억하는 것이다. 그날 이후로 그는 영영 길을 잃어버린 것이었다. 모든 게 자신의 믿음 탓이라 여겼고, 난 너를 버렸다, 그 신의 목소리는 뚜렷했고, 하지만 자신 안의 의혹과 마귀의 눈은 내친김에 동산의 선악과로 살금살금 옮겨졌었다.

그때의 기억들은, 마치 '성장소설(成長小說)'이라도 보는 듯, 안쓰러운 게 사실이지만, 당시로선 심각하고도 비장하리만치, 죽을 지경이 된 영혼의 몸부림이었고, 어둠 속에서 반짝거리는 마귀의 눈이었다. 순전한 믿음, 그 부흥과 신의 영광을 드높이는 놀라운 능력과 은총들, 저런 현상들, 아니 그 눈부신 성공과 신성한 아우라의 절반은, 어느 순간 장인이 받아 온 학위에 바쳐져야 하리라고, 번쩍 눈을 뜬 것이었다. 그런 의혹과 상상들은, 이성이란 마귀가 아니고선, 좀체 눈을 뜨게 할 수가 없었다.

눈을 뜨게 되자, 또 다른 세계가 펼쳐진 것이다. 과연 그 학위란 선민의 성복(聖服)이 없었던들, 저런 은총과 기적들이 가능했을까.

마귀는, 신성한 것들을 흠집 내려 덤비듯 달려들었다. 자신 안에 그런 기질이 숨어있다 이를 드러냈다는 것도 놀라웠고, 내몰린 영혼의 절박함이었고, 그 반짝거리는 눈엔 드디어 어느 날은, 세속주의자들에서도 으

뜸봉(峰)인 '사도 바울들'이 보인 것이었다! 발 빠르게 외국에 나가 신학 박사 학위를 딴 저들의 영혼, 그 사로잡혔던 강렬한 욕망, 시간이 더 흘렀을 때, 그는 이렇게 외치고 있었던 것이다. 예수가 광야가 아닌, 로마로 학위를 따기 위해 떠났다면, 기독교의 복음이 탄생할 수 있었을까. 그 성장소설에서 그나마 그가 지금도 자신의 어떤 정체성을 형성한 것처럼 위안받는 대목이었다.

당시 그의 나이가 서른예닐곱이었고, 보수 교단의 순진한 목사에게 닥친, 그 영적인 혼돈과 결기의 반항은, 그곳에선 상상할 수 없는 낯설고도 특기할 만한 광경이었다. 천국교회 담임 목사의 사위란 것도 그렇고, 주변 모두를 경악케 한, 신앙과 은혜를 저버린, 앞으로의 전개가 말 그대로의 형극이 예비 된 셈이었다. 그는, 지금 그 지옥의 문에 들어선 것이었다. 그 길 외엔 길이 없었고, 막다른 외길이었다.

문득 그는, 그 '일류교회'라는 성도들의 자부심, 그토록 허영에 들떴던 영혼들, 어느 날 있었던 일이 떠올랐다. 마법의 숲, 그때 그는 막 그 숲에서 깨어난 것이다. '세속화 이전의 인간은 마법에 걸린 산림(山林) 속에 산다'고 재밌게 표현한 그 〈세속도시〉를 쓴 신학자의 통찰력 있는 시선도 같이 떠오른다. 하늘엔 온 세상을 돌보시는 신이 계시고, 땅속 저 아래엔 무저갱 같은 지옥이 있었고, 그 중간계인 이 세상엔 인간과 귀신을 비롯 온갖 악령들이 살았다. 일류교회인 천국교회에서도 귀신 들린 자가 담임 목사님의 안수기도로 깨끗이 치유 받았다는 소문이 나돌았고, 거침없이 부흥하는 교회는 불과 같은 성령의 능력으로 신유의 은사는 당연한 것으로 여겼다.

그런데 미국 신학박사이자, 목사, 현대의 지성인을 자처하는 장인에게, 어느 날 서울 강남의 귀부인이 그런 소문을 듣고는 상담받기를 간청했다. 장인에게 있어 일류교회란 신앙과 지성이 조화를 이룬 교회랄까, 우선 수준 높은 복음이 전해지고, 그런 복음을 갈망하는 각계의 명망가들, 성공한 사람들, 그들이 많이 모인 교회였다. 사회 지도층이 영적으로 변화되면, 한국 사회가 그만큼 도덕과 윤리, 문화 전반에 영적인 각성과 새로운 변화를 불러일으켜, 정신적으로도 성숙한 선진국민이 될 거라는 것이었다. 마침 그 귀부인은 종교를 갖고 있지 않아, 포교를 위해서도, 당신으로선 바쁜 스케줄에도 시간을 낸 것이었다. 만나 보니 그녀는, 뜻밖에도 이혼한 전력이 있는 남편과 결혼해 뒤늦게 딸 하나를 얻은 것이었고, 금지옥엽(金枝玉葉)으로 키운 딸이 귀신이 들렸다고 눈물로 하소연했다. 자손이 귀한 집안인데, 시댁의 바람에 부응하지 못하고 딸 하나만 낳았다고도 했다. 아무튼, 그녀는 처음엔 딸이 정신병인 줄 알고 정신과 치료를 받아 보기도 했지만, 호전되기는커녕 병은 더욱 악화됐다는 것이다. 병원에서도 병인(病因)을 찾지 못했고, 헛소릴 하고 발광하는 게 주변에선 귀신이 들렸다며 용한 무당을 찾아가 보라고도 했다.

학식 있는 여성인 그녀는 차마 그러진 못하고, 신유의 은사를 행한다는 천국교회 담임 목사의 안수기도를 받아 보기로 했다. 헌데 그녀는 이런 황당한 얘기도 털어놓았다. 원래 낳을 때부터 허약한 딸이긴 했지만, 몇 년 전 시어머니가 세상을 떠났는데, 그 이후로 그런 증상이 생겼다는 거였다. 퀭한 눈으로 헛소리를 하고 발작할 때면, 죽기 직전까지 자신을 핍박했던 시어머니가 떠오르고, 딸에게 그 혼령이 든 거라고 이젠 거의 확신하고 있었다. 또 딸이 남편을 비롯 가족들의 귀여움과 사랑을 독차지하고 있어, 그 못된 귀신이 그런 식으로 집안과 자신의 인생을 송두리째 고통에 빠뜨렸다며 눈물로 호소했다.

문제는, 장인은 소문들과는 달리, 귀신의 존재를 믿지 않았고, 신유의 은사로 부흥하는 교회들은 수준 낮은 교회들인 양 비판적이었었다. 비성경적이고 미신적이라는 이유에서였다. 실은 그 소문들은, 그가 알아본 바로는, 어떤 성도가 목사님의 설교집을 읽으면서 자신 안의 마귀가 떠나간 걸 체험했다는 간증을 한 바 있고, 그 내용이 그렇게 부풀려졌던 것이다. 어쨌든 당신으로선 눈물의 하소연을 듣고는, 더욱이 그 귀부인을 놓쳐선 안 된다는 생각에 그가 보기엔 모험을 한 것이었다. 스케줄까지 조정해서, 다음 날 그 아이를 직접 보고, 안수기도를 해주겠다고 약속한 것이다.

그날 그는 장인의 부름을 받고, 그 아이의 안수기도에 참여했다. 당회장실에서 안수기도가 있었고, 아이 엄마는 밖에 있었고, 오직 그를 비롯 장인과 그 아이, 셋만이 그날의 증인인 셈이었다. 열세 살인 아이는, 얼굴이 백지장처럼 창백했고, 한 눈에도 눈빛이나 말투, 행동거지가 정상이 아니었다. "싫어, 싫어, 무서워요, 엄마, 난 싫단 말야!" 두려움에 떠는 소녀를 부목사인 그가 옆에서 붙잡았었고, 장인은 곧 결심이 선 듯 아이의 머리에 손을 얹고 안수기도를 한 것이었다. 어쨌든, 그 현대적인 세련된 복음으로 강남의 부유층을 사로잡아 온, 장인으로선 정작 그 순간 시험대에 선 것이었다.

"권능의 주여, 건강한 자에게는 의사가 쓸데없고 병든 자에게라야 쓸데 있다고 하신 우리 주여, 이 어린 딸을 긍휼히 여기소서! 악령에 미혹된 이 어린 영혼을 굽어살피시어, 어둠에서 건져내소서! 귀신들, 악령들을 물리치신 주여, 이 종에게 성령의 능력을 주시어, 이 어린 영혼을 구원하소서! 하오나 오, 주님, 이 어린 영혼에겐 믿음이 없는 절망, 그 어둠 속에 깃든 악령이 박쥐마냥 영혼을 갉아먹고, 누구도 이 아이의 그 본질적 고통은 알지 못했던 겁니다! 어찌 믿음 없는 게 이 어린 딸만의 잘못이겠습니까? 너희가 어린아이 같아야 천국에 들어갈 수 있다고 가르치신 주여, 이 어둠에 갇힌 딸을 보소서! 이 불쌍한 아이의 얼굴에 웃음이 돌아오게 하소서! 의인을 부르러 온 것이 아니요, 죄인을 부르러 왔노라 하신 우리 주여! 하나님의 영광을 위해서라도 이 딸을 어둠에서 건져내소서! 그 집안과 그 모두에게 이 딸을 통해 놀라운 기적이 일어나게 하소서! 사악한 악령이 당장 떠나가게 하소서! 예수의 이름으로 명하노니, 악령은 썩 나와서 물러갈지어다! 어서 나와서 썩 물러갈지어다!" 사실 이런 기도는, 장인에겐 미개한 것이었고, 다만 자신도 그런 환경에서 자란 것이었고, 그가 옆에서 지켜본 바로는 확신이 있는 기도는 아니었다. 응답은, 이미 거기에서 판가름이 난 것이었다.

어쨌든 기도를 마치고 나자, 축 늘어졌던 아이가 눈을 끔벅이며 천연스레 뇌까리는 말이, 그로선 지금도 자신이 무언가 잘못 기억하나 떠올리곤 하는 광경이었다. "한숨 자다 일어났네. 니 여태 머했노? 괜한 일에 참견 마라. 아아무리 글케도 내는 안 나간다. 남의 집 가정일에 공연히 참견 마라." 마법의 숲이 아니라면, 어린 소녀에게서 나올 말이 아니었고, 그들의 놀란 반응도 마찬가지였다. 상담은 더 진행할 수 없었고, 그 귀부인을 달래어 그 분야 '전문'인 여의도의 유명한 목사에게 가 보라고 권유할 수밖에 없었다.

그리고 그 연장선에서, 그는 잊히지 않는 한 '사건'을 떠올리게 되는 건 자연스런 순서이기도 했다. 그런 일이 천국교회에서 있었다는 게, 그로선 여전히 희한하고도 놀랍기만 한 것이었다. 그녀에게 역사했던 건, 성령이었을까, 악령이었을까. 그의 눈엔, 천국교회에선 볼 수 없는 놀라운 사건으로 각인된 셈이었다. 천국교회 산 증인과도 같았던, 나이가 구순(九旬)을 훌쩍 넘긴 여 권사님이 계셨다. 평생 새벽 기도를 하루도 거르지 않는 것으로 유명했고, 그 나이에도 학(鶴) 같은 고운 얼굴에 인자한 미소는, 마치 천국에 들어가기 전, 그 신앙이 무르익을 대로 무르익어, 세파를 초월한 듯한 그 가뿐해진 노인의 모습은, 몸은 아직 이 세상에 붙들려 있지만, 영혼은 이미 천국에 가 있는 천사를 보는 듯했었다. 어린아이 같은 하얀 얼굴에 떠오르는 그 순진무구한 고운 미소는, 그 자체가 성도들에겐 신앙의 열매며 천국에 대한 확신과 위안을 얻는 것이었다.

그 권사님이 교회에 나와 예배드리는 모습만으로도 성도들의 은혜로운 귀감이 된 건 두말할 나위 없었다. 살날이 얼마 남지 않은 그 천사 같은 분의 신앙이 시험받는 일은 없을 것 같았었다. 어떤 몹쓸 악마가 그 영혼을 흔들고 시험 들게 할 수 있단 말인가? 보통 사악한 악마가 아니고선, 신이 넘어뜨리기로 작정한 바가 아니라면, 감히 어림없을 것이었다.

그 권사님에겐 여러 일화들이 성도들의 입에서 입으로 전해졌었다. 이십 대에 남편이 병으로 세상을 떠나고, 청상과부가 되어 한평생을 갖은 고생 하며 아들 넷을 키운 것이었고, 그 자식들이 다 대학교수가 된 것이었다. 그리고 무엇보다, 그 자식들이 어머니의 신앙을 본받아 다 교회 장로가 된 것이었다.

자식들은 어머니가 고생한 걸 잘 알아, 서로 모시려고 지극한 효심을 보여 주기도 했고, 거동이 불편해진 그 직전까지도 일 년씩 돌아가며 자식들 집에서 손자손녀들이 자라는 모습을 보며 더없는 만년(晚年)의 평안을 누리고 있었다. 그가 섬겼던 지역구이기도 해서, 심방을 갈 때면, 그 권사님은 언제나 하얀 잔 주름진 얼굴에 고운 미소를 띤 얼굴로 담임 목사님을 칭찬하곤 했었다. "우리 목사님이 최고여요. 내가 평생 세 분의 목사님을 섬겼지만, 사람이란 게 연약하잖아요. 시험에도 빠지고, 목사님도 사람이에요. 하지만 우리 목사님은, 말씀도 은혜롭지만, 그 모습이,

신실한 모습이 너무 감동이야! 감동이에요 감동! 내가 잠을 잘 자는 것도 우리 목사님 덕분이라니까요. 내 남은 소망이 뭔 줄 아세요? 자식들, 손자손녀들한테 죽는 모습 보이지 않고, 그저 잠들 듯이, 눈을 뜨면 천국이었으면 좋겠어요. 난 천국 가서도 우리 목사님 자랑할 거예요! 얼마나 감사한지!"

그 독실한 신앙인이요, 평생 수절한 여인을 사로잡은, 종교를 떠나 한 인간으로서 장인이 가진 매력과 능력은, 지금도 그를 탄복하게 하지만, 찬찬히 기억을 되살려 보면, 한때나마 강남 한복판에서 대교회를 일군 그 신화적인 인물의 열정과 희생, 눈물, 그 치열하게 씨앗을 뿌리고, 꽃을 피우고, 열매를 맺는 건, 누구에게라도 감동을 주는 거였다. 장인의 걸어온 길은, 고학(苦學)과 맨몸으로 거기에 이른 것이니, 그 여인의 눈엔 말 그대로 '하나님의 영광'이나 진배없었다. 천국교회 성도들 모두가 그렇게 우러러보았지만, 그의 눈엔 그녀의 모습이야말로 누구도 넘볼 수 없는 신실함의 무게가 담겼었다. 그랬기에, 시험에 든 후 그분을 뵐 때는, 자신이 마귀의 자식임이 더욱 분명해지는 거였고, 어떤 의심도 없는 저 여인의 신실함이야말로 신의 은총이구나 싶었다.

기독교 신앙에서, 어쩌면 가장 민감하고도 핵심적인 건, 그 영혼이 신의 선택을 받았는가. ―인간의 욕구(허영)나 의지가 아닌, 신의 전적인 은총으로 성도로서 거기에 있는 것인가. 순결한 믿음, 신이 선택하고 사랑하는 영혼, 그 성결과 '성화체(聖化體)'로서 그때 그 여인은 오롯한 빛깔을 띠고 있었다. 헌데 시간 속에서지만, 이신칭의(以信稱義) ―오직 믿음으로 구원을 얻는다는 게 인간 자신이 아닌 신이 인정하는 것이란 점에서― 그건 명백했다. 인간의 영혼과 의지란 게, 현실의 빛 속에 드러나는 순간부터 순결과는 거리가 먼, 마치 선악과를 따먹어야 눈이 밝아지는— 태생적으로 한계를 지닌 부조리한 생명체였다. 율법이나 신학이란 게, 더욱이 이신칭의 —실은 그들로서도 자신의 믿음을 백 프로 알 수도, 늘 의심 앞에서 시달리거나 흔들리는— 성경 속 사도 바울의 고백은, 그가 그나마 솔직한 영혼인 걸 일깨운다. '오호라 나는 곤고한 사람이로다. 이 사망의 몸에서 누가 나를 건져내랴' 마음으로는 하나님의 법을, 육신으로는 죄의 법을 섬기노라고, 신앙의 고뇌—이런 표현이 가능하다면—를 절절히 토로한다. 신앙이란, 인간에겐 그런 거였다. 교회의 저 믿음이 뜨겁고, 확신에 찬 영혼들, 그의 눈엔, 어느 순간 저 영혼들의 신앙이란 무엇인가. 도대체, 저들이 붙들려 있는, 그 보는 신앙이란 게 무어란 말인가.

물론, 그녀의 일편단심, 담임 목사를 믿고 사랑하는, 천국 가서도 자랑하겠다는 그 신실함을 누군가 눈이 멀었다고 여긴다면 그건 심히 부당할 것이었다. 그녀는 개척교회 시절부터 교회가 부흥해 예배당을 건축하고, 오늘날의 천국교회가 있기까지 목자와 함께 눈물로 기도하며 지켜본 산 증인이었다. 장인의 걸어온 길을 누구보다 잘 알았고, 초창기의 양 떼를 인도했던 목자의 인상은, 그녀에겐 그만큼 강렬하고도, 깊게 영향을 준 것은 분명해 보였다.

천국교회엔 오래도록 담임 목사에 대한 그런 신화—모든 게 넘치도록 풍요로운 교회에서 이젠 신화가 된 것이지만—들이 회자됐다. 단벌 양복을 입었고, 구두도 뒤축이 다 닳도록 신었다는, 몸에 밴 검박(儉朴)함과 작은 사치도 용납하지 않을 정도로 자신의 삶에 엄격했다는, 거기에 성직자가 속되면 교회도 그 수준으로 타락한다는, 교회사(史)가 보여주는 교훈을 그가 늘 잊지 않고 실천했다는. 그리고 그 신화들에서 빠지지 않았던 게, 개척교회 시절, 교회에서 사택을 얻어줄 때도 자청해서 좁은 평수의 아파트에 들어갔고, 네 가족이 살기엔 비좁고 몹시 낡아서 교인들이 걱정할 정도였다는 것이다. 목자의 사명감은, 그 강남 사람들, 죄에 물든 양 떼들 앞에서 성도의 삶이란 게 어떤 건지 몸소 보여 주고자 했다. 교회에 바치는 헌금이 다 성도들의 피와 땀이라며, 단 한 푼도 헛되게 쓰여선 안 된다는 철칙 하에, 그 씀씀이도 칭송을 받았다. 누가 고가(高價)의 선물이라도 보내오면, 주일 설교를 통해 차라리 그런 돈을 헌금하면 더 좋은 일에 쓰이게 될 거라며 권면하기도 했고, 그렇게 아낀 헌금으로 미자립 교회들, 고아원, 양로원, 여러 기독교 시민단체들을 도와왔다.

오, 그 신화란 게 사람들의 기억 속에서 더 아련하게 자라고, 꽃을 피우는 것이지만, 시간이 지나면 이젠 신화로서 자랑인 것이었고, 현실에선 자랑거리도 못 될뿐더러, 누가 청렴하고 고고한 척하는 가난한 목자를 칭송한단 말인가! 한국에서도 강남의 변화는 눈부셨고, 눈알이 팽팽 돌 정도여서, 그땐 천국교회 성도들은 진실로 이젠 그런 건 감사할 일이라 여기지 않았고, 가난은 신앙 없는 자에게나 주어지는 저주일 뿐이라고 굳게 믿었다. 자신들의 목자가 그 능력만큼 우월하고도 월등한, 하나님의 사자다운 삶을 누리길 바라는 거였다. 그들의 기도와 믿음대로, 공평하게도 천국교회와 강남이 수평을 이루었고, 하늘 높은 십자가도 그들의 키에 맞춰졌었고, 그 부흥에 걸맞은 새로운 '신화'들이 창조됐었다.

1990년대 중반, 한 해 성도들이 내는 헌금만 당시 백 수십억 원에 이르렀고, 그건 성도들에겐 더없는 축복이자 자랑이었고, 담임 목사의 사례비도 꾸준히 올라 열 배나 뛰었고, 능력 있는 목자에게 그런 축복은 당연한 것이었다. 당시 교회 재정을 맡았던 장로가 "우리 목사님은 성도들에 비해 너무 가난하게 사신다"며 적극 옹호했고, 그 모두가 신이 내린 축복인 것이었다. 장인은 빠르게 강남의 상류층이 됐고, 그 무렵 강남의 부유해진 교회들엔 '청부론(靑富論)'이 등장해서 퍼진 것이었다. '성부론(聖富論)'을 설교하는 목사들도 있었고, 성도가 물질의 축복을 받고 누리는 건, 다 인간의 생사화복을 관장하는 신의 은총이었다. 장인은 능력 있는 사도로서, 거룩한 부자가 된 셈이었다. 교회의 세속화 물결 속에서, 예전의 가난한 자들의 눈물을 닦아 주었던 복음은 지푸라기나 같았다. 그 지푸라기가 어디론가 떠내려가 사라진들 저들의 관심사는 아니었다.

문득 그는, 입바른 마귀가 이죽거리는 양, 움칠, 참담한 심정으로, 당시 저 성장소설 주인공의 안부를 묻고 싶은 것이었다. 진실한 안부를… 너도 청부론을 믿었고, 그 뜨거운 기도들, 교회의 온갖 축복들이 다 신의 뜻이라 믿었지. 천국교회 부목사로서 누릴 걸 다 누리며 살았지. 시험 들고 마귀의 의혹에 붙잡힌들, 네 영혼이 어딜 가겠는가? 담임 목사의 그 새끼 목사이지. 그래, 새끼 목사였지. 여전히 호의호식하는. 하지만 그 안에서 누가 자신의 신앙을, 찬찬히 들여다볼 수 있을까. 이성의 마귀인들, 그게 가능할까. 누가, 어떤 영혼인들 저 세속화의 대홍수에 맞설 수 있을까? 고대의 조그마한 왕국의 타락과 풍전등화(風前燈火)의 민족의 운명 앞에서 자기 백성들을 일깨우려 했던 이사야나 예레미야가 오늘날 저 세속화의 대홍수에 맞설 수 있는가? 선영을 지키려 한 그 미친 노인처럼, 그들도 한낱 지푸라기처럼 휩쓸려 갈 게 뻔했다. 아니, 왜 넓고도 풍요로운 길을 놔두고, 좁고 고달픈 길을 고집한단 말인가! 부흥의 신이 우릴 인도하신다! 그건 신호였고, 선진국에선 이미 오래전 도래한, 새로운 신이 ―그게 사신(死神)이든 무엇이든, 자유롭고도 사람들의 욕망에 충실한― 새 옷의 신호였다. 모두들, 발 빠르게 그 영혼을 바꿔 입으면 되었다.

기독교 역사에서 어쩌다 복음이 눈물을 닦아 준 가난한 사람들, 청부론은 그들을 무언가 불성실하고, 믿음에 문제가 있는 양 만들었지만, 저 눈부신 축복을 보라! 예수의 복음을 거꾸로 매단 건, 저들을 사로잡은, 어떤 진실이었다. 고난과 십자가란 건, 인간에겐 절대 축복이 될 수 없다는, 거지 나사로에게 천국을 허락하는 신과 교회의 부흥을 인도하는 신 중, 그들은 확실하고도 진실한 신을 선택했다. 나사로야, 이 게으름뱅이, 일도 하지 않고, 자기계발이나 누구를 위해서도 희생한 적이 없는, 그래서 죄를 지을 일도 없었던 너야말로 쓸모없는 존재다! 장인은 벌써 압구정동의 넓은 아파트로 옮겨갔고, 또 밀려드는 성도들이 선물하는 외제 양복이며 구두, 넥타이, 심지어 속옷까지도 천국교회 담임 목사에 걸맞게 어느덧 화려하게 변신했다. 말 그대로 스타, 목사였다!

할리우드 영화를 즐겨 보고, 팝송을 즐겨 불렀던 장인에겐 그 설교론(說教論)도 그의 기억엔 당시로선 상당히 파격이었었다. 당신이 교회 부목사들에게 늘 강조했던 연출의 중요성이나, 그 회심한 죄인의 얘기였다. 누가 죄인에게 눈물을 흘리게 하며 회심케 하는가. 설교자의 영적 상태란 건 대수롭지 않은 반면, 청중을 사로잡아 죄인을 회심케 하는, 그가 물고기를 잡는 어부였다. 설교의 성패는 오로지 거기에 달렸다. 이미 그에겐 그게 신앙적으로 좀체 잘 소화가 되지 않는 가르침이었지만, 당신에겐 몸에 맞는 옷처럼 무척 자연스러웠다. 연출은 단지 보여지는 것에 그치지 않고, 그 감동은 어떤 살인마를 회개케 하고 구원에 이르게 한다는 —그런 경험과 사례들을 열거하던 모습이 지금도 눈에 선한 것이다— 부분에선, 그 설교 기법상 아주 수긍이 가지 않는 것은 아니었지만, 설교가 연출이라니! 매번 영혼의 고백일 수밖에 없는 설교를 드러내놓고 연출의 중요성을 강조하는 당신에게 신은 어떤 존재일까. 그때도 그는 상상하기도 두려웠지만, 설교도 엄밀히 하나의 상품이란 얘기였고, 잘 기획되고 연출된 은혜로운 상품이어야 감동을 주고 성공적인 예배로 인도할 수 있다는 거였다. 장인으로선, 천국교회의 대예배당, 그 무대 위의 훌륭한 연기자임과 동시에 연출자였고, 울려 퍼지는 장중한 선율처럼, 아니 늘 말했던 당신이 극찬해 마지않았던 감동적인 영화, '벤허'나 '십계'의 그 감동을 청중에게 선사하고 싶은 것 같았다. 같이 있을 때면, 늘 그 불후의 명작들에 대해서 말하곤 했었고, 영화 '대부'도 손에 꼽을 만치 예술성과 인간을 깊이 있게 다룬 작품으로 좋아했고, 당신에게 설교란 그런 감화 감동을 선사할 수 있어야 했다. 그걸 주지 못하면, 실패한 설교였다.

그리고, 언제인가 딱 한 번, 장인은 그에게 이런 얘길 했었다. 감화 감동이 없는 설교를 듣고 누가 피 같은 돈을 교회에 내겠느냐. 딱 그 감화 감동만큼만 헌금을 바친다. 큰 헌금을 하는 성도들이 많은 건, 설교가 그만큼 성공적으로 전해진 거라고 믿어도 된다. 오, 그 무대 위의 화려한 직업인, 신학박사 학위를 떠올려 봐도, 그 신화들의 어찌 보면 당연한 귀결인 셈이었다.

장인은 그 무렵엔 연 일억이 넘는 사례비 외에도, 교인들은 교회에 내는 헌금과는 별도로, 담임 목사에게 개인적으로 좋은 일에 써 달라며 봉투를 내놓곤 했는데 그 헌금만도 상상을 초월했었다. 어떤 재벌은, 이번에 사업이 잘 풀렸다며 뜻있는 일에 목사님이 써달라며 봉투를 놓고 나갔는데, 수억 원 수표(手票)(오늘날로 치면 수십억 원)가 들어 있었다는 건 설교를 통해 교인들에게도 널리 알려진 일화였다. 당신이 그런 돈을 자기 쌈짓돈마냥 썼으리라곤 그는 상상해 본 적도 없지만, 장인은 이미 최상류층이 된 것이었다. 거기에 성직자는 세금도 내지 않았고, 사례비 외에 모든 활동비, 아파트 관리비나 공과금, 자녀들의 학자금까지도 교회가 부담했고, 강연료, 수만 성도들에게 인기리에 읽히는 설교집, 성서 강해집(講解輯)으로 얻는 굉장한 부수입도 고스란히 부(富)로 쌓이는 거였고, 교회 명의로 부동산 같은 곳에 투자하는 것도 무척 자연스러웠다. 덕분에 그도 사위로서 호사를 누렸고, 집을 일찍 마련하는 데에도 장인의 도움을 받은 것이다. 아내는 처가에 다녀올 때면, 성도들이 담임 목사에게 보내오는 온갖 것들을 차에 가득 실어 오곤 했는데, 거실에 펼쳐 놓으면, 하나 같이 신이 내리는 선물이었다.

아무튼, 천국교회를 모든 교회들이 칭송하고, 부러워하고, 질투했던 그 무렵이었다. 평생 새벽 예배를 빠진 적이 없는, 그 권사님의 모습이, 벌써 여러 날 보이지 않았고, 주일 예배에도 빠진 건, 성도들에겐 예삿일이 아니었다. 연로한지라 틀림없이 몸이 아픈 거라 여겼고, 그가 심방 가는 일 외에 그 권사님을 찾아간 건 처음이었다. 전화부터 드렸는데, 목소리가 잦아들 듯 힘이 없어서, 그는 그날 당장 찾아뵌 것이었다. 가족들도 갑자기 저런다며 걱정스런 얼굴로 그를 맞았고, 그런데 그가 깜짝 놀란 건, 그 누워있는 권사님의 얼굴이 영혼의 빛이라도 꺼진 듯 어두웠기 때문이었다. 당시 시험 든 그로서도, 전혀 예기치 못한 그 천사의 또 다른 얼굴을 목격한 기분이었달까. 겁을 잔뜩 먹은 얼굴로 매일 악몽을 꾼다며 그에게 고통을 호소했다. 말도 잇지 못하고, 진저리 치는 것도 그로선 놀라운 광경이 아닐 수 없었다! 그녀는 끔찍한 악몽에 시달리고 있었다. 그녀에게 어떻게 그런 일이 벌어질 수 있단 말인가.

어떤 이유인지는 모르지만, 그녀도 그처럼 시험에 든 것이었고, 그녀에겐 벅차고도 끔찍한 것임에 틀림 없어 보였다. 그 단단하고도 순결한 신앙을, 결국 마귀가 흔들어서 거꾸러뜨리고 만 모양이었다. 무엇보다 그를 마음 아프게 했던 건, 그 인자한 웃음이며 천진한 모습이 사라진 것이었고, 언뜻 얼굴에 비치는 의혹의 그림자 같은 어두움이었다. 그때도 그녀는 사력을 다해 기도로 맞서는 것 같았고, 하지만 그 기도를 하나님이 들어 주지도 않고, 종래엔 버림받았다는, 체념의 어두움은 그로선 충격이 아닐 수 없었다. 더욱이 그녀가 꾼다는 그 끔찍한 악몽은, 그에겐 아뜩한 현기증을 안겼었다. 그녀는 평생 하나님을 사랑한 그 징벌을 그런 식으로 끔찍하게 치르고 있었다. 그녀가 두려운 눈으로 들려준 꿈 얘기는, 그는 영원히 잊지 못할 것이었다.

"목사님, 나 무서워 죽겠어요. 먼 꿈이 그런 꿈이 있는지. 집채만 한 아귀인지, 귀신인지, 생전 상상도 못 해보고… 전란도 겪어보고, 내 평생 여러 끔찍한 일들은 다 겪어봤지만, 이런 꿈은 처음이어요. 피가 뚝뚝 흐르고, 아귀가… 입이 얼마나 큰지, 궁창만 한 놈이라니까요. 어―후, 하나님, 어서 저를 데려가지 않고, 이런 고통을 주시는지… 그 아귀가, 우리 교회에 떡 하니 들어 앉아서, 성도들을 죄다 삼키는 거예요. 긴 혓바닥으로- 낼름낼름… 꼭 그 모양이어요. 어- 후, 그놈의 아귀가 얼마나 먹었는지, 배가 강산만 하게 불렀어요. 그 허연 뼈다귀들, 허연 머리통들을 똥 누듯 쏟아 놓아서, 가득가득하고… 방귀를 쿵쿵 내지를 때면 교회가 흔들리고… 이 아귀, 요물이- 이제 성도들을 다 잡아먹을 거라는구먼요. 성도들을, 오, 하나님, 하나님… 어쩌다 이런 꿈을 자꾸 꾸는지. 내가 갈 때가 되어 노망이 들었는가. 벌을 받는 거예요. 우리 하나님을, 하나님을 내가 원망했어요. 그 후로 이 아귀가 꿈에 보이는 거예요. 내가 우리 교회 잘 인도해 달라고… 떼를 쓰고, 원망해서. 벌을 받는구먼요. 어서 죽어야 할 텐데, 못 볼 걸 더 보지 않고, 어서 가야 할 텐데…"

그녀는 고통 속에서 얼마 후 그 간절한 소원대로 소천(召天)한 것이다. 그때 교회에선 그녀가 노망들었단 소문이 돌았었고, 장례 예배도 그 분위기만큼이나 썰렁했던 걸 그는 기억한다. 그 자부심 넘치는 은혜 충만한, 성령의 불길로 거침없이 부흥해 온 교회에 찬물을 끼얹은 감이 없지 않았던 것이다. 그는 장례예배를 인도했던 장인의, 평생 교회에 헌신한 여인을 기리며 했던 화려한 추도사(追悼辭)를 싸늘한 눈길로 바라보던 자신을 잊을 수 없는 것이다. 억지 부리는 소년마냥, 마귀는 힘을 얻었고, 그녀의 천국을 앗아가 버린 당사자, '저 불쌍한 여인은, 내가 아닌, 목사님이라구요!' 오, 그 경건해야 할 자리에서, 그는 지금도 그 자리를 모독한 듯 부끄러운 것이다. 그녀의 목자는, 흔들림 없는 모습으로 거기에 있었고, 신앙이란 그런 거라는 걸 가르쳤다.

훗날 그 여인을 떠올릴 때면, 그는 왜인지 그 쏟아 놓은 허연 뼈마디들, 허연 머리통이 떠올라서, 어느 땐 아연하곤 했다. 묘하게도 그건 꿈이 아닌 현실로 환생한 듯, 흉측한 살을 입고, 더 생생하게 되살아나서 그를 덮치곤 했다. 그땐 그녀가 자신에게 마지막 유언처럼 그걸 보여 준 느낌이었다. 어쨌든, 그는 기어코 박차를 가하듯 마귀의 길로 내달았다. 의혹의 눈은 더욱 깊게 반짝였고, 활활 불타올랐던 걸 기억하는 것이다. 멈출 수 없었고, 진실에 목이 말랐고, 숨이 턱턱 막혔다. 이제야말로 죽을 지경으로 내몰린 것이었다.

7

†

 그 맹렬한 불길로 그는 한 인간에 대한 연구자, 자칭 전문가가 된 셈이었다! 한 인간을 그토록 그 의혹의 눈길로 탐구한 것이었고, 거기엔 길이 보일 듯싶었고, 그건 처절한 사투나 같았다. 살려 주소서, 진실을 내려 주소서! 저 눈부신 교회의 부흥과 성공은, 과연 신의 은총인가? 그게 아니라면 저 놀라운 기적들은, 단지 인간의 능력만은 아닐진대, 그러면 무어란 말인가? 신도들을 저토록 열광케 하고 숭배케 하는 것은, 교활한 죄인도 복음을 위한 도구로 사용하시는, 신의 신비롭고도 은밀한 손길이라도 숨어있는 것인가?

 어쨌거나, 준비된 그릇인 것은 분명했고, 시원스런 외모에 진지하고 때론 고뇌엔 찬 눈빛, 저 타고난 언변과 청중을 울리고 웃기는 재주, 거기에 거룩하고도 은혜로움을 선사하는 큰 그릇의 연출가요, 연기자라니! 그는, 천국교회나 교계에 익히 알려진, 그즈음엔 목회자로서 성공의 대명사가 된 장인의 걸어온 길을 하나하나 그 사납게 타오르는 의혹의 눈으로 뿌리까지 파고들 기세였다. 그때 그의 눈을 열어 준 건, 필경 성령은 아니었을 터, 장인이 배워 온 신학, 그 신학으로 불길이 옮겨붙은 건, 지금 생각해도 일취월장(日就月將), 이성의 마귀가 호랑이 등에 올라탄 격이었다! 자신 안의 숨은 재능을 드러내듯, 그토록 집요하고, 십자가에 달리는 심정으로 매달렸다. '장인이 배워 온 신학의 정체.' 한 영혼이 갈망한, 그리고 이제 통째로 삼켜져서 천국교회로 환생한 그 신학의 정체가, 어렴풋이 보였다. 그때 그는, 저 80년대, 신학박사 학위를 받고 귀국하는 장인의 모습을 한층 뚜렷이 그려 볼 수 있었다. 신(新)세계의 물을 흡족하게 마신, 그 활짝 핀 보무도 당당한 모습은, 그가 미국 신학박사 학위를 가진 걸 안다면, 누구라도 눈부시게 빛나 보이지 않았을까. 교회에서, 신의 현현처럼 빛나 보이는 건 마땅하고도 당연한 거였다. 실은 그게 그 신학의 얼굴이었고, 이제 천하를 손에 얻었으니, 그는, 아니 신의 사도는 우주만물을 내려다보며 손에 쥔 자부심으로 충만했다.

일찍이 그의 안목과 비상한 현실감각은, 주변에선 잘 알려졌고, 귀국 후에도 장인의 행보는 남달랐다고 한다. 제안받은 교단 신학대학 교수 자리도, 연로한 담임 목사가 시무했던—훗날이 보장된, 대표적인 장자(長子) 교회의 안정된 부목사 자리도 다 마다하고, 서울 강남에서 교회를 개척하고자 한 것이었다. 어려운 길을 자처한 것이었고, 하지만 설교나 여러 저술을 통해 알려진 바지만, 오래전부터 준비했기에 가능했던 행보였다. 신학생 때부터 그의 꿈은, 교회를 개척해 대교회로 부흥시켜, 신의 영광을 세계만방에 펼쳐 보이는 것이었다.

미국 신학박사 학위는, 그를 위해 필수였고, 특히나 서울의 강남, 그 영혼들을 구원하는 데는 그만한 게 없다는 믿음이 있었다. 준비된 자! 그는 준비된 것이었다. 사도행전에 나오는, 사도 바울의 선교를 도왔던, 브리스가와 아굴라를, 그의 사역을 위해 하나님이 미리 예비해 두셨다고 한다. 마침 한 가정집에 초대를 받아 예배를 인도했고, 선뜻 문을 열어 준, 그 부부(夫婦)는 드디어 자신들의 목자를 만났다고 느낀 것이다. 그들은 전에 다니던 교회에서 믿음이 식어버린 상태였고, 우연찮은 소개로 미국에서 신학박사 학위를 받고 귀국한, 얼굴도 잘생긴, 전도양양(前

途羊羊)한 목사님을 초대해 가정 예배를 드렸는데, 설교에 큰 감동을 받은 것이었다. 그렇게 시작된 가정 예배가, 설교가 은혜롭다고 소문이 나면서 다른 비슷한 신앙적 고민을 가진 사람들이 하나둘 모여 개척교회의 모태(母胎)가 되었고, 신사동의 상가 건물에 개척교회를 마련했고, 그 은혜로운 말씀은, '성령의 회오리바람'을 불러일으키듯 수만 명의 대교회로 성장한 것이다.

장인의 인생은, 그 자신의 표현대로 한 편의 극적인 드라마였다. 전쟁 때 혈혈단신으로 휴전선을 넘은 피난민이었고, 양친은 선교사들의 선교를 통해 입교(入敎)한 독실한 집안이었다. 공산당의 핍박을 받았고, 결국 부친이 끌려가 총살당했고, "집안의 장손인 너라도 공산당을 피해 남쪽으로 내려가라"는 가족들의 간곡한 뜻은, 그 열네 살 소년에겐 하나님의 명령이었다는 것이다. 그렇게 남한으로 내려와 천애 고아처럼 그 풍찬노숙의 피난민 생활, 이루 말로 형용할 수 없는 고난의 삶을 헤쳐가야 했던 그가 의지한 건, 오직 하나님이었다. 그의 눈물을 닦아주었고, 길을 잃지 않도록 도왔으며, '내가 너와 함께한다', 힘들어 쓰러질 때면 일으켜 세워 준 신이었다.

그는 막노동을 비롯하여 안 해본 일이 없었다. 장인이 언제인가 그에게 했던 얘기지만, 창피해서 설교로나 어디에서도 말하지 못한, 똥지게를 지기도 했었고, 그럴 땐 며칠간 지독한 똥 냄새와 함께 생활할 수밖에 없었다는 것이다. 그렇게 고학(苦學)으로 신학 공부를 하였고, 그 가난한 신학생의 가슴엔 언제나 식지 않는 원대한 꿈이 있었다. 미국에 유학을 가 신학박사 되는 꿈, 그 하나님의 영광, 부모님도 자랑스러워하는 최고의 목사가 되리라!는. 신학생 시절엔 거의 잠을 자지 않았다고 한다. 학비를 벌어야 했기에, 신학에 매진하려면 잠이란 마귀와 매일 싸워야 했었고,

새벽 동이 터오는 걸 보고서야 잠시 눈을 붙이곤 했다.

특히나 영어를 정복해야 했었고, 헬라어, 히브리어도 마찬가지였다. 그때의 그 '집념'의 표현들도 설교를 통해 널리 알려졌고, 영어 콘사이스를 매일 한 장씩 외웠고, 한 장 한 장 씹어 삼키듯, 결국엔 통째 암기하게 됐다는 것이다. 그런 생활은 신학대학을 졸업하고, 전도사로 사역할 때도 이어졌고, 그리고 결혼을 해 그 가난 가운데 애 둘을 낳아 키웠던 좁은 셋방 생활에서도 그 '하나님의 영광'을 위한 집념과 열정은 식을 줄 몰랐고, 먹을 양식이 떨어지곤 했지만, 부부는 오직 기도와 찬송으로 자신들을 인도하는 신을 믿고 의지했다. 그들의 신은 위대했고, 그는 원대한 꿈을 이뤘고, 더욱 탐스런 열매들을 듬뿍 맺었다.

오, 그 배고픈 소년의 눈물을 닦아주고, 인도했던 하나님, 피난민 촌에서 미군이 준 초콜릿 맛을 지금도 잊지 못한다는, 언젠가 자신의 원한을 갚아 주고, 원대한 꿈을 꾸게 하였던 신, 그 모든 역경을 이겨내고, 오늘의 영광으로 인도한 신, 그 팔에 붙들린 신의 사도를 보라! 장인이 유학하는 동안 누구보다 발 빠르게 그러모은 그 신의 나라, 온갖 신앙의 보화들, 영어로 쓰인 '신앙 자료'들이 드디어 빛을 발했다. 은총의 보따리를 풀어 놓았고, 강남 사람들의 꿈과 욕망, 그 영혼들의 허기와 허영심을 달래주고 채워주었고, 불티나게 잘 팔린 복음이었다. 청교도들의 신앙과 수많은 감동적인 일화들, 그들의 발자취며 위인들의 삶과 어록(語錄)들, 그 하나하나가 고국에 가지고 들어가면 모두가 감동을 주고, 찬란하게 빛날 신앙의 보석들이었다. 그런 자료들을 체계적으로 수집한 것이었고, 그 남다른 현실감각이 번뜩이듯 발휘된 지점이지만, 유학파가 아니고선, 아니 유학파라도 그런 자료들을 선점한 건, 그에게 베풀어진 신의 은총이 아닐 수 없었다.

그의 머릿속엔 항상 자신을 기다리고 있을 고국의 영혼들이 있었고, 그리고 귀국할 때 가지고 들어온, 그 자료들은 말 그대로 '금의환향(錦衣還鄉)'이란 표현보다 더 적절한 게 있을 수 없었다. 오, 신의 이름으로 그토록 잘 팔린 은혜로운 상품이 또 있었던가? 세계적으로 많은 부흥하는 교회들이 있었지만, 그 꿀송이 복음, 천국교회야말로 가장 잘 팔렸다고 감히 말할 수 있었다. 한국이란 나라, 그 영혼들에게 그토록 매혹적이고, 은혜로우며, 감화 감동, 눈물과 회개, 구원을 듬뿍 선사했던 복음! 오, 이전에도 앞으로도 신의 말씀이 —복음이, 그토록 잘 팔리는 시대가 있을 수 있을까? 하지만 점차 마법의 숲에서 깨어난 영혼들은, 곧 그 사도 바울이 자신들과 똑같은 인간임을 알아보게 될 것이었다.

그때 그는 그 신앙 자료들로 가득 찬, 교회 안에 마련된 서재를 볼 때면, 그 은총의 보석들이 가득한 '금광(金鑛)'을 연상하곤 했던 것이다. 누구도 넘볼 수 없는, 명설교들을 빛내주었던 신앙의 보석들! 교회의 부흥으로, 덩달아 주변의 상권(商圈)도 발전했고, 눈부신 성공가도(成功街道)의 신의 은총으로 찬란했던 '금광'은, 모든 교회들의 부러움과 질투를 샀었고, 그 설교나 선교 방식을 너도나도 받아들이기에 바빴던, 그 배워 온 신학의 오롯한 얼굴이었다. "우리 교회가 오늘부로 6만을 넘었다!" 장인이 등록 교인이 5만을 넘어, 일 년여 만에 6만이 됐을 때 그 자랑스레 했던 말을 그는 잊을 수 없고, 어떻게 잊는단 말인가. 저 떼거리로 몰려드는 게 당신은 두렵지도, 징그럽지도 않아요? 여기에 예수가 있나요? 하지만 모두들 더 큰 부흥, 더 큰 신의 영광을 바랐고, 그 부흥의 불길은 탐욕으론 모자라, 소리 없이 음란죄로 옮겨붙었다.

그때 그는 탐욕과 음란이 부흥과 함께하는 걸, 목도했었고, 연약한 인간이기에, 신도 용서해 주시고, 적당히 눈감아 주기도 하는, 음란죄는 평신도나 목회자를 가리지 않았다. 그 회개란 것도 몇 번은 눈물을 흘리지만, 곧 뻔뻔해져서 "내 죄는 하나님이 눈감아 주신다"는 수준까지 이르는 거였다. 그도 심방을 가거나 개인적으로 여신도들 상담을 하면서 여러 번 유혹을 받았고, 넘어질 뻔했었고, 그때 그를 살린 건, 장인이었다. 천국교회의 새끼 목사, 번쩍 뒷덜미를 잡아채곤 했었다.

한 번은, 한 여신도의 간곡한 요청으로 그녀의 집을 방문하게 된 것이었다. 가정문제로 상담한 적이 있는 여성이었고, 두 사람만의 만남을 요청했는데, 상담 내용에 따라 있을 수 있는 일이었다. 집엔 그녀밖에 없었고, 응접실에 마주 앉았을 때, 갑자기 그녀는 옷을 벗었고, 한 번만 안아줄 수 없느냐, 천국에 가지 않아도 좋으니 자신의 소원을 들어 달라는 거였다. 그 팔을 뿌리치고 도망쳐 나온 그때의 수치스러움은, 그 부흥의 끔찍한 열매들을 보는 것 같았다. 이미 교회엔 그런 음란이 넘쳤고, 다 쉬쉬하며 감춰지고 덮어지는 거였고, 어느 땐 도리없이 수면 위로 떠올랐다. 믿음 좋기로 알려진 장로가 교통사고로 죽었는데, 그 옆자리에 세컨드도 탔다가 드러나는 식이었다. 그런 소문은 삽시간에 번졌고, 그로선 두려움, 회의가 깊어질 대로 깊어져 절망감에 이르렀을 때도, 그 의혹의 눈은 한결 더 찬찬하고 예리하게 벼려진 칼끝마냥 집요했던가.

어느 날부터 그는, 살금살금 담을 넘는 도둑고양이마냥, 장인의 서재에서도, 그 '금기(禁忌)'의 신학들을 훔쳐보게 된 것이었다. 호랑이 등에 올라탄 이성의 마귀는, 드디어 거기까지 이른 것이었다. 장인이 배워 온 신학, 그땐 자신의 신학적 무지(無知)야말로 저주이자 벗어날 길 없는 암울한 수렁 같았다. 서재 안으로 들어설 때면, 그 물씬 풍겼던 한 영혼의 냄새, 현란한 빛깔마냥, '새끼 마귀'를 맞는 '어른 마귀'가 싱긋 웃음을 던지는 듯했다. '여기 에덴동산의 선악과를 너도 따먹고 싶은 게냐?' 어느 땐 '너 같은 머리 나쁜, 영원한 미성년에겐 선악과도 아깝지!' 씨익 지 긋이 냉소를 짓는 것 같기도 했다. 그럴수록 그 분기며 숨소리조차 죽이 면서, 비수를 겨누듯 집요했던 그 절박했던 미성년이라니! 운명의 아이 러니랄까, 어느 순간 서재는, 심판대에 선 듯 절박했던 그를 위해 준비된 듯했었고, 그 불온한 현대신학들에 흠뻑 빠져든 것이었다. 거기엔 신구 (新舊)의 신학이랄까, 정통주의와 현대신학을 아우르는 듯했고, 특히 미 국의 기독교 신앙과 그 역사를 잘 펼쳐 놓은 듯 한눈에도 명료한 어떤 사상이나 체계성이 느껴질 만치 잘 정돈해 놓은 것이었다.

이를테면, 17세기, 박해를 피해 대서양을 건넜던 청교도들, 고색창연한 청교도와 관련된 빼곡한 자료들, 메이플라워호(號)에 관한 수많은 서적 들, 필그림파더스(Pilgrim Fathers)에 대한 많은 작품들, 전기(傳記)들, 기 록들. 그 중엔, 윌리엄 브래드 퍼드의 〈플리머스 플랜테이션에 대해〉(of Plymouth Plantation)나 조나단 에드워즈의 여러 신앙 서적들, 청교도들에 관한 책들만도 수천 종에 이르렀다. 그리고 그 신앙의 젖줄로 오늘의 미 국에 이르는 과정의 선구적 신앙인들, 목회자나 신학자들의 저술들, 건 국의 아버지들, 자서전, 평전들. 현대신학은, 아무래도 서재의 주인공은 아니었고, 한쪽에 수백 권의 대표적인 신학자들의 저술들이 빼곡히 채워 져 있었고, 굶주린 새끼 마귀에겐 그처럼 잘 차려진 '성찬(聖餐)'이 아닐 수 없었다.

은밀하게 드나들며, 난독(亂讀)이라 표현해야 맞을지, 야금야금 훔쳐 먹은 격이랄까. 그 과정에서 그는 장인의 어떤 새로운 '면모'를 발견한 기분이 들곤 했고, 이미 십 대에 세상을 다 알아버린, 아니 그 고난에 찬 세상을 통달한 명민한 아이, 그 아이에게 대관절 신은 무엇이었을까. 전 쟁의 비극을, 참상을 온몸으로 겪은, 공포와 증오, 굶주림, 그 아이에게 신은 그리고 자라서 성인이 됐을 때의 그 모습을, 그는 도무지 상상으로도 잘 그려지질 않았었고, 어쨌든 성복(聖服)에 가려진, 몇 겹이나 자신의 영혼을 꼭꼭 감춘. 오, 그저 탄복을 자아낼 수밖에 없는 한 영혼의 모습이라니! 다독가(多讀家)로도 유명했던, 장인의 손때가 묻은 그 현대신학을 다룬 책들을 읽으면서, 그는 어떤 책들엔 밑줄이 그어져 있고, 탐독한 흔적들을 발견할 수 있었다. 당신이 그처럼 마귀의 신학으로 비판했던 현대신학을, 어쩌면 깊이 빠졌던 흔적들이었다. 또, 책갈피에 있던 짧은 독후감 형식의 메모들은, 그로선 둔기로 가격당한 느낌이었다. 글씨를 보고 그는 단박 장인이 쓴 거란 걸 알아보았던 것이다.

루돌프 불트만의 〈공관복음서 전승사〉나 폴 틸리히의 〈조직신학〉, 하비콕스의 〈세속도시〉 등등, 그 책들에 대한 메모가 기억에 남은 건 아마 무척 인상적이었기 때문일 것이다. 기억을 더듬자면, 이런 내용이었다. 〈불트만의 신학이 너무 주관적이라는 바르트의 비평은, 신학의 지형을 영원히 바꿔버린 그 신학자에게 바치는 찬사로 들린다. 그의 기독교 복음의 전적인 재해석은, '아무도 나의 믿음을 대신 믿을 수 없다'는 것이다.〉 〈틸리히의 진단은, 어느 면 전적으로 옳은 것이, 일찍이 사도 바울이나 마틴 루터에게 가장 큰 과제는, 죄인이 어떻게 하나님 앞에서 의롭다 함을 얻는가 하는 것이라면, 오늘날 현대인에겐 무의미한 세상에서 어떻게 의미와 목적을 찾는가, 이 과제를 수행하는 신학을 사신신학(死神神學)이라 단정하는 건 지나친 비평인 것이다.〉 〈하비 콕스의 '세속도시'에 대해 어떤 신학자는, 사신신학자들이 새 예루살렘의 건축을 완성했을 때, 그 예루살렘 성문을 열고서 도시 내부를 보여 주었다고 평했지만, 너무 박한 평가 같다. 멋진 신학 작품? 솔직히 감명을 받았다. 솔직한, 앵글로색슨계 신학자의, 하나님 없는 현대인의 생활풍속도라기보다는, 이곳에

사는 모두의 솔직한 풍속화라 해야 할까.〉

물론, 그 메모들에 담긴 신학적 의미를 그는 잘 알지도 못했고, 다만, 그 불온한 현대신학을 무척 호의적으로, '자신의 느낌'을 적고 있는 것은 분명해 보였다. 장인의 설교나 보여 주는 모습과는 너무도 대조적이어서, 그는 충격을 받았고, 그 순진한 영혼의 눈이 더 크게 뜨이는 순간이기도 했다. 신학과 신앙을 구분하지도 못했던 순진했던 영혼, 헌데, 장인에게 신학이란 무엇인가? 그런 매우 근본적인 질문이며 회의를 느낀 것도 사실이지만, 어쨌든 자신의 내면을 꼭꼭 숨긴 채 천연스레 설교를 하는, 정통주의자를 연기하는, 저 사도 바울은, 도대체 어떤 신학자이며, 신앙인인가? 아니면, 그저 꿀송이 복음을 파는 교활한 영혼인가? 서재의 책들이나 그 다양한 형태의 자료들은 거의가 영어로 쓰인 것들이었고, 거의 질릴 정도로 그의 짧은 신학 지식으로 그 난해한 현대신학들과 씨름했던, 힘겨운 영적인 전투였다.

신학도 어려웠지만, 자신과의 처절한 전투, 껍질을 깨고, 빛이 숨어들어, 한 줄기 구원이 내리길 간절히 바랐다. 한 번 손에 붙든 책은 중간에 포기한 적은 없었고, 몇 번이고 이해가 될 때까지 되풀이해서 읽곤 했다. 그땐 칼 바르트의 〈로마서 강해〉도 다시 신학 공부를 하는 신학도의 자세로 읽었고, 위르겐 몰트만의 〈희망의 신학〉 같은, 무엇보다 철학 초년생에겐 험산 준령마냥 크게 낙담하면서도, 절박하게 매달렸고, 특히나 본 훼퍼의 여러 저술들, 그 '순교자'의 신학에 충격을 받고 빠져든 것도 그곳에서였다. 지적(知的)으로 미숙했던, 아니 그 '무지몽매'한 영혼에게 그 공간은 여러모로 운명적이었다. 참, 니체의 〈차라투스트라는 이렇게 말했다〉를, 그가 처음 접한 것도 거기에서였고, 그런 책이 거기에 있게 된 연원은 알 수 없지만, 처음엔 만지기조차 주저한 것이었다.

오래전 '신은 죽었다'고 말한, 당시 그의 의식엔 어떤 무시무시한, 도저히 마귀 외엔 사람으론 상상도 되지 않는 인물이었다. 그마저도, 얼마 후엔 장인이 그런 책을 탐독했을 거라는 추측만으로도, '죽음의 키스'마냥, 그때 그는 자신의 영혼을 던진 것이었다! 그 책을 두 번이나 읽은 건, 지금 생각해도 자신 안의 그 두려움이 아니라면 상상할 수 없는 일이었다. 저들, 그 철학자나 장인은 자신과는 차원이 달랐고, 그 높다란 두 인간을 올려다보며, 두려움을 떨쳐버리려, 그렇게 읽은 것이었다. 그 책에도 장인이 남긴 짧은 메모가 있었는데, 짤막한 매우 인상적인 내용이었다. 〈니체는 신을 부인했다기보단, 기독교의 신을 부인했다는 게 맞을 것이다.〉

그가 불온한 신학책들을 남몰래 탐독하며 더욱 '마귀'가 되어가는 걸 장인이나 가족들, 특히 교회의 성도들은 아마 꿈엔들 상상도 못 한 일이었다. 천국교회 한가운데서, 더욱이 사위인 부목사가. 헌데 그는, 심각하게 위험했고, 교회의 머리(우주)인 담임 목사의 모든 걸 의혹의 시선으로 바라보는 것만으로도 마귀 중의 마귀였다. 은혜 충만한 교회의 중추신경에, 위험천만한 마귀가 들어앉은 모양이었다. 다만 한 사람, 그의 아내는 남편에게서 그 '이상 징후'를 맨 먼저 눈치챈 것이었다. 어느 날 그녀는 "여보, 당신 요새 달라진 거 알아? 무슨 일 있어요?" 그땐 별 탈 없이 넘어갔지만, 곧 그 불가피한 심각한 상황을 맞았었다. 무엇보다 그는 교회에서 설교하는 게 고통스러웠고, 설교문을 작성할 때면 성경 본문의 어떤 구절, 또 어떤 내용으로 전해야 할지 밤잠을 못 이룰 정도로 힘들었다. 비로소 이성(理性)의 세례를 받은 영혼마냥, 그 신학들의 영향이었지만, 당장 자신이 과연 올바른 복음을 전하는 것인가 깊은 회의에 사로잡혔고, 그땐 자신도 삯꾼마냥 참담한 심정이었다. 그렇지만 현대신학을 전적으로 신뢰한 것은 아니었고, 언제나 위험스런 '모험'의 세계였고, 격심한 혼란의 딜레마 속에서도, 그는 눈을 부릅뜨고 이왕 내디딘 걸음을 멈출 마음은 없었다. 그땐 심방을 가는 것도, 교인들과의 신앙적인 대화나 상담하는 모든 게 영적인 시험이었다. 자신이 알고 있는 것, 그 믿음이란 게 의혹의 대상이었다.

그 무렵엔 위궤양과 신경증을 앓았었고, 그나마 그 자못 치열한 현대 신학에의 몰두가 없었다면, 정신분열증은 극단으로 치달아 그의 영혼을 파괴하고 말았을 것이다. 그리고 그땐 가정 예배를 인도하는 거나 잠자리에 들기 전 매일 아내와 애들을 끌어안고 기도드리곤 했던 게, 너무도 힘들어서 어느 날부터 중단하기에 이르렀다. 습관처럼 몸에 밴, 오직 은혜로운 신학과 신앙, 진정한 복음은 무엇인가, '진정한 복음', 마귀의 절규였고, 지금껏 평화로웠던 가정을 삼켜버렸다. 하필 그 무렵에 막내 아이가 아팠다. 병원에서 치료를 받고, 약을 먹이는 데도 여러 날 열이 펄펄 끓고 거의 죽어가는 듯 사색이 됐을 땐 문득 자신으로 인해 신의 진노가 내린 것 같았다. 아내는 겁에 질린 눈으로 그를 바라보며 펑펑 울었고,

"당신 요즘 왜 그래? 왜 그러는 거야? 우리 찬양이를 안고 기도해 줘, 어서 기도해 줘요!"

평소 같으면 아이를 안고 소리쳐 기도했을 텐데, 그는 그러질 못했고, 아니 더는 그럴 수 없었다. 아이를 안고서도 눈물을 흘리며 소리 없이, 하나님, 하나님!을 외칠 뿐이었다. 자신이 해왔던 그 많은 기도들이 떠올랐고, 마치 죄를 쌓은 것마냥, 자식을 위해서도 가장 기도다운 기도를 하고 싶은데. 그게 떠오르지 않았다. 문득, 아픈 자식을 위해 제가 어떤 기도를 해야 할까요, 지금 생각하면, 어이없지만, 그때 그는 불덩이 같은

아일 안고 그런 질문을 하고 있었다. 그로선 심각한 질문이었고, 아이를 안고 눈물만 쏟은 것이다. 아내의 그 원망하는 눈빛엔, 아니 얼마 후부터지만 남편이 영적인 시험에 빠진 걸 거의 확신하는 것 같았고, 하지만 그는 그때도 솔직하지 못했었다. 자신의 고통스런 심정을 고백하는 순간 무슨 일이 일어날 걸 잘 알았기에, 그 사태는 상상 이상으로, 걷잡을 수 없는 지경으로 치달을 것이었다. 그는 아내를 사랑했고, 가정을 지키기 위해서도, 그런 일은 결코 일어나선 안 되는 일이었다. 그건 모두를 배신하는 '죽음의 고백'일 뿐이었다. 헌데 그는 자신을 몰아가는 마귀가, 결국엔 '죽음의 구렁텅이'로 떨어뜨릴 거라는 것, 아니 그 끝은 오직 신만이 알 거라는 생각이 들었다. 아직 그는, 자신의 기도를 찾지 못했다.

공교롭게도, 그 무렵이었었다. 그는 교회에 매일 새롭게 나도는, 온갖 소문들은 이젠 거의 만성이 된 상태였지만, 이번엔 성스런 담임 목사에 대한 추문(醜聞)이 은밀하게 나돌았다. 하루는 심방을 갔는데 어떤 교인이 그에게 조심스럽게 털어놓았다. 본인은 그런 소문은 일절 믿지도 않고, 어느 마귀가 천벌을 받을 거짓 소문을 퍼뜨리는지는 모르지만, 대응책을 강구하기 위해서라도 담임 목사님이 알아야 할 것 같아 전하는 거라면서. 그때 그는 드디어 올 게 오고야 말았다는, 놀라움보다는, 오히려 그간의 영적인 고뇌와 혼란스러움이 일순 정지되는 듯한 느낌이었다. 심장이 마구 떨렸던 건, 그의 몸이 보인 반응이었지만, 지금 되돌아보면, 꽉 막혔던 숨통이 트이면서였다.

드디어 마법의 숲이 깨어나기 시작했다는, 어떤 눈들이 '진실'을 보기 시작했다는. 물론 그는 그 소문대로 장인이 이혼녀인 여신도나, 새파란 이십 대인 여비서와 밀회를 즐긴다는 내용은 곧이곧대로 믿진 않았다. 설마 했었고, 자신이 장인의 생활과 그 꽉 짜인 일정을 아는데, 설마 그런 시간을 낼 수나 있을까, 잘 안다고 생각한 것이다. 다만, 그 신성한 존재인 담임 목사에 대한 그런 소문만으로도, 천국교회의 '진실'들이 모습을 드러내는 건 피할 수 없는 수순으로 여긴 것이다. 그도 이혼녀인 그 여집사에 대해선 어느 정도는 알고 있었고, 충성스런 성도란 말이 어울릴 만치 교회생활에 열성적인 활달한 성품의 여성이었다. 물론 담임 목사가 시간을 내 개인적인 상담을 해줄 정도라면, 다른 성도들의 시기를 살 만도 했다. 특별한 성도에게나 베풀어지는 일이었기 때문이었다. 여비서의 경우도, 교회 재직들 모두의 사랑을 받고 있었고, 그 귀염성 있는 하얀 얼굴에 검고 총명한 눈을 바라보는 장인의 흐뭇해하는 모습을 떠올리는 건 무척 자연스러웠다. 여비서가 머리가 좋고, 일을 잘한다는 건 교회에 널리 알려져 있었다.

벅찬 스케줄 뿐만 아니라, 많은 설교를 준비하는 데 그녀의 출중한 능력과 역할은 빼놓을 수 없었다. 영어 실력도 남달라서, 장인이 어떤 자료가 필요하다고 하면, 서재에서 찾아서 번역해 잘 정리해 올리는 것은 기본이었다. 옆에서 보면, 마치 사단장을 보좌하는 뛰어난 여부관쯤 된달까, 그들이 호흡이 잘 맞았던 건 사실이었다. 설마, 하지만 그는 믿지 않았고, 다만 언뜻 머릿속에 떠오르는 게 있긴 했었다. 장인과 장모의 관계가 그즈음엔 더욱 눈에 띄게 소원(疏遠)해져서 각방을 쓸 만치 냉랭해진 것이었다. 그의 아내도 무척 걱정했을 정도였다. 마침, 오랜만에 당회장실에서 장인과 마주 앉을 기회가 있었다. 미국 한인교회 부흥회를 인도하고 막 공항에 도착한 장인을 그가 승용차를 운전해 교회로 모신 것이었고, 그로선 고심 끝에 에둘러 그 얘길 꺼내지 않을 수 없었다.

장시간 비행기를 타고 왔음에도 피곤함을 모를 정도로 장인의 건강은 타고 났었고, 훌렁 벗겨진 이마며 열정적인 눈빛, 성도들이 말론 브란도를 닮았다고 할 정도로 카리스마가 넘치는, 거기에 성직자로서 최정상에 오른 명성이며 혈색 좋은, 멋진 슈트 차림의 만면에 여유가 넘치는 웃음을 짓던 모습은, 그 신화적 인물의 절정기(絶頂期)라 할 만했다. 성황리에 마친 부흥회 얘기며, 곧 있을 교단 총회장 선거 얘기를 입에 올리기도 했던 장인은, 이미 교단과 신학교를 대표하는 성직자였다. 역사가 깊은 서울 장안의 많은 교회들을 제치고, 그의 천국교회가 장자교회마냥 우뚝 선 것이었다. 교계 신문의 설문조사에 의하면 수년째 신학생들이 가장 닮고 싶어하고 존경하는 목사였고, 그 영향력은 '신성한 권력' 이상이었고, 하늘을 찌르는 듯했다. 천국교회엔 각계의 명사들이 몰려들었고, 유명 연예인들, 장관, 국회의원이 수두룩했고, 어떤 정치인은 천국교회를 한국 보수의 심장이라 찬양했다. 모두가 담임 목사를 추앙한 것이었고, 수만 명에 이르는 대교회가 인간의 눈과 이성을 압도했고, 신성한 권력과 아우라 앞에서, 세상의 하찮은 권력을 추종하는 존재들이야, 자신들이 고백하듯 매일 죄짓고 사는 한낱 죄인들일 뿐이었다.

어쨌든 그는, 자식 같은 사위이자 부목사로서, 신학대학의 새까만 후배로서 그 마련된 자리가 운명적인 듯 느껴졌었다. 잠시 찬물을 끼얹은 것 같은 정적이 흘렀고, 당황한 장인은 얼굴이 붉게 달아올랐다.

"교회야 말이 많은 곳이지. 자네도 잘 알잖아?"

"아버님, 저는 단지 그런 소문이 나돌아서, 말씀드려야 할 것 같아서…"

"자네 말뜻을 모르겠나. 신앙이 어릴수록 너무 많은 걸 기대하지. 그러면 탈이 나게 되어 있다. 교회가 신성하고 거룩한 천국인 줄만 알아. 자네도 그렇게 생각하나? 담임 목사는 그 천국을 지키는 천사쯤으로 여기지. 의식 수준들이 유치한 거야."

장인은 그를 빤히 바라보며 얘기를 이어갔다. 자식 같은 사위 앞이기에, 그 쓰는 언어가 달랐던 건, 적어도 신의 사도가 아닌 한 사람의 목자로서였다.

"나도 알고 있었다. 내가 신학교에서나 교회에서 늘 강조하는 금기 사항 중 하나가 이성 문제인데, 내 문제가 된 셈이구먼. 이 목사, 우리 교회 등록 교인 수가 몇인지 아느냐? 어제까지 6만 3백 명을 넘었다. 전 세계적으로도 아주 큰 교회지. 내 그릇엔 과분할지도 몰라. 그래도 어쩌겠나, 하나님이 주신 것인데 감당하는 수밖에. 그놈은 내가 잘 안다. 오래전부터 개인적으로 편지를 보내오기도 했었고. 교회의 충직한 일꾼이 될 줄 알았다. 신앙의 아버지라 부르며 교회에 자신을 바칠 준비가 되어 있다고, 그런 청년이었어. 내가 순수한 믿음을 보았지. 안수 집사도 됐고, 열심히 신앙생활을 하는 줄 알았더니."

"안수 집사라고요?"

그는 깜짝 놀랐었고, 그 소문을 퍼뜨린 당사자가 안수 집사란 거였다. 장인은 그 독특한 자신만의 논리로 얘기를 이어갔었다.

"서울에서 명문대를 나온 머리인데, 사람이 순진한 건지, 아둔한 건지. 내가 늘 깨닫는 게 뭔지 아느냐? 신앙은 머리로 가질 수는 없다는 거다. 희한하게도, 머리 좋은 사람들이 신앙은 유치한 수준을 못 벗어난단 말야. 하나님의 공평한 섭리지. 머리 좋고, 좋은 집안, 거기에 신앙까지 좋으면 얼마나 교만해지겠니? 그 유치한 젖먹이 수준을 못 벗어나는 게지. 내가 그놈을 보면서, 신학 논문 주제를 하나를 떠올렸다. 유다도 처음엔 충성스런 제자였어. 무엇이 주님을 배반하게 했을까, 오랫동안, 수많은 문학적 상상력이 있었지. 열두 제자란 건, 신생 종교의 열두 제자란 건, 믿음 그 이상을 필요로 한다. 믿음만으론 부족하다, 이게 내 결론이었다.

그러면 그 이상이란 게 무엇이냐? 자넨 설명해 줘도 모를 거야. 알 필요도 없고. 내 관심사는, 배반한 유다가 아닌, 오늘날의 성도론(論)에 대해서, 현대교회의 성도론인데, 내겐 매우 중요한 신학적 주제다. 열두 제자가 아닌, 수만 명의 양 떼를 인도하는 발전된 도시 안의 교회, 그들의 믿음, 또 유다에게 없었던 그 믿음 이상의 것, 이게 핵심이다.

현대교회의 성도란 그 '이상'의 것을 갖출 때 가능해진다는 것이다. 그게 없으면, 오래 교회 다녀도 젖먹이 신앙을 못 벗어난다. 구원 사역에 도움이 되긴커녕 양 떼 속의 염소마냥 해를 끼친다는 것이지. 어떠냐? 신학적인 고찰을 해볼 만한 주제인 거지. 사랑이란 건, 전적이어야 한다. 목자를 전적으로 신뢰하는 건, 같이 살고, 같이 죽는 것이다. 한 몸, 한 영혼인 게지. 같이 무덤에 들어갈 수 있어야 한다. 전적인 건, 믿음 이상을 필요로 하지. 내가 보는 성숙한 신앙은, 그런 것이다. 예전 천로역정식의 신앙으론 어림없어. 자네도 그 유명한 고전을 읽었을 거야. 현대교회의 구원론은, 고차방정식을 풀듯 복잡해진 게 사실이다만, 내가 유학할 때 상황윤리 신학이 유행했었다. 늘 토론의 주제가 되곤 했던 신학이었지. 맞닥뜨리는 다양한 상황윤리 속에서, 도덕적이고 율법적인 잣대로는 해결되기 어려운 난제들이 얼마나 많으냐? 오직 사랑만이 그 판단의 준거가 돼야 한다는, 그것만으론 턱없이 부족하다.

교회란 게 복음의 등불을 켜고 속세의 거친 풍랑 속에서 용케 키를 잡고 사랑을 실천한다지만, 키를 잡은 예수를 바라보는, 전적인 신뢰, 그의 약점과 죄도 사랑하는 것이다. 그게 없으면 시험에 들고 무너지게 되어 있다. 처음의 모습은, 흠 없는 어린양 같았다. 도시 청년이 그러긴 쉽지 않지. 결과적으로 유다가 됐다만. 우리 교회는 많은 일을 수행한다! 이 강남이란 곳을 영적으로 변화시키는 소금의 역할도 한다만, 수많은 봉사를 하지. 많은 기적들이 우리 교회로 인해 일어나고 있는 걸 보지 않느냐? 모두가 목자와 그를 따르는 양들이 하나 되어 이룬 결과다! 유치한 어린 신앙이란, 고작 율법의 눈으로 판단하고 보는 게지. 탈선한 어린 양들이 그 수준으로 판단하고 목자를 향해 발길질을 해댄다. 양 떼들 속의 염소들이지. 사랑도, 이해도, 용서의 눈물도 없어. 어떠냐? 논문 주제가 될 만하지 않느냐?"

"저로서도, 신앙이 어린 교인들이 시험에 드는 건 보아 왔습니다만…"

그는 장인의 현란한 신학적 논리에 더는 놀아날 마음이 없었다.

"그런 소문이… 사실인지…"

적어도 그는, 이전의 순진한 사위가 아닌 것이다. 그의 머리는 부글거려 터질 듯 마귀의 뿔이 돋았다.

장인은 여전히 현란하게 말을 빙빙 돌렸다.

"현대교회의 성도는, 인간에 대한 이해는 기본인 것이다. 유치한 신앙으로 인간과 사회를 이해할 수 있나? 어림없다! 어린아이 같은 순전한 영혼? 다 쓸데없는 소리다. 초대교회 시절에나 어울리는 비유지. 당시엔 교회의 형태도 잘 갖추어지지 않았고, 인류적으로도 미개한 시대였다. 그 시절 시골 촌구석의 초대교회가 열두 명의 제자로 모였다면, 우리 교회는 서울 강남의 6만 성도! 이 6만 성도를 배우지 못하고, 의식 수준도 낮았던 그 사람들과 비교할 수 있겠느냐? 이제 그 비유는, 지성은 기본인 성숙한 어른의 신앙으로 바뀌어야 맞다! 내가 매일 기도하고 열망하는 우리 교회의 모습이자, 현대 교회의 모습이다. 차라리 중세에는 이단자들, 마귀의 군대와 맞섰다만, 오늘의 교회는 당장 교회 안이 영적 전쟁터가 아니냐? 어디 피아를 구분할 수 있겠느냐? 명백한 건, 이것이다. 한배를 탄 전적인 신뢰의 공동체, 믿음만으론 어림없다. 그 성숙한 신앙만이 하나님의 뜻을 이룬다는 것이다. 언제 어떤 시험이 닥쳐도, 그 성도들은 능히 이겨낼 수 있고, 결국 천국에 이르는 건 그들이 아니겠느냐.”

장인의 강의하는 듯한 그 장황한 얘기는 계속됐었다. 갑자기 〈주홍글씨〉라는 소설에 대해 길게 얘기했던 것도 그로선 잊을 수 없는 대목이었다.

그는 찬찬히, 찬찬히 기억을 되살려, 불쑥 튀어나온 그 유명한 고전(古典)과 그 ‘성숙한 신앙’의 연결고리를 애써 찾아보는 것이다.

“주홍글씨란 소설이 있다. 자넨 읽어 봤나? 내가 신학생 때 처음 읽고 큰 감명을 받았지. 그래서 목사가 된 후에 두 번을 더 읽었어. 예술이 위대한 걸 그때 깨달았다. 거기에 등장하는 딤즈데일 목사는, 우리 성직자들의 자화상이다. 오히려 아름다운 자화상이지! 오늘날 성직자들이 도덕이나 양심에서 그 발꿈치나 따라가겠나? 많은 유혹들이 당시보다 더 우리를 시험에 빠뜨린다는 걸 감안하더라도, 그 목사는 양심과 신앙에서 성인(聖人)의 반열에 올려놓아도 된다! 교계나 교회 안에 얼마나 더럽고 추악한 일들이 일어나고 있는지 자넨 모를 거야. 목사라고 다르지 않다. 인간이니까 벌어지는 일들이지. 자네가 때 묻지 않은 사람이란 걸 내가 알아. 아주 드문 경우지. 성직이란 게 그것만 가지고 교회를 잘 인도하고, 성공적으로 목회를 할 수 있는가, 그건 별개다. 이 지상을 살아가는 인간인 이상 죄에서 자유로울 존재는 없어. 인간이 성스러울 수 있다면, 이미 인간이 아닌 신적인 존재일 거다. 난 아주 오래전 인정했다. 타협점을 찾았지. 뿌리 뽑히지 않는 죄성(罪性), 그건 이미 창세기에 고백되어 있다. 그 충동과 유혹들, 통한의 회개와 자복, 눈물. 다 소용없다. 그 되풀이되는 절망의 구렁텅이에 떨어진 죄인의 절규와 매일 베푸시는 신의 은총이 없다면, 우린 단 하루도 살 수 없을 것이다. 그 소설을 보면, 오히려 죄인의 영혼에서 비로소 깊은 영성의 감동을 주는 설교가 나오는지도 모르지. 우리 인간은 그런 존재다.

바울 사도는 우리가 죄 속에서 잉태한 자식들이라고 했지. 청교도 사회에서 목사가 간음죄를 범했다면, 그 영혼은 이미 지옥에 떨어진 거나 같았어. 하지만 그 죄로 인해 오히려 영묘한 설교로 교인들에게 더없이 신령한 은혜를 주는 목사로 그려진다. 물론 그 죄로 인해 병들고 위선적인 면이 부각되기는 했다만. 그만하면 한 인간을 공정하게 그려 준 거지. 통찰력이 깊은 작품이야. 아들아, 이제부터 내 얘길 진지하게 잘 들어야 한다.

목회자로서 자질과 능력이 출중했던 딤즈데일 목사는 딱 한 번 간음죄를 범한다. 간음한 그 여인은 딸을 낳았고, 혼자 비밀을 간직한 채 청교도 사회에서 온갖 핍박을 견디지. 헤스터 프린이란 이름의 강하고 아름다운 여성이지. 두 사람에게 어떤 상황에서 그런 운명적인 사건이 일어났는지는 작품엔 구체적으로 나와 있지 않다만, 모든 사건이란 게 알려진 것보다 더 많은 비밀을 간직하고 있다는 거다. 인간이 모르는, 신의 숨은 뜻이 있는지도 모르는 것이고. 물론 다윗이 밧세바가 목욕하는 걸 훔쳐보고 그 여체에 반해 짓게 되는 죄는 입이 열 개라도 변명의 여지가 없어. 왕의 권력을 이용해 충성스런 장수의 가정을 파괴한 게 아니냐? 나단 선지자는 하나님이 그 행위를 악하게 보셨다고 책망한다. 그리고 그 죄악의 대가가 어떠했는지는 성경에 자세히 쓰여 있다. 난 그런 간음죄를 혐오한다! 한 여성이 있다. 교회에 열심히 봉사하는 여성이지. 목자는 그녀의 사정을 속속들이 잘 알아. 여러 차례 상담도 했고, 심방을 갔으니 잘 알겠지."

장인은 그 부분에서 잠시 망설이는 듯하더니, 어쩌면 그의 반응을 슬쩍 살폈는지도 모르지만, 아무튼 길게 말을 이었었다.

"혼자 살아가는, 생활고를 겪던 이혼녀다. 밝은 모습에 비해 가진 상처가 있는 여성이었지. 내가 상황윤리론자는 아니다만, 성직자가 율법적이어선, 바리새주의가 대표적이다만, 우리가 복음대로 이웃 사랑을 실천할 수 있느냐? 이건 중요한 것이다. 복음을 위해선 율법주의의 옷을 벗어버릴 수도 있다는 것이다. 그 신학에서 아주 재밌는 대목이 있다. 율법의 증류물, 그 껍질과 쓰레기를 내버림으로써 본래적 정신이 증류되고 자유롭게 된다는 거지. 영혼의 자유를 그렇게 표현한 거지. 내겐 아주 신선한 표현이었다. 전적인 신뢰의 관계는, 목자나 성도나 같은 것이다. 내가 정통보수 신학을 했다만, 한 영혼의 구원을 위해서라면, 목자의 거룩주의는 벗어나야 한다. 자, 중요한 건 이것이다. 누가 누구를 판단하느냐? 오직 하나님이 판단하실 일이다. 목자는 자기 성도의 딱한 사정을 알기에 물심양면으로 도와준다. 신앙 안에서 순수한 마음으로 도와준다. 인간은 누구나 실수를 한다. 회개하면서도 실수하는 게 인간이지. 한 사람을 진실로 동정하고 위하는 문제, 결코 쉽지 않은 일이다. 전적으로 연민하고 감싸 안는 일 말이다. 서로 위하고 가깝게 지내다 보면, 선을 넘을 수도 있겠지. 이 경우도 나단 선지자에게 맡겨야 하나? 하나님께 맡겨야지. 물론, 자넨 이해할 수 없겠지. 선을 넘을 사람이 아니란 걸 안다만…"

장인의 얘기는 여기에서 그쳤다. 그는 그 뜻밖의 고백에 할 말을 잃었고, 하지만 장황한 미사여구로 가득 찬 듯했었고, 그조차 어물쩍 반 토막으로 자르고 넘어갈 심산이었다. 그래도 그의 놀란 모습에 좀 걱정이 든 모양이었다.

지긋이 바라보며 장인은 어린 자식을 타이르듯 말했었다.

"아들아, 우린 이런 사사로운 일로 시간을 낭비해선 안 된다. 우리 교회가 얼마나 막중한 복음 사역을 감당하고 있는지, 일 분 일 초도 아껴야 한다! 그놈이 움직이기 시작한 듯한데, 누가 그런 소문을 믿겠나? 우리 교인들은 아무도 안 믿는다! 자네가 조용히 그놈을 만나서 얘기나 들어 봐. 천지분간 모르는 객기를, 더 우쭐하게 만들어선 안 된다. 요 몇 달 새 그놈이 보내온 편지들이 있다. 날 협박하는 거지. 일절 상대도 안 했다. 상대해 주면 진짜 지가 무슨 선지자인 줄 우쭐할 게 아니냐? 이거 읽어 보고 자네 선에서, 그 편지들이다. 난 중요한 행사가 있어서."

장인은 책상 서랍에서 편지들을 꺼내서 그에게 건넸었고, 그때 여비서가 타이핑한 설교문을 가지고 들어왔었고, 그들은 당회장실을 빠져나갔다.

그에겐 멍하니 앉아 있었던 그 순간이야말로 한 인간을 제대로 알았던 시간이기도 했다. 그리고 어쩌면 그도, 마법의 숲에서 온전히 깨어난 순간이기도 했다. 그날 이후로 난해하기만 했던 현대신학에 대한 이해며 눈이 한결 밝아진 걸 느꼈을 정도였으니까. 통증도 함께 왔지만, 그 '현란한 느낌'만으로도 모든 게 충분했었다. 그때 장인보다 위태롭게 서 있는 한 영혼이 뚜렷이 보였던가. 그 벗어날 수 없는 운명적인 '십자가'가 짐 지워진 순간이었는지도 모른다. 입에 불이 물렸지만, 아직 기도는 열리지 않았다. 어쨌든 그때 그는 그 간음죄보다도, 시간 속에서, 세월 속에서 그런 느낌은 한결 더 분명한 빛깔을 띠어갔지만, 그 현란한 입, 아니 '현란함'만 남았던가. 그 현란함은 한층 시대의 빛깔을 띠었고, 그 빛깔은 어떤 의미인가. 세속화며, 사신(死神)의 빛깔이 그럴까. 그 빛깔은 거기에 머물지 않았고, 인류의 최종적 진실을 보는 데까지 비약했다. 그런 진실의 순간은, 21세기를 사는 운 좋은 시기에 태어난 인류에게나 베풀어지는 선물이었고, 그 수만 년의 진화며 온갖 허영과 망상의 베일을 벗고, 비로소 거울에 비친, 오롯한 진실의 얼굴. 더는 포장할 것도, 감출 것도 없는 말간 얼굴. 극단의 냉소에 그의 영혼은 휘말렸다. 태초에 말씀이 계셨다, 성서에 기록되어 있으나, 그 현란한 입이 있었다는. 오늘의 인류에게, 아니 인류 역사를 통틀어 실은 그 외의 어떤 진실이 있을 수 있단 말인가?

　문득 그는, 장인이 건넨 그 안수 집사가 보냈다는 편지들을 읽었을 때의, 예기치 못한 전개며 장면들이 떠올라서, 그 눈을 뜬 대표적인 영혼, 귀공자처럼 생긴 청년을 떠올리고 있었다. 안수 집사인, 삼십 대의 청년이었다. 편지를 읽으면서 그도 그 유다의 정체를 알게 된 것이지만, 너무 놀라서 입을 다물 수 없었다. 교회에서 믿음이 좋기로 소문난 청년이, 담임 목사에게 그런 '무서운 편지'—그때 그에겐 '무섭다'는 것 외엔 다른 형용은 무의미했다—를 보낸 것이었고, 그 처절한 절규며 분노가 여전히 머리통을 가격하는 것이다. 자신의 모든 걸 버린, '신앙의 아버지'를 고발하고, 최후통첩을 알리는, 그의 분노의 목소리는, 그에겐 마법의 숲을 송두리째 흔들어 깨우는 소리였었다. 또 그런 편지를 단순히 협박이라며 그에게 공개한 장인의 의도 또한 도무지 혼란스러웠다. 그 심각하고도, 자칫 시한폭탄이 될 수 있는 사안을, 그에게 맡긴 건, 명석한 두뇌며 현실감각이 뛰어난 장인답지 않았고, 결과적으로 가장 어리석은 판단을 한 셈이었다. 물론 담임 목사를 대신해 그 '문제적 인물'을 만나 적절한 해결책을 찾는데 있어 그의 위치로 봐서도 아주 부적절한 판단은 아닐 수도 있었다. 그리고 어쩌면, 당신에겐 여러 면에서 미덥지 못한 그가 없는 능력을 발휘해서라도 이번 기회에 인정받기를 바랐거나, 솔직히 버겁기만 했던, 그 서열에 걸맞은 충성심을 보여 주길 바란 거라면, 그거야말로 한 인간을 전혀 몰랐던 장인으로선 인생 최대의 오판을 한 셈이었다. 그는 그 편지들을 읽으면서 터져 나오는 신음 속에서, 자신 앞에 놓인 운명이 보이는 듯했고, 드디어 마귀에게 심판이 내린 것 같았었다.

그 청년은 충성스런 믿음으로 성도들의 사랑을 받았고, 청년부 회장을 맡기도 했고, 그도 잘 아는 형제였다. 교회의 봉사 활동에도 열성적으로 참여했고, 더욱이 명문대 출신에 가문도 좋은 것으로 알려졌고, 이른 나이에 안수 집사가 된 건, 담임 목사의 신뢰가 그만큼 컸기 때문이었다. 몇 년 전에, 한 방송국에서 천국교회도 무슨 문제가 있는 양 취재의 대상이 된 것이었고, 그때 그 청년은 온몸을 던져 교회를 음해하려는 불의한 취재를 막은 것이었다. 전(全) 교인이 들끓었고, 천국교회는 수준 낮은 한국 교회들과는 차원이 다르며, 그 마귀들에게 신앙인의 본때를 보여 주어야 했다. 모두가 진실로 그렇게 믿었고, 그때 그 청년의 활약은 눈부셨다. 결과적으로 취재는 없던 일이 됐고, 그는 충성스럽고도 믿음이 좋은 청년으로 각인됐고, 특히나 명문대 출신에 좋은 가문, 좋은 직장에 다니는 게 알려지면서, 성도들의 더욱 큰 사랑을 받은 것이었다.

그 청년이 담임 목사의 은밀한 죄를 드러내며, 자신의 모든 걸 걸고, 회개를 촉구했다. 그에겐 청년이 명문가 자제로서, 겉보기엔 뭐 하나 부족할 게 없는 그가, 그런 편지며 성직자의 죄를 고발하고 있는 게 더욱 충격이었다. 편지뿐 아니라, 그를 거의 녹다운 상태가 되게 했던 건 사진들과 그 정황을 뒷받침하는 증거물도 있기 때문이었다. 장인은 그것조차 그에게 버젓이 보인 것이었다. 어쨌든 설사 담임 목사의 은밀한 죄를 알게 됐더라도, 사람이 백팔십도로 달라지긴 쉽지 않을뿐더러, 특히나 하나님의 사자를, 그 믿음을 저버리는 행위, 자신의 영혼을 지옥에 던져서라도 위선자를 응징하고야 말겠다는 분노는, 이미 마귀인 그에게도 낯설고도 아뜩한 현기증이었다. 하지만 그 여린 감성과 괴로움을 토로하는 내용들에는, 그가 얼마나 고뇌하며 편지들을 썼는지 여실히 드러나 있었다. 편지들에 동봉된 두 장의 사진은, '이래도 발뺌할 것인가요? 다 알고 있으니 발뺌할 생각은 마세요!' 한 장은 남한강 변의 한 모텔 사진이었고, 다른 한 장은 검정 선글라스를 쓴 장인이 차에서 내려 어떤 주택으로 들어가는 장면이었다. 밤낮 가리지 않고, 담임 목사의 뒤를 밟아 얻은 것들이었다.

그 편지 내용에서, 오래도록 잊히지 않는 어떤 대목들은 그에겐, 슬픔처럼, 아니 한 시절의 우화(寓話)나 풍경화처럼 각인되어 있는 것이다.

〈…제가 우리 할머니, 어머니 얘기도 편지에 썼던 적이 있어요. 솔직히, 그분들에 대한 얘기는, 누구에게도 꺼낸 적이 없고, 목사님이 유일했어요. 아버지에겐 호랑이 같았던, 손자를 끔찍이 사랑한, 그 눈물 많던 할머니 얘길 한 게 제일 후회스럽군요. 정원에 꽃들이 피었어요. 목사님에게 언제인가 편지에 썼던, 부활한 천국의 영혼들이 저럴까, 윙윙대는 벌들, 나비들, 그렇게 썼죠. 지금 저는 수치스러움에 떨고 있어요. 이 속은 기분, 마귀가 되어버린, 이 험상궂은 모습, 아마 지옥이 이런 얼굴이겠죠. 목사님, 난 정말 마귀가 된 걸까요? 어쩌다 이런 몹쓸 인간, 지옥을 사는 마귀가 되었을까요? 한때 저는, 그래요, 거의 매일 목사님 꿈을 꾸었어요. 꿈속에서 목사님은 정원의 저 목련과 작약이 활짝 핀 뒤에서 저를 바라보셨지요. 우린 웃으며 담소를 나누곤 했어요. 다정한 목소리로, 한정아, 여기가 에덴동산이란다. 이리 와 봐라, 이 꽃길을 같이 걷자꾸나. 넌 하나님이 사랑하는 아들이다. 제게 꽃 면류관을 씌워 주곤 했었죠. 제겐 그런 천국이 없었어요.

목사님은 제게 신앙의 아버지였죠. 저는 목사님을 따라 영적으로 거듭난 자식이었고요. 열 살 때 자살을 생각했던, 그때 전 늘 혼자 맴돌았던,

차라리 그 학교 옥상에서 뛰어내렸어야 했어요. 집안도, 세상 모든 게 싫었던, 뛰어내린 순간 벗어날 수 있을 거란 유혹. 차라리 그 유혹하던 나비가 되어 날았어야 했어요! 방황하던 저에게 천국의 소망을 갖게 했던, 세상에 태어나 유일하게 존경하고 우러러보았던 분, 아아, 목사님, 우린 어쩌다 이 지경이 됐을까요? 난 바보 천치였던 거예요. 이 농락당한 수치심을, 당신은 모를 거예요. 여전히 성도들을 농락하는 중이죠! 목사님은 위선자예요! 하지만 목사님, 이것도 하나님의 뜻일 겁니다. 저를 마귀로 내모는 것도 아마 하나님일 겁니다.

이제 목사님이 답변할 차례입니다. 저에게, 성도들에게, 어떻게 이러실 수 있습니까?! 물욕은 그렇다 쳐도, 어떻게 그런 음란죄를 즐기실 수 있습니까? 저는 목사님이 단지 실수가 아니라 즐기신다는 명백한 증거들을 다수 가지고 있습니다. 사진 외에 한 가지만 말씀드리죠. 미스 박과 차 안에서 나눈 대화 내용을 담은 테이프를 갖고 있습니다. 차마 그 내용들은, 여기에 적을 용기가 아직도 제겐 없습니다. 불법이라고요? 제발 저를 고발하세요! 그럴 용기가 있으면 고발하세요! 하나님의 진노에 벼락을 맞을 것만 같았는데, 이렇게 살아서 외치는 것도 하나님의 뜻이겠죠? 목사님, 하늘이 두렵지 않으십니까? 저는 감히 요청 드립니다. 모든 교인들 앞에서 공개적으로 회개하고 물러나십시오! 만약 답신이 없다면, 전 공개적으로 행동을 개시할 것입니다!〉

8

✝

　단지 그 문제를 해결하기 위해서라기보다, 그를 만나보고 싶었던 건, 한 인간에 대한 어떤 강한 호기심이랄까, 평소 반듯한 귀공자 타입의, 전혀 뜻밖의 모습을 보여 준, 그 덩치 큰 사내가 경이로운 존재마냥, 그리고 한편으론 적이 염려됐던 것도 사실이었다. 아무튼 그즈음 교회에서 모습을 보기 힘들다는 그와 어렵사리 전화 통화가 됐고, 시간을 내 밖에서 만난 것이었다. 교회 근처의 조용한 커피숍에서였고, 그해 봄이 깊어갈 무렵이어서 활짝 핀 자목련과 유리창 너머론 화창한 하늘 아래 푸르게 흐르는 한강이 보였다. 근처 백화점의 붐비는 차량들, 거리의 여유로운 사람들, 천국교회 성도들이라면 모르는 이가 없을 정도로, 그 커피숍은 잘 알려졌고, 그는 교인들을 상담할 때 주로 이용했던 곳이었다. 어쨌든 약속 장소에 나타난 형제는, 그를 깜짝 놀라게 했었는데, 그도 그럴만한 게 검정 양복에 하얀 국화(菊花) 한 송이를 손에 들었고, 텁수룩한 수염이며 그 모습은 그를 얼어붙게 만들었다. 반듯한 젊은이가 신앙 문제로 정신이 이상해진 게 아닌가, 의심했을 정도였다. 마주 앉았을 때도 낯설게 변해버린 모습에 그는 할 말을 잃은 것이었고, 무섭게 쏘아보는 눈길을 피하듯 겨우 입을 연 것이다.

　"형제를 만나보고 싶었어요. 담임 목사님 뜻이기도 하고요."

　"부목사님이 왜요?"

청년은 예전의 신앙과 사람들을 모두 지운 듯 냉소적인 투였다.

"목사님이 만나보라고 하던가요? 저란 인간을, 마귀를요?"

그 쏘아보는 눈빛은, 당신도 다 한통속이잖아요? 나를 마귀로 볼 텐데, 부목사님도 마귀를 보니 어떤가요? 그에 대한 불신도 역력히 쓰여 있었다.

"나도 어느 정도는 알고 나왔습니다."

그는 도리 없이 변명투였고, 아마 그 형제에겐 더욱 그렇게 들렸을 터였다. 곧 그의 날 선 반격이 거칠게 날아들었다.

"알고 있다고요? 목사님이 담임 목사님에 대해 얼마나 아시는데요? 이 자리에서까지 신앙을 모독하는 얘긴, 사절하겠습니다. 제가 막가는 놈은 아닌데, 부목사님은, 모두가 다 아는 순진한 분 아닌가요? 죄송한 말입니다만, 담임 목사님을 옆에서 모시는 목사님보다 제가 더 잘 알 것 같은데요? 신앙 얘긴 입에 올리고 싶지 않습니다. 과연 우리가 그럴 만한 자격이 있는가요? 목사님은 자격이 있다고 생각하세요? 제가 왜 검정 양복을 입고 나왔는지 궁금하지 않으세요? 이건, 상복(喪服)입니다. 이 국화 한 송이를 담임 목사님께 전해 드리려구요. 저의 이 모습을 꼭 전해주십시오! 저는 신앙의 아버지를 잃은 자식으로서 오늘 상복을 입은 겁니다. 이것은 슬픔의 옷이지요! 우린 아버지를 잃은 겁니다. 영원히, 떠나보내 드려야지요! 담임 목사님뿐인가요? 장로님들, 교회의 높은 분들, 그들에게도 저의 이 모습을 꼭 전해주십시오. 이 국화 송이까지도요."

탁자 위에 국화 송이를 탁 올렸을 땐 그는 납덩이처럼 굳은 것이었고, 그 형제는 더욱 으르렁댔다.

"예수님이라면 이런 교회를 용납했을까요? 성경에 기록되어 있다시피, 예루살렘 성전을 보며 예수님이 느낀 심정은 어땠을까요? 저는 매일 그 생각을 했어요. 예수님이 오늘 여기에 오신다면, 우리 잘난 천국교회를 보신다면, 눈물을 흘리실까. 불벼락을 내리실지도 모르죠! 가라지 같은 교회니까요. 차라리 그편이 깨끗하겠죠! 누구도, 누구도 그분을 예수님으로 알아보지 못했을 거라는 겁니다. 수만 명의 교인 중 단 한 사람도요! 알아볼 리가 없잖아요? 천국교회야말로 예수님을 십자가에 못 박고 있는 교회인 걸요! 저는 그렇게 생각합니다. 이 말도 꼭 전해주십시오. 제가 감시당하고 있는 걸 잘 알아요. 어련하시겠어요. 소리 없이 사라질 수도 있겠죠. 그것도 하나님 뜻일까요? 겁주려는 걸 빤히 아는데, 어림없습니다! 난 이미 목숨을 내놓았어요. 직장도 때려치웠고, 예, 제대로 맞짱 한 번 뜨려구요! 저 같은 버림받은 자식들이 더 나오지 않기 위해서도, 장사(葬事)를 치러드려야죠!"

그는 문득 이 자가 자신을 선지자로 자처하는가, 하는 일말의 의혹도 일었고, 하지만 그로선 창피했고, 자신도 한통속인 건 부인할 수 없었다. 그는 그 형제에게 솔직해지고 싶었고, 그런 대화를 나눠보고 싶은 심정이었다.

아무튼 그는 그의 분노며 온몸으로 드러내는 결기를 말없이 경청했고, 그가 중간에 한 말은 이 정도였다.

"형제님의 교회에 대한 문제의식, 입이 열 개라도 저로선 목사로서 부끄러울 따름입니다. 어떤 비판도 달게 받아야죠. 저로선 이 말밖엔."

어느 순간 선지자마냥 분노를 쏟았던 그가 양해를 구한 후 담배를 꺼내 물고 불을 붙였다. 담배를 피우는 동안 골똘한 상념에 잠긴 듯 말이 없었다.

훗날 그 형제가 고백하기론 그때 그의 말에 내심 놀랐다는 것이며, 적당히 구슬리거나 협박하러 나온 줄로 알았다는 것이다. 그들 사이엔 잠

시 어색한 침묵이 흘렀다. 그는 일부러 입을 열지 않았고,

상당히 누그러진 얼굴로, 하지만 힐문하듯 그가 불쑥 입을 열었다.

"목사님도, 성직도 직업일 뿐이라고 여기세요?"

그때는 퍽 절제된 진지한 질문이란 인상이었다.

"성직도, 먹고 사는 일이니까요."

"그럼 성직이란 말은 쓰지 말아야죠! 안 그런가요?"

따지듯 말하면서도 그는 눈에 띄게 정제된 어조였다. 그로선 진지한 대화가 오갈 수 있을 거란 약간의 기대를 갖게 된 것이다.

"형제가 담임 목사님께 보낸 편지를 봤습니다. 놀랐고, 목사님이 만나 보라고 하지 않았어도, 만나보고 싶었을 거예요."

무척 당황해서 얼굴이 붉어졌던 그 형제의 모습을 어떻게 잊을 수 있을까. 두툼한 귓불이 붉게 달아오르는 걸, 눈썹 짙은 눈빛의 어떤 배신감이라니.

"남의 편지를 보여 줘요? 본인의 저지른, 죄를 그렇게 보여 주더란 거죠? 사진도 보여 주더란 거죠?"

분노로 충천했던 선지자는, 마치 꼭꼭 비밀에 부쳐져야 할 '연서(戀書)'라도 제삼자에게 읽힌 듯한, 이젠 그 배신감에 떠는 표정이었다.

그는 마음이 아팠고, 어쩌면 그 순간까지도 남았던 담임 목사님에 대한 애증의 혼란스런 모습이랄까. 오히려 두 사람의 대화가 주거니 받거니 이어진 건 이후부터였다.

"그런 걸 보여줘요? 참 대단한 분이라니까요."

"실은 그 자리가, 나도 소문을 듣고 안 물어볼 수가 없었어요. 그런 식으로 시인할 줄은 꿈에도 몰랐지만."

"편지에 쓴 건 극히 일부일 뿐입니다. 시인했으면, 이제 성직자로서 자

격을 잃은 겁니다! 그 자리에서 내려오셔야죠!"

"그래야 맞겠죠. 하나님만을 의지하는, 믿는 성직자라면, 그건 심각한 결격사유니까요. 담임 목사님은 믿음 이상을 얘기하더군요."

"믿음 이상이라고요?"

"믿음만으로 교회가 유지되는 건 아니라는 거죠."

"그럼 뭐로 유지되죠?"

"저도 잘 모르겠어요. 서로의 죄조차도 감싸 주고, 용서하고, 사랑하는 교회, 말하자면 그런 교회가 현실에서 부흥하고, 승리한다는 거죠."

"그건 교회가 아니라, 타락한 종교 단체에 불과해요!"

"형제의 말을 빌면, 만약 당사자가 성직을 직업으로 여겨요. 그 직업으로 굉장한 성공을 거두었어요. 그런 그에게 목사님은 하나님 앞에 죄를 지었으니, 모든 걸 내려놓고 심판을 받으시오, 가능한 일일까요?"

"일말의 양심은 남아있을 테죠. 그것마저 남아있지 않다면…"

"양심이요? 오늘도 담임 목사님은 부흥회도 인도하고, 여러 곳에서 말씀을 전하고 계실 겁니다. 강연료도 아마 한국에서 최고일 걸요?"

"목사님, 목사님은 어느 편입니까?"

"저는 누구의 편도 아닙니다."

"저는 기도합니다. 하나님의 심판이 임할 테죠!"

"그거야 하나님 소관이고요. 나는 형제에게 관심이 많습니다. 이렇게 싸우는 것도 중요하겠죠. 누구나 할 수 있는 일도 아니고."

"가증스런 위선의 탈에 속고 있어요! 양 떼들을, 그 눈들을 뜨게 해야죠!"

"이런 싸움은 결국 진흙탕 싸움이 되겠죠. 담임 목사님에게 상처를 줄 수도 있을 거예요. 하지만 목사님이나 천국교회나 한 사람의 인생이 어떻게 망가지든 말든 잘 나가겠지요. 그게 세상 돌아가는 법칙인 걸 나도 최근에야 깨달았어요."

"…"

"형제는 교단 총회본부에 고발하는 현실적인 방법도 있을 거예요. 또, 언론에 보도되는 일은 없겠지만, 그런 내용들을 투서하는 방법도 있겠죠. 그곳에 치리권(治理權)이 있으니까요. 하지만 내가 목사로 일해 오면서 단 한 번도 치리권이 행사되는 걸 보지 못했어요. 사회적으로 떠들썩하게 알려지면, 어쩔 수 없이 시늉은 하겠죠. 헌데 담임 목사님은 교단을 대표하는 목사님이에요. 우리 교단의 얼굴이죠."

"모범적인 얼굴이군요!"

환멸에 찬 청년을 위로할 겸 그는 이런 말을 했다.

"대 천국교회의 담임 목사님인걸요. 이런 말은 처음이에요. 내 고백으로 들어도 됩니다. 형제 앞에서 하는. 우리 개신교도들은 자신들이 루터나 칼빈의 후계자들로 알아요. 목사들도 입만 열면 개혁교회, 그 신앙 전통을 얘기합니다만, 과연 천국교회가 중세시대 면죄부를 팔았던 교회와 본질적으로 다를 게 있는가? 그런 눈으로 보면, 창피해서 어디로든 달아나고 싶어요. 차라리 중세의 교회라면, 루터 같은 사제가 나타나서, 그런 개혁을 시도해 볼 수 있을 거예요. 성경조차 일반 성도들에겐 허락되지 않았던, 면죄부를 팔았던 시대였으니까. 헌데 오늘의 교회는 밝힐 어둠이나 있나요? 성경을 자유롭게 읽고 암송하는 시대지만, 신학자든 목회자든, 일반 성도들이든 그저 좋은 게 은혜요, 축복인 시대죠. 저도 다시 공부하고 있습니다만, 이건 저로선 절체절명의, 그렇습니다. 절체절명이죠! 다시 안 할 수가 없었어요. 종교 개혁 이후 기독교가 보여 준 게 뭐였을까, 수백 년의 시간 속에서, 결국 인간이 아닐까, 인간. 하나님을 떠난, 그 인간이죠. 청교도를 미화하지만, 그들도 그 인간인 걸 오롯이 보여 줍니다. 낙원을 이루기엔 인간의 본질적 결함과 모순이란, 신이 어쩔 수 없는 지경일지도 모르죠. 물론 신의 권능으로 그 죄인을 새롭게 할 수도 있겠죠. 에덴동산에서도 추방된 인간을, 그게 우리의 믿음이기도 하고요. 헌데 아직도, 제자리인 걸요. 한 걸음이라도 더 나아갔을까. 목회를 하는 입장에서, 이런 체념, 극복하기 어려운 문제예요. 어쩌면 이런 체념이, 이 지상의 안락(安樂)을, 복음으로 치환하는지도 모르죠. 그 은혜란 건 일종의 체념이요, 절망의 다른 표현이란 건데, 모르겠습니다. 이런 시대엔 이런 질문이 남게 되죠. 과연 신앙이란 게 무엇인가? 저는, 우선 자신을 보며 기도하게 되더군요. 오직 저 자신이지요. 소극적일 수도 있지만, 결국 신앙이란 게 하나님과 나와의 관계니까요. 이웃 사랑도 거기에서 비롯되니까요. 불의를 보고 용기 있게 저항할 수도 있겠죠. 하지만 그 십자가 또한 엄밀히 개인의 몫일 수밖에 없어요. 예수님도 그렇게 짊어졌던 십자가니까요."

"…"

"천국교회가 부흥하지만, 소리 없이 많은 성도들이 떠납니다. 자주 보던 얼굴들이 보이지 않아요. 천국교회 교인 수가 6만이지만, 등록 교인이 하루 몇백 명이라면, 떠나는 수도 아마 그 비슷한 수로 보면 될 거예요. 그래도 6만 명을 유지합니다. 굉장한 숫자죠! 이 숫자가 의미하는 바가 무얼까? 요즘에야 제가 얻은 결론은, 형제도 궁금하지 않아요? 현상적으로 보면, 그건 눈부신 기적이고 은혜일 겁니다. 하지만 이런 의문은 생각을 가진 존재라면 피할 수 없어요. 저 많은 사람이 모여드는 건, 한 영혼이 구원받는 것도 기적인데. 안 그런가요? 부흥하는 교회들엔, 성서의 열두 명의 제자, 하나님 아들이 그 정도 능력이란 게 영원히, 영원히 미스테

리일 거예요. 저들이 이끌리는 게 과연 무얼까, 난 매일 고통스럽고도 그 징그런 경험을 축적하며 살아갑니다만, 그 기도들은 기복적이고 온갖 욕망들로 가득 차 있어요. 마치 각기 육체의 창자 속을 들여다보는 기분이에요. 그 신앙이란 게 징그러워요. 찬찬히 나 자신의 내면과 얼굴부터 들여다보게 되는 거예요. 나 같은 목사도 시험에 드는 일들이 많습니다. 두 갈래의 길이 앞에 있어요. 하나는 은혜지요. 모든 걸 하나님 뜻으로, 순종으로, 은혜지요. 문제는, 그 은혜를 사수하려고, 매일 선악과를 따 먹은 아담이 되는 거예요. 다른 하나는, 그 끊어져 버리지 않는 양심의 울려 나오는 자조와 한탄이 신앙일 수도 없고, 이 시험이 무얼 의미하는가, 여기까지 가버리면, 그땐 되돌릴 수가 없어요. 마귀가 되는 거예요."

그는 그 형제의 놀라움이 가득한, 눈물이라도 흘릴 듯한 눈빛과 마주했다. 목사의 성복을 훌훌 벗어 던지듯, 그의 고백적인 얘기는 더 이어졌던가.

"우리 가족 얘깁니다만, 제 아버지도 목사인데, 어떤 종교도 가져 본 적이 없는 부모 밑에서 자란 자식이 목사가 된 거예요. 어린 시절 주일학교에 다니면서 남다른 체험을 했다고 해요. 여동생이 병으로 죽고 깊은 상심에 차 있을 무렵에, 그런 체험을 한 거예요. 자신을 인도한 주님의 음성을 들었다는 거예요. 그렇더라도, 역시 사회의 교회에 대한 인식도 한몫했을 거라고 봐요. 세상과 교회는 다르다는. 그런 인식들이죠. 나 역시도 그랬으니까요. 그러면 신학교가, 신학이 도덕적이고도 뛰어난 영성을 길러 주는가? 목사가 이런 얘길 하는 게 고통스러워요. 참 마음이 아프고, 씁쓸해요. 신학교의 신학생들이 더 순결한 영혼들일까? 천만에요! 선지동산의 생도들은 드러내 놓고 일반 대학생들처럼 집창촌을 찾거나, 술을 마시거나 담배를 피우진 않겠죠. 신을 사랑하는 게, 허영이라면, 저

선지동산의 생도들은 허영에 사로잡힌 영혼들이에요! 신학박사 학위를 자랑하는 성직자들을 보세요! 세상 사람들을 능가하면 능가했지 덜하진 않을 거예요."

문득 그는 자신이야말로 반교회주의자가 된 기분이었다. 그동안의 고뇌며 마치 뒤늦게 현대신학을 공부하는 자로서 첫 강의라도 하는 것 같은 착각이 들 정도였다.

한 영혼이 짊어진 무거운 짐을 나누어지려는 뜻도 있었지만, 어쨌든 서로 공감할 수 있는 신학적인 대화며, 그리고 그런 대화를 통해 더는 그가 확전(擴戰)의 불길 속으로 빨려 들어가는 것은 진실로 만류하고 싶었다.

그 순간 그는 어떤 강렬한 유혹에 사로잡힌 기분이었고, 아직은 설익은 지식일 수밖에 없었던, 한 신학자의 신학을 소개하고 싶었다. 어쩌면 거기엔 길이 있을지 모르며, 아직 자신도 제대로 이해했는지도 알 수 없는, 그 '충격적인 신학'이었다.

"내가 요즘 한 신학자에 대해 공부하고 있어요. 그의 옥중서신이란 책을 읽으며 큰 감명을 받았어요. 몇 번이나 읽었는데도, 그 순교자의 고백이랄까, 감옥에 갇힌 상태에서 어쩌면 자신의 죽음을 예견하고 쓴 신학적 내용이기에, 더 충격적으로 다가오는지도 모르지요. 내가 얼마나 충격을 받았는지, 형제는 상상도 못 할 거예요! 특히나 그가 주목하는 건 오늘이란 현대성, 그 비종교성이란 표현들이에요. 그는 이런 말을 친구에게 편지로 얘기해요. 우리는 완전히 종교 없는 시대를 맞이하고 있다고. 자신의 신학 사상의 귀결임을 밝히면서, 이 비종교적 세상에서 그리스도인의 삶은 무엇을 의미하는가? 아주 심각한 질문을 던지고 있어요. 종교가 무의미해진 시대란 거지요. 놀랍지 않습니까?! 수십 년 전에, 그 신학자는 마치 오늘 우리의 여기. 하기사 난 그 주장을 다 받아들일 수는 없었습니다만, 사람들이 지금의 모습으로는 더는 종교인으로 살아갈 수 없는 시대를 맞고 있다는 거지요. 그는 이 비종교성과 그리스도인의 삶을 깊이 있게 사색합니다. 저는 그 신학자에 대해, 요즘은 윤리학을 읽고 있습니다만, 그건 전기(前期)에 쓰인 책이고, 더 깊이 있게 공부해 볼 생각입니다.

아무튼 그가 순교자이면서도 오늘날 현대신학에 지대한 영향을 끼친, 현대신학자로 여겨지는 이유는, 그 종교 없는 그리스도인, 비종교 시대의 그리스도인을 깊은 사색과 통찰을 통해 드러낸 부분이에요. 그만큼 충격과 영감을 주었다는 거지요. 보수신학의 관점에선 현대신학은 불경한, 믿지 않는 자들의 신학이에요. 이성과 학문의 관점으로 성경을 해석하고 재단한다는 불신이 아주 뿌리 깊으니까요. 헌데 그 신학자는 나치즘에 저항한 순교자예요! 나란 인간의 유일한 특장이라면, 집사님 눈엔 좀 어수룩해 보였을는지 모르겠습니다만, 그 사람 나름의 특장 하나는 있기 마련이에요. 어릴 적부터 사람들의 어떤 면을 주의 깊게 관찰하는 은사라면 은사랄까. 아마 장점은 아닐 거예요. 자신도 모르게 눈길이 거기에 쏠리는 거니까.

이 신학자는 어떤 인물일까. 아마 형제도 이름은 들어 봤을 거예요. 본회퍼란 신학자에 대해. 알아 갈수록 참 흥미로운 인물이에요. 이것도 지극히 내 개인적인 생각이긴 합니다만, 자신의 영혼을, 그 내면을 신앙인의 윤리적 관점에서 그토록 깊이 들여다보며, 치열하게 맞섰던 존재랄까, 한 단어가 내 머릿속에 떠올라서 지워지지 않는 거예요. 선민, 선민의식, 자신의 내면을 향한 그 들보. 그 투쟁, 우리 주변엔 선민 바울들이 많습니다만, 그 신학자와는 정반대예요. 아무튼 저도 혼란스럽지만, 우리

가 하나님을 믿는다면, 그 하나님 앞에서, 나도 기도해 보겠습니다. 기도
하면, 방법을 가르쳐 주지 않을까요? 우리에게 신앙이 있는 거라면, 어떤
방법인지는 알 수 없지만, 이런 대화 자리를 더 갖고 싶군요. 형제에게 이
런 부탁을 드려도 될런지. 저를 위해서도 기도해 줄 수 있나요?"

그 만남 이후 그들은 몇 차례 더 만남을 이어갔었고, 그로선 비밀스런
만남이 될 수밖에 없었다. 그는 그가 심지가 곧고 그 타고난 성향 ─결
벽증(潔癖症)은, 앞뒤 재지 않고 몸을 던지는 호기로움은 위험스러워 보
이기도 했지만, 어쩌면 그게 신앙인의 모습일 것 같기도 했다. 신뢰의 감
정이 쌓여 갈수록, 그게 어떤 의미인지, 그는 뚜렷이 의식했고, 그 만남에
서 애시당초 해피앤딩은 있을 수 없었다. 홀홀 털고 혼자 도망가지 않는
바에야, 그에겐 결국 맞닥뜨릴 운명의 예고편인 셈이었다. 그로선 그 길
이 어떤 길인지 아직 짐작도 할 수 없지만, 다가오는 건 피할 수 없는 운
명처럼 느껴졌다. 첫 만남이 있었던 얼마 후인가 그는 그의 전화를 받았
고, 그날은 아침 일찍 병원에 다녀온 날이기도 했다. 영적으로 이미 한계
상황에 이른 데다, 신경성 위궤양이 악화되어 식사하는 것도 힘들었고,
탈진 증세가 왔다.
　당시 그는 마귀의 기개(?)가 꺾인 듯한 일시적인 무기력과 의기소침, 그
현대신학들에 빠져들수록, 한 인간을 향한 그 반항과 집요한 불길이 사
그라드는 경험을 한 것이다. 수개월째 그는, 기도가 나오지 않았다. 한
마디도, 열리지 않았다. 그날 의사는 며칠간이라도 스트레스를 받는 일
은 일절 하지 말도록 신신당부했다. 모처럼 과중한 업무를 동료 부목사
들에게 떠넘기거나 뒤로 미루고, 일찍 귀가해서 휴식을 취하고 있는데,
전화가 걸려 왔다. 그의 정중하고도 한결 차분해진 목소리였다. 본회퍼

의 〈옥중서신〉을 구해서 읽고 있다 했고, 그들은 무척 진지하고도 허심탄회한 신앙에 대한 대화를 나눈 것이다. 그 형제는 책의 내용들이 자신의 신학 지식으론 이해하기 어렵다는 고충을 토로하기도 했고, 그는 무척 기뻤고, 하지만 천근만근한 고통에 짓눌린 것이다. 그리고 며칠 후에는 그로부터 만나서 긴히 상의할 일이 있다는 전화를 받았다. "목사님, 시간이 되신다면 그날은 제가 점심이라도 사고 싶군요. 그 이후엔 꼭 초대하고 싶은 조용한 곳이 있습니다. 그곳에서 대화를 나눴으면 합니다."

그는 기꺼이 시간을 낸 것이었고, 그날은 교회 근처가 아닌, 호텔 커피숍에서 만난 것이다. 다행히 수염도 깎았고, 평소처럼 캐주얼한 복장의 형제는 늠름해 보였다. 그가 미리 호텔 뷔페로 점심을 예약해 놓은 걸 그는 몰랐고, 그땐 소식(小食)을 한다는 얘긴 차마 꺼내지도 못하고 식당으로 올라간 것이다. 결국엔 털어놓을 수밖에 없었지만, 신경 써서 마련한 값비싼 점심 자리를 그가 망친 셈이었다. 아무튼 식사를 마친 후 그들은 어느 오피스텔로 이동했다. 곧 알게 되었지만, 형제가 집을 나와 임시로 거처하는 곳이었다. 그때까지 누구도 초대한 적이 없는, 그만의 비밀 아지트라 했다. "어떤 일이 일어날지 모르잖아요. 싸우더라도 만반의 준비는 해야 할 것 같아서. 우리 어머니도 이곳을 모릅니다. 목사님은 어떻게 생각할지 모르겠지만, 제 성격이 그래서요." 그는 오피스텔 안으로 들어서는 순간, 자신이 되돌릴 수 없는 길에 들어섰음을 절감했다.

창밖으로 공원이 내다보이는, '벙커' 같은 조용한 공간이었다. 소파에 앉아, 형제가 커피머신에서 원두커피를 내리는 동안 그는 착잡한 상념에 잠겼다. 곧 그들은 커피를 마셨다. 그 긴한 대화가 무엇인지 그는 묻지 않았고, 형제도 말없이 커피를 마셨다. 진한 커피였고, 커피를 다 마신 후 형제는 그에게 양해를 구하고는 창가로 가 창문을 열고 담배를 한 개비

피운 후 돌아와 앉았다. 그리고 그 긴한 얘기를 입에 올렸다.

"목사님이 저의 싸움에 동참해 주길 바라진 않습니다. 그럴 수도 없겠죠. 옥중서신이나 제자도 같은 책을 읽으면서, 나 자신이 비참해지는 거예요. 교회를 위한 거지만, 남의 사생활이나 캐는 것 같은. 목사님, 저도 이 지옥에서 벗어나고 싶어요. 제가 알고 있는 것들을 목사님과 공유하면 어떨까 싶더군요. 목사님이 원치 않는다면, 거절하셔도 됩니다. 제가 이곳까지 모신 건…"

"어떤 것이든 상관없습니다. 괜찮습니다."

"저를 인간 말종이라 해도 달게 받겠습니다. 이런 걸 공개하고 싶진 않았는데. 목사님도 담임 목사님과 미스 박의 부적절한 관계를 이젠 어느 정도는 아시겠지만, 솔직히 전 그분을 성직자로 보지 않습니다. 제가 불법적으로 취득한 거지만, 두 사람이 은밀하게 나누는 대화를 녹음한 게 있어요."

"녹음을 해요?"

"저는 진실을 확인하고 싶었을 뿐이에요. 그 일을 위해서라면 목숨이라도 걸었을 겁니다. 담임 목사님 차 안에 몰래 녹음기를 설치해서 얻은 거예요."

"…"

"목사님도 진실을 들으셔야 할 것 같아서요."

그는 일어나 책상으로 가 미리 준비해 놓은 듯 녹음기 버튼을 눌렀다. 두 남녀의 웃음소리, 목소리가 또렷이 녹음되어 있었다. 아마 어떤 부분만 편집한 것 같았고, 기억을 되살리자면 이런 내용이었다.

그로선 유령의 목소리들처럼 영혼에 각인된 기억들이었다. 그 '유령'은 그의 어떤 것을 영원히 파괴해 버렸고, 평생을 유령으로부터 도망친 것 같았다. 오랜 시간이 흐른 후에야 그는 그 기억을 겨우 더듬을 수 있었던가.

하지만 지금 이 순간에도 그는, 그때 자신의 영혼이 심판대에 선 것 같았던, 그 터져 나왔던 탄식과 두려움은, 시간이 정지된 듯 생생한 것이다. 헌데, 그 두 남녀가 나누는 대화란 게 실은 얼마나 평범하고 유치찬란한 것이었던가!

―너도 좋았지?

―네. 좋았어요. 목사님은요?

―너를 안을 때면, 모든 시름을 잊는다.

―저에겐 목사님이 영적 남편인걸요.

―넌 그래도 결혼은 해야지.

―결혼해도, 목사님은 영원히 영적 남편일 거예요.

―오래도록 내 곁에 있어 줘.

―그럼요.

―너를 보면, 그 눈이 오드리 햅번을 닮았어.

―호호, 그 얘길 또 하시네.

―그녀는 백인이고, 넌 한국인인데도.

―옛날 배우잖아요.

―내가 유학하던 시절엔 그녀는 만인의 연인이었지.

―그렇게 유명했어요?

―당시 미국인이라면 모두가 그녀를 사랑했다.

―난 목사님만 사랑할 거예요.

―훗날 네가 결혼하게 되면, 다 생각해 놓은 게 있다. 영적 남편으로서

할 바는 해야겠지. 집을 마련해 줄 수도 있고.

—목사님도, 저 안 떠나요!

—너 없으면, 참 인생이 재미없겠지.

—정말요?

—나도 너뿐이다.

—우리 그런 생각일랑 말아요.

—그래, 넌 내가 첫 남자라 했지?

—네. 저의 첫 남자예요.

—너를 처음 안았던 날 감동이었다.

—눈물까지 글썽였던 거. 개구쟁이 같았어요.

—난 설마 처녀일 줄 몰랐지.

—처녀가 뭐라고.

—여자인 넌 모른다.

—사모님하곤 어때요?

—그런 거 물어보는 건 반칙이다.

—피, 그럼 한 달에 몇 번?

—의무 방어전이지.

—몇 번요? 네?

—그게 중요하니?

—그럼요.

—오래전이라 생각이 안 난다.

—다른 여잔 없는 거죠?

—그것도 반칙인걸.

—궁금해서 물어보는 건데.

―넌 우리 사랑과 교회 일만 생각하면 된다. 알았지?

―네. 그럼요.

―하나님이 너의 인생을 책임져 주실 거다.

―목사님도 저를 위해 축복해 주셔야죠.

―그럼, 그럼! 미스 박?

―네.

―우리 관계 말이다. 무덤에 갈 때까지 비밀로 가져가야 한다.

―알아요. 그럼요!

―너만을 사랑하마. 영적 남편으로서의 약속이다.

―저두요!

아아, 그는 차마 더 들을 수가 없었고, 그 형제가 중간에 녹음기를 끈 것이다. 그때 그는 수치스러움으로 후들후들 떨었고, …하나님, 하나님, 어디 쥐구멍이라도 있으면 숨고 싶었고, 어서 그곳을 벗어나고 싶은 마음뿐이었다. 마치 자신의 영혼이 벌거벗겨진 것처럼 그 수치스러움과 두려움 앞에 내몰린 영혼처럼, 떨었고, 그 형제의 차분하고도 냉정한 목소리에 겨우 정신을 수습했을 정도였다.

"다른 걸 보시겠다면, 보여 드리죠."

그때 그는 유다의 목소리를 들었다. 자신이 섬겼던 주님을 팔아넘긴, 냉혹한 음성이었다. 유다는 채찍을 들어 그를 내몰았다. 문득 머릿속에 이런 음성이 떠올랐던 걸 그는 기억한다. '우린 저 우상을 죽여야 해요!'

"더, 더. 보여줄 게 있나요?"

그는 체념 어린 투로 여전히 겁먹은 얼굴로 지옥 끝까지라도 밀어붙일 태세인 그를 올려다보았다. 늠름하고, 냉혹한 사내는 저 우상을 파괴하

겠다는, 신앙으로 불타올랐다. 이제 시작인데, 그 정도로 벌벌 떨어서야
되겠냐는 냉소였다.

"도둑들이죠! 하나님의 곳간을 훔쳐 먹는. 제가 말했죠? 음탕할 뿐만
아니라 교활한, 영혼을 훔쳐 먹는 도둑들이죠!"

"보, 보죠. 보겠습니다."

두툼한 서류 봉투를 꺼내서 그가 탁자 위에 올려놓는 걸 그는 겁먹은
얼굴로 바라보았다. 교회 명의로 된 부동산 등기부 등본들이었다. 여러
개였고, 하나하나 그의 앞에 형제는 펼쳐 보였다. 도둑들이 훔쳐 먹은 것
마냥, 삯꾼의 증거물인 양. 이를 바득 갈며 그가 말했다.

"설교로 천국을 사랑하라고 말하죠! 제가 알아보니까, 사모님이 부동
산 전문가인 박 장로의 코치를 받아 사들인 거였어요."

문득 그는, 그 순간 누구보다 자신이란 인간이 하잘것없는 벌레처럼
느껴졌다. 장인이나 그들의 세속적 욕망을 모르는 것도 아니었고, 자신
또한 그동안 호의호식하지 않았던가.

왜 그때, 그 배부른 벌레를 떠올린 머릿속에, 불쑥 나치 정권하의 독일
대부분의 교회들이 광기에 사로잡힌 독재자를 메시아인 양 믿었던, 그
평균적 영혼들이 눈앞에 펼쳐졌는지 모른다. 그들이 그토록 열망한 메시
아, 자신들을 구원할 신이었다! '당신이야말로 우리의 주님, 우리를 구원
할 재림 예수예요!'

그 '현대신학'이 그의 안에서 열매를 맺었다. 저들 한가운데서 신을 우
러러 기도하는 자신이 보였다. '우리를 구원할 구세주시여!'

그는 자신의 영혼을 그 순간처럼 뚜렷이 목도(目睹)한 적은 없었다. 문
득 그는, 냉정하고도 차분하게 그 군중에서 자신을 떼 내려 몸부림치는
음성을 들었다. 그 목소리는, 그땐 처절하게 들려 왔다. 나는 신을 팔

지 않았어요! 당신들이 팔았죠! 외치는 음성은, 갑자기 감상적인 목소리로 들려왔다.

"목사님, 저 같은 평신도도, 어릴 적에 두 주인을 섬길 수 없는 질서를 알았어요. 아버지를 증오했던 이유예요. 돈 잘 버는 회사 사장이니까, 간통하고, 폭력, 복종, 평화로운 집안을 원했으니까요. 어린 제 눈에도, 그런 이율배반이 없었어요. 난 죽음으로 맞서려 했어요. 내가 맞설 무기가 그것밖에 없더라구요. 그런 나를 신앙의 길로 인도해 준 분이, 두 주인을 섬기더군요. 왜, 왜 목회를 하죠? 뭐, 저도 이젠 알 만큼 알았습니다만!"

그리고 그는, 이번엔 노란 서류 봉투 하나를 꺼내왔다. 그의 큰 처남과 관련된, 미국에서 가져온 영어로 된 서류들이었다.

"성스런 집안이죠! 요한이가 다니는 미국 신학대학에 담임 목사님이 기부한 내역입니다. 제가 이것들을 구하러 미국까지 갔어요. 어렵게 구했지만요. 연도를 보면, 입학 전에 80만 달러, 그 후에 80만 달러, 백 60만 달러를 교회 돈으로 기부했더군요!"

사실 그는 처남이 어떻게 장인이 신학박사 학위를 받은, 그 미국의 명문 신학대학에 들어갔는지 과정을 잘 알고 있었다. 미국 대학들에 있는 제도를 십분 활용한 것이었고, 교회에서 비용을 전액 지원한 것은 맞지만, 그들은 학생들을 자유롭게 선발했다. 물론 한국에서 목회로 크게 성공한 동문(同門)의 자제를 뽑은 건 맞지만.

장인은 그즈음엔 한국에서 몇 안 되는 그 신학대학 출신들 동문회 회장도 맡았고, 몇 차례 총장과 은사들을 초청해 교회에서 '특별 기도회'를 열기도 했다. 그 귀한 손님들을 위한 극진한 환대를 아끼지 않았고, 그 모두가 자식을 위해 마련한 행사였다고, 까맣게 몰랐던 것처럼 퍼뜩 떠올린 순진한 영혼이, 설마 그랬던가?

이스라엘 민족의 조상이 된 야곱을 축복한 하나님이, 성서의 기록대로 그 속임수의 명수, 사기꾼 기질을 타고난 자를 사랑한 신이 그 정도쯤은 다 눈 감아 주고 축복할 수 있는 일 아닌가? 그 정도는 돼야 성직자로서, 자식에게 교회를 물려주려는 '성역(聖役)'의 역사가 그 가문에 크고 은혜로운 열매로 맺어질 게 아닌가?

공교롭게도 처남이 그 형제의 고등학교 몇 년 후배였고, 성적이며 품행까지 조사해 본 모양이었지만, 그로선 내심 다 동의하긴 힘들었다. 공부를 썩 잘하진 못했지만, 아버지가 유학하느라 오랫동안 집을 비웠을 때도 속을 썩인 적이 없는 아들이었다. 기독교 재단의 일반대학 신학과를 졸업했고, 부친의 뜻에 따라 유학을 간 것도, 어느 면 그의 의지며 끈기는 인정받아야 하는 게 아닌가.

그가 으르렁대며 코웃음 쳤다.

"참 대단한 분이에요! 왕대밭에서 왕대 난다고 설교하잖아요? 대대손손, 잘 해먹을 계획인 거예요! 이제 그만 멈추도록 해야지요. 본회퍼 목사님은 악과 맞서 싸우는 게 성도라고 했습니다. 적당히 기도해서 될 일입니까, 이게? 싸구려 은혜란 게 은혭니까? 목사님, 목사님도 마음은 떠난 것 같은데, 맞나요? 궁금해서요."

"저는 광야를 떠 올리곤 합니다."

그때 그의 입에 기도가 담겼다.

"광야요?"

"모든 걸 훌훌 벗어 던지고."

"목사님, 전 싸울 겁니다. 이곳에서!"

그는 그 뜨거운 기도가 입안에서 온몸으로 퍼지는 걸 느꼈다. 광야!광야!를 그는 고통스럽게 되뇌고 있었다. 그는 비로소 자리에서 일어났고, 평소 피우지도 않는 담배 한개비를 얻어 불을 붙이고는 창가로 갔다.

그는 창문을 활짝 열고 담배를 피운 것이다. 창백한 영혼의 단단한 껍질을 깨듯, 쓰디쓴 니코틴이 그땐 영적인 괴로움과 진퇴양난의 질곡을 유일하게 위안하는 것 같았다. 형제도 다가와 같이 담배를 피운 것이다. 창밖의 하늘은 맑고 푸르렀고, 그들은 담배 연기를 깊이 들이켜 토해내며 한참이나 그 푸른 하늘을 올려다보았다.

모든 게 베어져 나간 텅 빈 황량한 들녘마냥, 그는, 그날 이후로 오늘날까지 니코틴의 고통스런 '향기'를 음미하는 꼴이었다. 적어도 그날은, 명철한 이성의 결기며 광야가 손짓했고, 그가 그의 머뭇거림을 뿌리째 뽑아버린 느낌이었다.

광야, 그곳은 어떤 곳입니까?! 저는 결단했습니다! 어떤 길이든 저를 인도하소서! 문득 시골 교회를 평생 섬겨 온 양친이 눈에 밟혔던가. 아내와 아이들, 장모의 얼굴, 친인척들, 동료 목사들, 교인들, 그들이 그를 가만두지 않을 것이었다.

삭마른 광야가, 불길처럼 타올랐고, 그 용광로가 모든 고뇌와 두려움을 녹여서 '예수의 광야'로 인도해 주리라는, 그 한 가닥 믿음에 매달렸다. 하지만, 위태롭게 매달린 영혼을 구원할 손길은 보이지 않았다.

담배를 다 피운 후 그가 말했다.

"목사님, 우리 커피 더 마실까요? 가장 진한 커피로. 저는 담배와 진한 커피만 있으면 그리 외롭진 않습니다."

"좋습니다. 진한 커피, 마시죠!"

그는 깊은 한숨을 삼키며 조용하면서도 분명한 어조로 호응했다. 그들은 더는 교회 얘기는 꺼내지도 않았고, 조용히 커피를 마시고 헤어진 것이다.

그날 이후로도 그들은 몇 번 더 만났고, 그때는 무슨 얘기들을 나누었는지 기억이 나지 않았다. 다만 그는 광야로 그 형제는, 훗날 '교회개혁'이란 기치 아래 더 위험스런 진지를 마련했고, 서로 간간이 소식을 주고받았지만, 다시 만나는 일은 없었다.

9

〈내게 모태(母胎)에서부터 양친의 기도, 더욱이, 어머니의 간절한 기도로 열린 신앙의 열매라면, 아마 영혼을 흔들고, 사로잡았던, 격랑의 불길 속으로 기꺼이 자신을 던진 그 순간이었을 것이다. 분명 내 조상의 핏속엔 없었을, 그런 신앙과 숭고한 열정 —의로움을 향한 열망, 저 순교자의 영혼! 부디 미천한 저를 인도하소서! 용광로의 불길 속에서 온갖 저열한 불순물이 걸러지고, 순결한 부활 신앙으로 거듭나게 하소서! 오, 쌓인 하얀 뼈들과 머리통들이, 어둠이, 난쟁이들이, 새 살을 입고, 부활하게 하소서! 제가 진 십자가는, 사도 바울이 자신의 민족을 위해 기꺼이 지려했던 십자가입니다! 오, 그건 은총이요, 축복이었다. 거기에 찬물을 끼얹을 권리는 내게 없다. 나는 길을 잃었지만, 이 고난이, 부디 주님의 음성을 찾게 하소서!〉 그 방랑이 시작된 이후로, 어느 정도 시간이 흘렀을 때 그가 노트에 적은 글이다.

그때 그는 벼락이라도 맞은 영혼마냥, 광야를 헤매었고, 교회를 벗어난 순간 기다렸다는 듯 머릿속에서 터졌던, 그 위험한 사상과 현대신학이 사신(死神)처럼 그를 이끌었다. 마치 사신을 삼킨 것 같은, 아니 죽음으로 맞서려는 투쟁적인 몸부림이 그의 안에서 폭발했고, 수년을, 야수가 발악하듯 맞선 것이었다. 길을 보이소서! 온갖 '선지자'들을 찾아 나서기도 했고, 자신의 영혼을 깨울 목소리에 목이 말랐고, 음성이 들려오는 곳이면 어디든 찾아갔다. 그를 이끌어간, 그 불탔던 열망과 순결한 신앙에의 결기, 진정한 십자가의 복음, 오, 시간 속에서 그 불꽃이 점차 사그라져 갔을 때도, 그는 그 순간을 그처럼 고백하곤 했다. 그의 의식과 영혼은 여러 단계를 거치며, 광야의 벅차고도 힘겨운 발걸음을 인도했다. 그의 손엔, 언제나 성서와 그 '현대신학'들이 동행했다.

그는, 문득 그 '신의 법정'을 지금 이 순간 회상하는 게 은총이자 운명인 듯 느껴진다. 오랫동안 그는, 깊은 상처처럼, 신의 대리자들—그 난쟁이들이 빙 둘러앉아, 새끼 마귀를 앉혀 놓은, 그 광경은 떠올리는 것만으로도 상처를 터뜨리곤 했다. 난쟁이들은, 신앙을 먹지만 키는 더 작아지고, 불결하게 쪼그라든 몰골로 그의 꿈에 나타나곤 했다. 얼마나 끔찍한 형상이었던가! 오, 저들을 부모요 형제로 연민의 눈으로 회상할 수 있는 건, 분명 자신에게 베풀어진 은총이었다. 부활한 난쟁이의 늠름하고도, 인류의 죄를 극복한, 예수의 진정한 후예를 간절히 염원했던 영혼이여, 차라리, 저들을 불결하고도, 난쟁이가 아닌, 형제요 부모로 담담하게 회상하는 지금은, 그런 '허영'조차 말끔히 정돈된 자신을 보는 거였다. 그 영혼으로 그는 찬찬히 그 신의 법정을 떠올린다.

그 직전, 그의 영혼은 처절한 고뇌 속에서, 신의 뜻, 저 광야를 사이에 두고, 그 길을 묻고 또 물었다. 고뇌는, 피투성이었고, 그는 선지서며 예수가 광야로 나아가 시험받은 대목을 읽곤 했지만, 그 불길은 박차고 나가, 고뇌를 태워버리긴커녕 더 깊게 했다. 어느 날인가는 요나서(書)를 읽게 됐고, 그땐 선지자가 고뇌에 찬 얼굴로 그에게 말하는 것 같았다. 내 얼굴에 그대를 비춰 봐요. 내 고뇌가 느껴져야 해요. 난 언제나 인간을 대표해요! 어느 날 밤, 그는 잠든 애들 곁에 누워 그 착잡함과 괴로움으로 뒤척이다 잠이 들었고, 그때 희한한 꿈을 꾼 것이다. 자신이 물고기 뱃속에서 기도하는 꿈이었다. "너도 다시스로 도망치려느냐?!" 쩌렁한 음성이 하늘에서 떨어졌다. '떨어졌다'는 표현이 적당할 만치, 그 거칠고 큰 목소리가 귓가에 쟁쟁했었고, 그는 눈을 뜬 것이었다.

그런데 그 떨어졌던 두려운 목소리는, 드디어 사람들의 얼굴을 하고, 찾아 왔다. 응답이었다. 여느 때처럼 그날도 그는 힘겹게 교회에서 자신의 임무를 수행했고, 교회 권사회 기도회를 비롯 여러 일정을 소화했고, 장로 한 분이 교통사고를 당해 문병을 다녀왔을 때는, 거의 쓰러질 지경이었다. 교회 그의 집무실 소파에 누워있는데, 장모로부터 전화가 걸려왔다. 어떤 설명도 없이 지금 당장 당회장실에 딸린 기도실에서 좀 보자고 했다. 전에 없던 일이었고, 그 순간 그는 온몸이 불길에 휩싸였다. 거친 숨이 터져 나왔고, 드디어 올 게 오고야 말았다는 확신과 발걸음이 그를 이끌었다. 무슨 일일까 궁금하지도 않았다. 분명한 건, 그리 촉이 예민한 편도 아닌, 장모의 사뭇 명령조의 목소리만으로도 이 상황이 그간의 기도응답이라는 걸 알 수 있었다! 지하에 있는 당회장실 안의 기도실 문을 열고 들어간 그는, 몹시 떨었고, 처절한 고뇌 끝의 빛을 본 심정이었다!

복도의 전등이 희미하게 비쳐드는 것 외엔 불을 켜지 않아 기도실은 어두컴컴했고, 어둠 속에 혼자 앉아있던 장모가 바짝 달아서 어떤 생각에 골몰해 있다, 그를 쳐다보았는데, 그 차가운 눈빛이 반짝거렸다. 더욱이 그곳은, 교회 성도들에겐 담임 목사님이 하나님과 홀로 만나시는 곳으로 유명했고, 신의 대언자(代言者)로서 은혜로운 말씀의 보화들이 홀로 기도하며 하나님과 교통하는 가운데 천상(天上)에서 내려온다고 철썩 같이 믿는 장소였다. 장모는 하필 평소 남편 외엔 누구도 들어가지 않는 그 성스런 기도실로 그를 부른 것이었다. 그를 바라보는 냉담한 표정이며, 입술은 가늘게 떨었다.

"이리로 앉게나. 내가 물어 볼 말이 있어."

"네, 어머님."

그는 응답에 순복하는 자 마냥, 장모와 마주 앉았다.

"자네가 그 마귀와 여러 차례 만났다며?"

"마귀라면?"

그는 일부러 딴청을 부린 셈이었다. 장모는 그 형제를 마귀로 단정했고, 그를 빠져나갈 수 없게 만들 작정이었다.

"김한정 집사, 그자가 집사는 무슨 집사, 마귀지!"

그녀는 분에 못 이겨 히스테릭한 음성을 터뜨렸다.

"어머님, 그건…"

"내가 물었네. 그런 자를, 몇 차례씩 만난 건 사실인가?"

"예."

"머 하러? 그런 자를 왜 만나나? 몇 차례씩이나. 자네가 제정신인가? 교회의 중직을 맡은 부목사가, 그 마귀를 머하러?"

"그건 담임 목사님이…"

"그건 나도 들었어. 왜 몇 차례씩이나 만나서, 할 얘기가 머가 있다고. 둘이서 먼 얘길 나눴나?"

"신앙인들로서 대화를 나눴습니다."

"신앙이— 인?! 자네 지금 신앙이라 했는가? 어떻게 그자가 신앙인인가?! 자넨 이 교회의 부목사야! 자네 위치가 어떤 위치인지 알고나 있나?!"

"…"

그녀는 표독스런 눈빛으로 한심한 사위의 면전에 침이 튈 정도로 혀를

찼다. 그 눈에선 마귀를 향한 증오심으로 불똥이 튀고 있었다.

"그자가 사람들을 사서, 온갖 모함을 담은 찌라시를 교회 주변에 뿌리고, 자네는 알고 있었나? 언제부터 알고 있었나? 저의가 빤한데, 교회를 무너뜨리려고 날뛰는 건데, 그게 자네 눈엔 신앙으로 보이나? 자네가 부목사가 맞는가?! 어떻게 그런 자를, 내 앞에서 신앙인이라 할 수 있나?!"

"장모님, 죄송합니다. 제 얘기 좀 들어보시고."

"그렇잖아도 목사님은 자넬 의심하더구먼. 자네가 그자를 만나면서 문제를 해결하긴커녕 그놈이 더 기고만장하게 됐다더군."

장모는 장인과 그 문제로 대화를 나눈 게 분명했고, 그로선 좀체 이해가 되지 않는 게, 부부간의 신의를 저버린 일쯤은 그녀는 관심도 없어 보였다. 오직 마귀에 대한 증오심과 자신의 사위가 내통이라도 한 게 아닐까 의심하는 거였다.

더욱이 그 힐난하는 눈빛엔, 사위가 자신 앞에서 무릎을 꿇고 두 손 모아 빌고서라도 그런 의심을 덜어 주길 강하게 요구하고 있었다. 그때 그는, 장모에게서 교회가 하나의 탐스런 성채이고, 그도 그 성채의 일원인 것을 보이라고 요구하는 것 같았다. 그 성채를 무너뜨리려는 마귀나 그런 자와 내통한 자는 절대 용서 못 한다는…

그녀는 평소 사위의 미덥지 못한 어떤 부분이 그 마귀와 연결됐다고 의심했고, 그게 사실이라면 이제라도 통회자복하고, 새로운 각오로 그 마귀를 잡는데 앞장서라는 것이었다.

그는 처음으로 목사로서 그 가련한 여인을 향해 말했다.

"장모님, 이 기도실에서 목사님은 어떤 기도를 하셨을까요. 우리 모두는 하나님 앞에서 연약한 죄인일 뿐이라고, 이건 성경 말씀입니다. 왜 이런 일이 생겼는지 되돌아보고, 모두가 회개해야 한다고 생각합니다. 제가 사위로서, 목사로서 이 말씀밖에 드릴 수 없는 걸 용서하세요. 저는 이제 껏 베풀어 준 은혜며 사랑을 거역한 적이 없습니다. 저는, 이번 일이 우리 천국교회를 향한 하나님의 채찍이라고 생각합니다."

"참 한심한 인간이네! 자넨 성경을 헛읽었어! 성경 말씀을 균형 있게 읽 어야지! 마귀들이 어떻게 교회를 헐려고 하는지, 다 쓰여 있네! 이 교회가 어떤 교회인지 모르는가? 주님이 피 흘려 세운 교회야! 자네 같은 인간이 어떻게 알겠어? 세상을 몰라도 너무 몰라. 얼치기야! 그런 식으론 목사님 의 신임은 어림도 없어! 내가 자넬 위해 얼마나 기도하는데, 한심한 인간 같으니라구! 그건 신앙도 아니네! 이 교회를 지키는 게 신앙이야! 마귀들 이 교회를 무너뜨리려고 저렇게 호시탐탐 기회를 엿보는데, 작은 허물도 물어뜯어서, 어떻게든 교회를 망치려고, 저 지랄발광을 하는 게 눈에 훤 언히 보이는데, 그것도 못 보는 건, 그건 신앙이 아니네!"

"…"

"자넨 그런 식이면 목사 자격도 없어! 이 교회를 세우신 것도 하나님이 고, 교회를 지키는 것도 하나님이네! 자식 같은 자네가 안타까워서 매일 기도하는 나지만, 어디다 대고 그런 자를 신앙인이래?! 작은 흠 없는 교 회가 세상천지에 어디 있나?! 이 시간 이후로 달리 생각할 수밖에 없어! 하이고— 하나님, 평생 희생하며 교회를 부흥시키고 하나님을 섬긴 내게 어찌 이런 일이! 믿었던 도끼에 발등 찍힌다는 말은 있지만, 자넨 목사 자격이 없어!"

그녀는 발딱 일어나 기도실을 걸어 나갔다. 그는, 그 기도실 어둠 속에 오랫동안 앉아있었다. 그는 죽을 것 같았던 체증이 내려간 듯, 암울했던 영혼이 한결 맑게 개인 것 같았고, 예수님의 어루만지는 손길을 느꼈다.

예수의 목소리를, 그 손길이 들려주었다. 진정한 복음, 그 사랑은 기꺼이 십자가를 진다. 구원해야 할 인류, 저 광야가 부모 형제들이다!

　하지만, 그것은 시작에 불과했다. 머잖아, 신의 법정이 마련될 거지만, 그날 귀가했을 땐 그의 아내는 거의 제정신이 아닌 상태였다. 그동안 남편의 모습에서 이상 징후를 포착했던 그녀로선 최악의 상황이었고, 더욱이 장모에게 무슨 말을 들었는지 거의 이성을 잃은 상태였다. 그녀는, 배신감에 말문이 막히는 듯했다.

　"당신이 어떻게 그럴 수 있어? 당신은 우리 모두를 배신한 거야! 어떻게 당신이, 그럴 수 있냐구?!"

　모든 의문이 풀렸다는 듯, 몰아세웠을 땐, 그녀 앞에서 그는 낙담과 눈물 외엔 보일 수 있는 게 없었다. 광야는, 그가 혼자서 서야 할 곳이었다. 그는 아내의 두 팔을 붙들고, 터져 나오는 고통스런 기도라도 하고 싶었지만, 매몰차게 뿌리치며 그녀는 소리쳤다.

　"당신은 시험 들었어! 시험 들었다구!"

　"여보, 미안해. 미안해요."

　"그 인간을 왜 만났어? 그게 어디 사람이냐구?!"

　"미안해요."

　"그 눈물은 뭐야?! 당신은 미친 거야. 정말 미쳤어."

　그녀는 놀라며, 그의 가슴을 손으로 때렸다.

　"나를 위해 기도해 줘요. 부탁이에요."

　갑자기 그녀는 풀썩 방바닥에 주저앉았다. 그의 상태가 자신의 상상 이상으로 심각하다는 걸 깨달은 것 같았다.

　"당신은 시험 들었어. 우리 같이 기도하자. 당신이 가정 예배를 중단했을 때부터 알아봤어. 오늘부터 가정예배부터 드리자구요."

　그녀는 불안한 눈빛으로 애원하듯 그에게 말했다. 그는, 그녀 앞에 무릎 꿇듯 앉았다. 그나 그녀나 목회자 가정에서 태어나, 서로를 알기 전엔 이성(異性)을 몰랐고, 말 그대로 숫처녀 숫총각의 결혼이었고, 그 서툰 고백과 서약(誓約)은, 천국에 이르기 전까진 이별은 상상도 해본 적이 없는 그들이었다.

"당신에게 이런 고통을 준 거 미안해요. 우리에게 이런 날이 있을 줄은 몰랐어. 난 당신이 알았던 남편이 아니요. 그동안 고통 속에서 살아왔으니."

"고통이라구요? 당신이, 왜? 이런 모습으로 말하지 마요. 당신은 내 남편이고 애들 아빠이고, 교회 부목사로서…"

"난 그 형제를 신앙인으로 믿소. 교회에서 아무리 마귀라 비난해도 내겐 소용없소. 난 설득되지 않아요. 이게 내 모습이요."

"…"

그녀는 창백해져서, 머리를 저으며 자신의 남편이 맞나 눈을 껌벅이는 듯하더니, 드디어 그녀 안에 잠재했던 어떤 어두움이 쏟아져 나오는 듯했다.

"그놈 안에 신앙이 있다고 믿어? 어떻게 그게 신앙이야?! 당신은 착한 사람이었어. 마귀에게 넘어간 거야! 손톱만 한 신앙이 있으면, 어떻게 그런 짓을 해? 엄마는 당신이 목사 자격이 없대! 이제 알겠어. 당신이 말하는 신앙이 뭔데? 어디 한 번 들어나 보자! 당신은 시험 들었어! 어떻게 그런 인간 같지도 않은 놈 편을 들어?!"

"편을 드는 게 아니라, 그 형제는 지극히 정상적인 사람이에요!"

그는 아내에게서 차마 들어선 안 되는 얘기들까지 듣고 말았다.

"당신은 우리의 모든 걸 망친 거야! 알아? 모든 걸 망쳤어! 내 사랑도, 아이들도, 우리의 장래 계획들도 모두! 신앙은 절대 그럴 수 없어!

왜 나하고 결혼한 거야?! 어떻게 그 인간과 한패가 되어서, 난 절대 용서 못 해!"

그는 당장 모든 교회 업무에서 배제됐고, 그건 장인의 조치였고, 속전 속결로 진행되는 과정이 신의 응답임을, 떨리는 두려움 속에서 느낀 것이 다. 교회 장로를 통해 형식상의 통보를 했을 뿐, 그를 불러서 해명을 듣 는 절차도 없었다. 드디어 그는 자신을 사로잡은 불길이 저 광야로 내모 는 것을 느꼈다. 그것은 심판의 불길이었고, 여기는 복음의 씨가 말랐고, 바짝 마른 사막이거나, 복음을 가장한 유령들이 활개 치는 연극 무대였 다. 내 눈을 더 열어 주소서! 인간적인 고뇌와 고통을, 싹둑 잘라버리길, 오직 신의 손길이 자신을 이끌길 바랐다. 장인은 아무 일도 없는 듯 예 정대로 해외(海外) 부흥회를 위해 출국했다. 그때 그의 눈엔 그 연극 무 대 주인공의 '열연(熱演)'을 떠올렸다. 어쨌든 교회와 가족들로부터도 고 립무원 상태, 그는 오히려 그 상황을 반겼고, 그리고 장인이 사흘 만에 귀국했던, 그날이 금요일이었던 것을 그는 기억한다. 그에겐 장인의 부 름, 그 마지막 절차를 남겨 놓았고, 칩거 상태에서도 그는, 오직 그날의 내려질 심판을 고뇌와 여전한 고통과 두려움 속에서 기도했다. 저는, 이 잔이 지나가길 기도하지 않겠습니다. 제 십자가를 지게 하소서!
하필 그날 오전에 양친에게서 전화가 걸려 왔다. 두 분의 근심 어린 말 투가 느껴졌다. "무슨 일 있냐? 사부인이 가족회의가 열린다며 올라올 수 있느냐고 하는구나. 너희 어머닌 몸이 아파 못 올라가고 나만 가게 되었다. 사부인이 꼭 올라와야 한다고 해서." 아버지의 목소리는 그 성 품만큼이나 조심스런 어조였고, 전화기를 넘겨받은 어머니는 "어쩐 일로 사부인이 전화를 다 하고, 어젯밤에 꿈자리가 뒤숭숭해서. 이 목사야, 먼

일 있는 거냐? 느그 처는 이런 때 전화라도 할 것이지." 그는 심장이 찢어질 듯 아팠고, 평소 천국교회 담임 목사의 사위이자 부목사인 자식을 자랑스러워했던 양친에게, 그땐 말문이 막혀 입을 열지 못했다. 자식으로서 신앙의 배신과 그 '하나님의 심판'이 틀림없이 자식을 지옥으로 인도할 거라는, 그런 무시무시한 두려움을 선사하게 될 상황이 닥치고 있었다. "죄송해요. 제가 차 가지고 마중 갈까요?" "아니다. 너도 바쁠텐데, 사부인께서 고속버스 터미널로 차를 보내기로 했다." "그럼 그렇게 하시죠. 올라오시는 대로 뵙겠습니다."

그는 양친의 전화를 받고서야 '가족회의'가 열린다는 걸 알게 됐고, 갑자기 소집된 가족회의라니. 그때 그는 장인의 두꺼운 얼굴을 떠올렸다. 그의 문제를 어떤 식으로든 매듭짓고자 하는 의중만큼은 분명해 보였다. 그는 제외하고 모이나 싶었는데, 그날 오후 느지막에야 참석하라는 통보를 받았다. 그것도 업무배제를 알렸던 그 장로로부터였다. "부목사님 문제로 열리는 가족회의니까 주인공이 빠져선 안 되지요. 담임 목사님 뜻입니다. 내 생각이긴 합니다만, 부목사님에겐 소명할 기회가 될 것도 같고, 아무쪼록 좋은 결과가 있으시기를."

그날 저녁에 처갓집에서 가족회의가 열렸고, 장인은 공항에서 곧장 집으로 온 것이었다. 그의 아버지도 시골에서 올라왔고, 저녁 일곱 시에 압구정동의 아파트 거실에, 그 자리가 마련된 것이었다. 그는 시간에 맞춰 도착했고, 그땐 장인이 그 자리에 꼭 참석해야 할 '가족'으로 여긴 사람들이 벌써 다 모여 있었다. 그는 자신을 바라보는 그 눈들이며 무겁게 가라앉은 분위기에서, 죄인으로 '심판정(審判廷)'에 불려 나왔다는 걸 절감했다. 그의 아버지도 긴장한 모습이었고, 그를 바라볼 땐 언뜻 침울한 표정도, 그 심판정의 한 사람으로 앉아있는 게 분명했다. 거실 정면 벽에는 십자가에 못박힌 예수를 그린 반추상화(半抽象化)가 걸려 있었는데, 교회 성도인 유명한 서양화가가 그린 것으로, 단순한 구도의 강렬한 형상미가 눈길을 사로잡았고, 화폭 속 가시 면류관을 쓴, 머리를 떨군 예수가 그 심판정을 지켜보는 것 같았다. 그 아래에 장인이 좌정했고, 양쪽으로 빙 둘러 마치 보위라도 하듯 가족들이 앉았고, 그중 장모의 어머니는 가장 나이 많은 연장자로 유일하게 소파에 앉은 것이다. 그의 자리는 장인과 마주 보는 위치였고, 그의 아내까지 여덟 사람이 참석한 것이었고, 다만 그의 양옆으론 이가 빠진 듯 공간이 있어, 심판정의 불려 나온 '죄인'을 구분하고 있었다.

그가 자리에 앉고, 무겁게 가라앉은 분위기에서 그 심판정의 주관자인 장인도 잠시 숨을 고르는 모습이었다. 장인은 사뭇 근엄한 얼굴로 그를 바라보았는데, 문득 그는 교회 서재를 드나들며 짓궂은 상상을 했던 '어른마귀'를 떠올린 것이었다. 그 '어른마귀'가 결국 '새끼마귀'를 심판정으로 소환한 격이랄까. 넌 기어이 선악과를 따먹고 말았구나! 네, 그래서 여기에 이른 거구요! 누구도 심판정의 주관자보다 먼저 입을 열 분위기가 아니었고, 그때 한목소리가 튀어나와 엄정한 분위기를 깨뜨린 것이었다. 그게 심판정의 심리(審理)를 알리는 목소리가 되고 말았지만, 최연장자인 몸이 오그라든 듯 작은 데다 검버섯이 핀 쭈글쭈글 주름진 얼굴의 노인이 입을 연 것이었다. 평소 그를 보면, 마치 친손자라도 대하듯 신앙적인 덕담이며 칭찬을 하곤 했고, 그 분위기에서도 자신도 모르게 즉흥적으로 나온 발언 같았다.

"믿음 좋았잖어? 믿음 좋은 목사였잖어?"

언제인가 그녀는, 칠순 생신을 축하드리러 갔을 때, 그에게 잊지 못할 짓궂은 농담을 했었다. 지나 놓고 보니, 그분다운 뼈있는 우스갯소리였지만.

"어느 목사님이 하나님하고 이쁜 사모를 사이에 두고 시험이 들었어. 사모가 이뻐 보이고, 깨가 쏟아지니까, 혹시 질투하면 어쩌시나. 여자 좋아하면 시험 들게 돼 있어. 곧 해결책을 찾았지. 목사님이, 사모가 마귀로 보이게 해달라고 기도를 했더니, 신기하게도 그렇게 보이더라는 거야. 호홋."

그 노인이 이젠 팔순이 넘었고, 움푹 들어간 작고 끔벅거리는 눈은 그를 바라보다 좌중을 바라보았고,

"믿음 좋았잖어?"

다시 그 말을 반복하는 거였다. 누구도 선뜻 입을 열지 않았고, 장인이 노인의 말을 받으며 그를 향해 묻는 거였다.

"자넨 어떻게 생각하나? 부친 앞에서 말해 보게."

너무도 당당한 모습이었다. 하긴 장인이 당당하지 못할 이유는 없었다. 그 자리는 장인의 죄를 논하거나 회개하는 자리가 아니고, 그의 처리를 놓고 마련된 자리인 것이다. 장인의 모습에서 그 심판정의 성격이 한결 명료해진 느낌이었다.

그의 아버진 눈을 부릅뜬 채 예의 상황을 주시하듯 말이 없었다. 장인은 '믿음이 좋은가(있는가)', 거기에 답변하란 얘기였고, 그는 할 말을 잃었고, 입을 꾹 다물어버렸다.

"믿음을 잃은 거예요! 악이 관영하는 세상인데, 분별력이 없으면 믿음을 지킬 수가 없는 거예요! 이 서방은 믿음을 잃은 거예요!"

이 서방. 그로선 처음 듣는 낯선 호칭이었다. 장모는 그를 '이 목사'란 호칭 외엔 부른 적이 없었고, 그 자리에서 이 서방으로 정정한 것이었다. 하긴 이 심판정이야말로 그의 믿음과 자격을 심판하는 자리인 것이었다.

평소 장모의 자랑스런 동생인 신학대학 교수가 퍽 진지한 어조로 입을 열었다.

"난 이해가 잘 안 돼요. 이 목사가 그럴 사람이 아닌데, 그놈 하는 짓이 신앙인이라기보단 인본주의적인 행태란 걸 누구보다 잘 알 텐데, 그 자는 마귀에게 놀아나고 있어요! 어떻게 그런 자를 아무렇지도 않게 만나고 다니면서, 역성을 들었다는 것인지, 물론 이 목사의 말을 들어봐야겠지만, 이보게, 내가 잘못 들은 건가? 어서 이 자리에서 해명해 보게!"

그는 다문 입을 열지 않았고, 장모가 열불이 나는지 뇌까렸다.

"이 서방은 그놈이 신앙인이래요."

"누가 신앙인이야?"

노인은 홀쭉한 볼을 씰룩이며 물었고, 장모가 말을 받았다.

"누구긴요. 그 마귀가 신앙인이래요."

"마귀가? 나 온 참, 마귀가 마귀인 거지 신앙인은 아니지."

그러면서 주절주절 이런 말을 늘어놓는 거였다.

"아, 마귀가 사람을 홀리는 데는, 열 귀신 저리 가라야. 천사로 가장하기도 하고, 입바른 말도 잘하고, 아, 찬송가를 천사보다 더 잘 부른다잖아. 어린 사람들이 넘어갈 만도 하지. 아, 그 에덴동산에서 뱀이 아담을 어떻게 꼬드겼어? 교언영색, 살살 꼬드겨 놓으니까. 아담도 넘어간 마귀의 꾐을. 아담이 누구야? 그 아담이 보통 아담이야? 어린 사람들이사 밥이지, 밥. 큰 믿음은 다르지. 암은. 우리 하나님이 보우하시니까. 시험 속에서도 단련되고, 또 단련되고. 어떻게든 붙잡은 걸 놓지 않고, 아, 돌베개 잠을 자던 야곱처럼, 장성한 믿음은 어린 믿음하곤 다르지. 그래야 다 크게 쓰임 받고, 아 을마나 좋아. 다윗 같은 목사님 아래서, 본받아서, 순종하고 자알 따르믄 될 거를. 축복받을 거를. 쯧쯧, 믿음 좋은 줄 알았드만, 쯧쯧."

　장단을 맞추듯 신학자가 본격적으로 그가 신앙에서 벗어난 명백한 잘못을 저질렀음을 신학적으로 규명하려 들었고, 마치 그 심판정의 법 전문가마냥 신학 전문가로서 신학 지식을 자랑이라도 하듯 길게 늘어놓으며 공박한 것이었다.

　찬찬히 회상하면, 이런 내용이었다.

　"그자는 교회를 부정하더군. 그렇지 않고서야 어떻게 그런 짓을 할 수가 있나? 이 목사도 그 찌라시를 봤을 테지만, 그게 믿음 있는 자의 할 소행인가 말일세. 믿음 있는 자가 교회를 향해 그런 짓을 할 순 없다는 건 자명한 것이고, 안 그런가? 그건 이 목사도 동의할 거라 믿네. 교회를 위하는 마음이 조금이라도 있다면, 그런 얼토당토않은 모함과 악한 짓을 서슴없이 행할 수는 없어. 확증편향이란 심리학 용어가 있네. 신앙의 눈으로 보면, 그게 악마의 꾐에 빠진 인간의 악한 마음이지. 모든 걸 의혹의 눈으로 보면, 교회나 세상이 어떻게 보이겠나. 이 우주 만물을 창조한 하나님의 섭리나 엄위한 질서조차도 진화론 같은, 한낱 의혹투성이로 보이기 마련이지. 모든 악의 발원지가, 그 믿음 없는 죄인의 마음밭이네! 그 안에선 어떤 사상이란 것도 공허하고 부패하게 돼 있네. 그건 역사가 다 증명해 주고 있고, 오늘날 공산주의가 패망하는 걸 우리가 목도하고 있네만, 잘 사는 나라들, 선진국이 왜 다 하나님을 믿는 국가들인가. 신 앞에서 인간은 죄인이란 거네. 흉악한 죄인이 주인 행세를 하면 어떻게 되겠나?

　자기 본분에 충실한 거, 죄를 죄로 알고, 사랑을 사랑으로 아네. 그게 믿음 아니겠는가. 무신론의 부패한 사상은 어둠의 질서를 쫓네. 오늘날 인본주의가 득세하고, 어둠의 열매들이 날뛰는 걸 보네만, 오직 믿음으로 의롭게 하신다는, 바울 사도의 절절한 외침을 떠올리네. 난 그자가 인본주의에 입 맞췄고, 그 마귀의 길로 줄달음쳤다고 보네. 하나님의 사자를 모함하고 악한 짓을 서슴지 않는 걸 보면, 이미 영적으로 심판받은 불쌍한 영혼이네. 그 악한 마음은 기독교적 사상이나 믿음과는 상관없는, 타락한 인본주의란 걸 우린 분명히 해야 할 것이네. 그 찌라시를 보니까, 값싼 은혜란 표현이 있던데, 그놈이 어떤 신학책들을 읽고 영향을 받았는지 짐작이 가더군. 값싼 은혜를 입에 올린 신학자가 누구인지는 자네도 알겠지. 하긴, 그 신학자의 이름은 들어서 알지 몰라도 그 신학의 정체에 대해선 모를지도 모르겠군. 믿음을 행위로, 스스로의 의로움으로 구원을 얻겠다는 신학이나 신학교들엔 하나님은 없다는 거네! 인본주의, 마귀의 신학이 있을 뿐이지. 요샌 실천신학이라나, 허, 번듯한 말이네만 자네도 운동권 목사, 좌경 신학자들이 순수한 한국 교회를 어지럽히고, 욕되게 하는 걸 보았을 것이네. 저들의 입에 붙은 반정부 구호나 민주주의, 인권, 평화, 국가를 무너뜨리는 것이 민주주의고, 평화인가? 불법과 난동, 분열, 증오, 폭력을 기독교적 의로움이라 강변하는 건 넌센스네! 기독교의 사랑의 복음을, 인본주의가 형해화(形骸化)하고, 십자가를 모욕하네. 우리 천국교회야말로 한국 교회의 보루로서, 선교사들이 전한, 그 청교도적 사상과 신앙으로 일깨우고 인도해야 할 막중한 사명이 주어졌다는 걸 한시도 잊어선 안 되네!

이 목사가 순진한 면이 있어, 얘기하는 거네만, 저들에게 하나님은 없네! 저들이 신봉하는 사상이 있을 뿐이지. 오늘날 좌경 신학을 퍼뜨리는, 그 마귀의 본거지인 신학대학을 설립한 자를 자넨 잘 모를 거야. 난 그 인물을 연구했으니 좀 알지. 그 전신(前身)인 조선신학교가 설립된 게 일제(日帝) 치하였어. 기독교가 들어온 후에 몇 차례 핍박과 위기가 있었지

만, 내가 볼 땐, 당시가 가장 암흑기였어. 일본 천황은 신격화돼 있고, 총
독부가 교회와 신학교들에 천황을 숭배하라는, 기독교도들에게 두 신
을 섬기라는 거지. 교회와 신학교들은 갈림길에 섰지. 신앙 양심을 지킬
것인가, 타협할 것인가, 선교사들이 주축이 되어, 교회와 신학교들이 폐
교했어. 그런 타협으로 유지되는 교회와 신학교란 게 무슨 의미가 있는
가, 영적으로 매우 중대한 사건이었어. 그런 엄혹한 때에 조선 총독부의
허가를 받아서 설립된 신학교가 그 조선신학교야. 선교사들이 아닌 조
선인들이 주축이 되어 설립한 신학교라는 그럴듯한 구실이 있지만, 그런
타협이 과연 신학교로서 영적 정체성은 무언가, 난 이미 그때 어둠의 열
매가 열리기 시작했다고 보는 거야."

신학자는 벌겋게 상기된 얼굴로, 한 인물을 표적으로 삼아, 적의를 드
러냈다. 한국의 보수교회, 그 반대편에 서 있는 '극렬 좌경 신학자'였다.

"그런 자가 민주주의, 정의의 투사인양, 양두구육이란 말이 있지만, 뻔
뻔스러움의 극치야! 그 잔 신앙보다, 자유주의 신학을 퍼뜨릴 신학교가
필요했던 거야. 그 엄혹했던 때에, 야심에 눈이 멀어, 불의와 타협도 마다
치 않은, 이도 저도 아닌 쭉정이인 거지. 좌경 신학의 정체란 그런 거네.
믿음이 아닌, 정치신학으로 거듭났지. 오늘날 세계적으로도 자유주의 신
학이 어디까지 가버렸나? 해방신학까지 이른 거네! 마르크스와 입 맞춘
신학이, 거기까지 이른 거지. 가난한 자를 위한 신, 그들을 억눌림에서 해
방시키는 복음, 혁명으로 세상을 뒤엎는 게 복음이란 거야.

가난한 자들에겐 인식론적 특권이 있다? 부자가 세계를 보는 눈보다
가난한 자들의 눈이 더 정확하다? 그래서 착취하는 사회적 제도와 경제
적 구조악에서 해방시켜야 한다? 허무맹랑한 이론들이지. 이 나라에도
민중신학이니 오늘날 벼라별 신학들이란 게, 결국 믿음 없는 그 인본주

의의 열매들이네. 해방신학에 대해선 더 얘기하지 않겠네만, 그 신학자, 값싼 은혜론을 퍼뜨린 신학자 말일세. 그가 스승처럼 가장 신뢰하고 가깝게 교류했던 인물이 있어. 그 유명한 카알 바르트, 신 정통주의를 창시한 교주이지.

한국의 어느 장로교파에서도 그를 신학적으로 추종하고 있는 걸 보네만, 로마서 강해라는, 그를 세계적 신학자로 알린 책이, 일각의 자유주의 신학의 운동장에 떨어진 폭탄이었다는 평가는, 신학의 본질을 심히 왜곡하는 걸세. 그 사람 자체가 자유주의 신학에 크게 영향을 받았고, 그 초월적인 신이란 게 과연 성경이 가리키는 하나님인가, 고등한 인본주의, 이성의 고안(考案)물인가? 현대인들에게 매력적으로 다가오는 신학, 인간을 멀리 떠나서 존재하는 더없이 신비로운 신, 그는 오직 그리스도, 그리스도를 통해서 주어진 신의 계시 밖에선 결코 하나님을 파악할 수 없다고 했어. 하나님이 그리스도를 통해서 자신을 인간에게 주시는 그 행동 속에서만 즉, 그 계시의 현실성에서만 하나님을 파악할 수 있다는 거네. 변증법적인, 오직 그리스도 일원론적인 신학이지. 거기에선 삼위일체론도 무의미하게 되네. 그 신학은 그래서, 결국엔 선택론을 부인하게 되네. 그리스도만을 통해서 파악되는, 그 계시의 현재성은 죄란 것도 은총의 범주 안에 수용되네. 느낌이 오는가?

우리의 기도, 매일 체험하고 만나는 하나님은 사실상 관념 속의 상상에 지나지 않는다는 거네. 아니지, 그 노림은 아주 사악하다네! 우리가 부르는 찬송도, 교회 강단에서 선포되는 말씀도, 극단적으론 다 속임수요 거짓이라는 거네! 하나님은 그렇게 자신을 보이지도, 계시하지도 않는다는 거지. 그러면 성서의 그 수많은 말씀들은 어떻게 설명할 건가. 알만하지 않은가? 카알 바르트, 그 고등한 인본주의 신학에 영향을 받은 신학자가 본회퍼야. 값싼 은혜론은 이제 본회퍼의 전매특허가 됐네만, 자네는 진정한 기독교적 순교(殉敎)에 대해서 생각해 본 적이 있나? 진지하게 묻는 말이네. 난 말이네, 예수님의 순교 외엔 인간들의 순교를 믿지 않네. 죄인의 영혼, 거기에 순교란 없네. 의도가 있는 죽음이 있을 뿐, 자네도 그 신학자, 본회퍼를 순교자로 들었을 거야. 내가 그 신학자의 책들을 보고 느낀 감상을 말해 볼까? 그가 값싼 은혜론을 설파했다면, 난 값싼 순교론을 말하고 싶네. 하나님이 자신을 값없이 내어 준 그 십자가 보혈의 구원 사역의 의미를 모독하는 짓이지! 우선 그가 하나님을 믿는가, 최소한 그 점은 충족돼야 순교를 논할 수 있는 게 아니겠나?

오직 하나님만을 믿으며 의지하는가, 이미 그 신학자는 자신의 믿음 없음을 고백했네. 그 비종교성이란 다름 아닌 믿음 없는 자신을 가리키고 있어. 누구나 자신과 같을 거라는 생각, 일반화의 오류 그 이상의 심각한 죄인 건, 그가 진실을 심각하게 왜곡하기 때문이야. 신학이 어떤 학문인가? 하나님 앞에서, 가장 진실되게 하나님에 관한 진리를 궁구하는 학문일세. 어떻게 자신의 불신앙을 일반적 현상인 양 다루는가? 비종교성 자체가, 신학 하는 자로서 심각한 결격사유이자, 만용 이상의 죄를 저지른 것이네. 자, 이런 신학자에게 순교자의 훈장이 과연 적절한가 말이네. 그리고, 히틀러 살해 모임에 가담한 게 신앙적으로 타당한 행동인가, 인본주의적인 신념에 따른 행위인가. 우리에겐 단 한 가지 판단 기준이 있을 뿐이네. 과연 그는 하나님의 종으로서 살아가는가. 하나님의 뜻을 살피며 믿는가 말이네. 그게 아니라면, 그 행위 또한 신념에 따른 것이겠지, 안 그런가? 난 그 당시 교회들이 히틀러를 지지한 걸 모두 불의한 행위들로 쉽게 평가하진 않아. 그들의 절박함이 있었을 테니까.

인간은 죄인이고 연약하네. 로마서 13장을 보게. 바울 사도는, 각 사람은 위에 있는 권세들에게 복종하라고 말하네. 권세가 신의 뜻임을 분명히 가르치고 있어. 하나님은 때에 따라 불의도 용납하는 걸 자네도 알걸세. 히틀러가 망했든 어쨌든 간에, 보이지 않는 하나님의 섭리란 건 그렇게 이루어지네. 놀라운 비밀이 숨어있는, 신비한 하나님의 경륜과 은총에 따라 이루어지지. 본회퍼가 감옥에서 교수형으로 죽어간 건 자네도 알 거야. 순교자의 화려한 면류관을 벗기면, 거기엔 비참한 최후, 심판만 남네. 그 심판을 인위적으로 조작하려고 해도, 믿음이 없으면, 결국 비참한 죽음일 뿐이야. 신을 부인하고, 그렇게 멀리 가버린 자들의 최후란 다 비참했어. 자넨 철학자 니체가 어떻게 죽어갔는지 아는가? 신이 죽었다고 선언한 그 철학자 말이네. 미쳐서 광인(狂人)으로 살다 요양원에서 죽음을 맞았어. 그 죽는 순간에도 광인은 회개하진 않았을걸세. 신념이란 그런 거니까.

신을 문학으로 심각하게 왜곡한, 타격을 가했던, 프랑스의 까뮈란 작가는 어떻게 죽었나? 노벨문학상도 받았고, 한창 잘 나가던 그도 교통사고로 죽고 말았어. 비참한 최후들이지. 그런 사례는 수도 없이 많네. 우린 주변에서도 신을 불신하고, 교회를 적대하는 자들의 비참한 최후들을 목격하게 되네. 이게 단순히 우연인가? 우리 신앙인의 눈으로 보면, 가장 진실한 눈으로 보면, 심판이자 벌 받은 거네. 그자의 하는 짓은, 하나님을 떠난 자의 비참한 영혼의 실상을 보여 주고 있을 뿐이네. 그런 짓을 누가 좋아할까. 교회의 적들이네! 무신론자들, 교회가 없어지길 바라는 공산주의자들, 계급투쟁을 일삼는 세력들이지! 이 목사의 분명한 해명이 필요한 부분이네. 자, 어서 이 자리에서 해명하게. 가족들의 사랑을 받았던 목사로서, 책임감 있는 진실한 해명을 바라네."

그러자 장인이 무척 흡족한 얼굴로 좌중을 훑어보며 자신의 신학적 견해를 덧붙였다. 물론 슬쩍 사과를 내비치기도 했지만, 아무튼 그 현란하고 장황한 신학적 견해란 이런 거였다.

그로선 기이한 광경을 보는 듯했다.

"제 불찰로, 매우 송구스럽고, 거기에 대해선 할 말이 있습니다만, 여기선 하나님 앞에 눈물로 기도하고 있다는 것으로 갈음하겠습니다. 여러분들의 기도와 따뜻한 사랑이 한량없는 하나님의 용서와 은혜의 손길 다음으로 힘이 된다는 걸 말씀드리면서, 한교수의 신학적 견해에 덧붙여 말씀드리자면, 인본주의 신학이란 게, 오늘날 미국 교회나 신학의 위기에서 그 실상을 잘 보여 주고 있습니다만, 원래 미국의 신학이 한국 선교의 신학이에요. 그 청교도 정신과 신학이, 인본주의 신학에 처참하게 무너져버렸어요. 이번 부흥성회 기간에도 참 안타깝게 느낀 건, 우리에게 선교사를 보내 기독교 복음을 전해준 그 나라가 그렇게 참담할 정도로, 보수적 신앙과 사상적 자세 따윈 내팽개쳐 버린 지 오래고, 세속화신학, 정치신학, 해방신학 같은 급진 좌경신학이 판치니까, 복음이 먹혀들지도 않고, 교회에 사람들이 안 모여요. 오죽하면 목회하기가 너무 힘들어 죽겠다는 거예요. 설교가 힘이 있으려면 목사가 확고한 믿음에 바탕한, 복음의 기쁨과 구원의 참 소망을 줄 수 있어야 해요. 은혜로운 말씀이 선포되고, 감화 감동을 주는 건, 전적으로 성령이 하는 일이에요. 첫째 날은 5백 명, 둘째 날은 천 명, 셋째 날 천오백 명이 모였는데, 다들 기적이라는 거예요! 아무튼, 한 교수의 신학적 견해에 전적으로 동감을 표하는 바이고, 우린 늘 신앙과 신학에 대해 대화를 나누는, 어찌 보면 동역자요, 친형제 이상의 따뜻한 친밀감을 느낍니다만, 이 자리니까 하는 얘깁니다만, 내가 결혼할 적만 해도 한 교수가 중학생이었어요. 매형, 매형 하며 잘 따랐는데, 어느 날은 형이라고 부르는 거예요. 저도 친동생을 얻

206

은 것처럼 살갑게 대했지요. 우린 어려웠던 날들을 같이 했었고, 아름다운 추억들도 많습니다만, 오늘날 이처럼 훌륭한 신학자가 된 거예요! 얼마나 감사한 일인지, 교회에 초청해서 한 교수가 설교하는 걸 보면, 선지자처럼 날카롭게 시대를 향해 외치면서도, 성경 구절과 예화 하나하나가 감동을 주고 가슴을 치는 거예요. 아마 목회를 했어도 크게 성공했을 거예요. 신학자로서도 대성할 거라 믿어 의심치 않습니다만, 얼마 전 발표한 논문도 그렇고, 내가 바쁘지만 우리 한 교수가 발표한 논문이나 여기저기 실리는 글들은 빠짐없이 찾아봅니다. 저의 관심과 애정이지요. 내가 미국에서 유학한 6년 동안, 주로 그 학문적 관심사가 현대신학의 동향과 그 힘겨운 싸움 속에서 정통신학을 어떻게 지켜나갈 것인가였어요. 값싼 은혜론에 대해 한교수가 핵심을 잘 짚었습니다만, 인본주의 신학이란 게 어디까지 갈 수 있느냐 하면, 미국에선 사신신학까지 등장했어요. 사신신학이란 걸 이 자리에서 설명하긴 좀 그렇습니다만, 여하튼, 신학이 넘어선 안 되는 선을 훌쩍 넘어서 갈 데까지 간 거지요.

그런 극단주의적 신학의 근원을 찾아 올라가 보면, 여러 자유주의 신학의 창시자들이 있겠습니다만, 현대에 이르며 그 본회퍼나 불트만 같은 독일의 신학자들에게서 영감과 감화를 받았다는 건, 신학계에선 이미 널리 알려진 사실이고, 한마디로 현대사회의 믿음을 상실한 어둠의 열매들이죠. 이건 우리 한 교수에게 하는, 저의 신학적인 얘깁니다만, 이런 얘기는, 여러분은 한 귀로 듣고 한 귀로 흘려버려도 됩니다. 사신신학 혹은 세속화신학을 가리켜 앵글로 색슨적 현상으로 불린 건, 그 부르짖는 신학자들 대부분이 영·미 출신인 데다 그들 나라의 신학교들에서 한때 유행했다는 것이고, 그런 신학들이 20세기 구주 대륙(歐洲大陸)의 프로테스탄트 신학사상의 영향 아래 생겨난 것이지만, 그 성격에 있어선 실용주의적인 문화 일반을 반영한 신학이란 평가를 받기도 했던 것이고, 그래서, 특히 뉴욕이나 런던 같은 초현대식 대도시에서 사는 현대인간들의 과학적이며 기술 본위의 인생관을 반영하고 지지하는 반면에, 무(無,And asnichts)나 불안(不安,Angst)을 논하는 실존주의 사상에 대해서 의식적인 반발을 하는 사실로 보아서, 그런 신학들을 앵글로 색슨적 신학으로 분류하는 것이고. 한 교수도 잘 알겠지만, 그런 급진신학자들, 로빈슨, 알티저, 해밀톤, 바하니안, 반 뷰렌, 콕스, 스미스, 플레처, 디월트 등등. 난 그들 신학을 섭렵한 사람이고, 하비 콕스는 그의 세속도시란 책에서 본회퍼에게서 신학적 영감을 받았음을 밝히고 있어요. 그 사회변혁의 신학이란 게, 다른 말로 정치신학이요, 실천신학이란 건데…"

장인은 신학자를 향해 한 수 가르치려는 듯, 자신은 미국 신학박사요, 처남이 국내파(國內派)란 걸, 은연중 길게 자랑하나 싶을 정도였다.

그 자리가 무색해진 건 말할 나위 없었다.

"본회퍼의 옥중서신에 보면, 믿음 없는 현대인이 세속적으로 신을 말할 수 있는 방법을 찾는 것, 어찌해야 그리스도는 그 비종교인의 주님도 되실까, 하비 콕스는 '세속도시'란 책에서 이제 그 물음에서 한발 더 나아가 신에 관해서 세속적으로 말하기, 그런 신학을 보여 주었지. 한 유명한 보수 신학자의 표현을 빌리면, 이런 재밌는 비유를 했어요. 사신신학자들이 새 예루살렘의 건축을 완성했을 때 이제 그 새 예루살렘 성문을 활짝 열고서 도시 내부를 우리에게 보여 준 게 바로 그 세속도시란 거지. 세속화가 인간의 성인됨을 그는 말하는데, 바로 본회퍼의 그 성인된 인간을 가져온 거니까, 얼마나 영향을 받았는지 알 수 있는 것이고, '신에게 솔직히'란 책을 쓴 로빈슨도 이웃을 위한 사람, 그 성인된 인간을 그의 새로운 모럴로 삼고 있을 정도니까. 알티저 같은 신학자는 '기독교

무신론의 복음'이란 책에서, 이 얘긴 입에 올리고 싶지도 않네만, 신의 사망을 공공연히 선언했어. 우리로선 상상도 못 할 일들이지.

한 교수도 잘 알 테지만, 그런 신학자에겐 성경보다 니체나 블레이크가 더 권위적인 존재들이지. 창조적 부정을 통한 새로운 종교를 역설하면서, 나 같은 유학했던 신학도들은 얼마나 놀랬겠나. 충격이었지. 그 사뭇 엄숙하기까지 한 시적(詩的)인 문장이 지금도 잊혀지지 않아.

이런 내용이었지. 우리는 오늘의 혼돈을 신의 무덤으로 알고 오늘날 인류의 불안이 신이 죽어서 그 몸이 썩는 냄새로 안다. 공허와 허무가 신의 사망의 결과라는 것을 아는 지식이 우리로 하여금 혼돈과 불안에서 자유하게 할 것이다… 이게 신학자의 영혼인가, 무신론자의 영혼인가? 현대신학을 공부하다 보면 놀랍지도 않게 되지. 바르트나, 불트만, 몰트만 같은 현대신학의 대가들, 우선 바르트에 대한 나의 짧은 평가는 이런 거네. 근대 유명론(唯名論)과 실재론(實在論)의 합성물인 칸트의 철학이 곧 바르트의 그리스도요, 그 그리스도는 허무주의가 빚어낸 사상적 환멸에서 현대인을 구원하지 못할 것이라는 거네. 불트만은 신약성경으로부터 신화의 옷을 벗기고, 그것을 실존주의적으로 재해석을 시도한 신학자지. 무엇보다 현대인의 지성적 양심의 희생을 강요하는, 1세기의 인간들이 가졌던 세계관과 신화를 그대로 두고서 오늘의 인류에게 수긍이 가는 복음을 전할 수 있는가. 난 그 공적을 높이 평가하면서도, 양식비평의 결론을 따르면 결국 기독교는 허위적인 종교밖엔 안 된다는 거네. 즉 초자연적 그리스도를 비신화화한다고 하여 말살해 버리면, 하이데거 같은 실존주의 사상 속에서 탄생한 그리스도란 게 과연 어떤 신이겠는가. 몰트만은 희망의 신학으로 유명하네만, 그 신학이 유명세를 탄건, 그의 종말론이었어. 기독교 신앙은 십자가에 못 박히신 예수 그리스도의 부활에서 발랄한 생명력을 확보하고, 그 그리스도의 부활의 미래에 대한 기대로 소망이 부풀어 오른다면서 그는, 종말론은 기독교의 핵심이며 교회의 근본적인 교리라고 주장했어. 우리 기독교인들이 진정한 소망을 소유할 수 있는 까닭은, 십자가 부활 가운데 하나님의 신실성이 역사적으로 나타났으며, 그 계시의 역사를 통하여 그리스도의 미래에 참여할 수 있기 때문이란 거지. 그 부활한 예수는 끝나버린 역사가 아니라, 미래를 향하여 뻗어나가는 역사이다, 따라서 우리는 그와 같은 미래에 소망을 걸만하다. 하나님은 미래를 향하여 인간을 부르고 그에게 미래를 약속하는 분이다. 초기의 저술들은 읽을 만했어. 하지만 그의 후기 신학은 좀 심하게 말하면, 소위 메시아적인 교회론이며 정치 경제적 혁명론으로까지 나아가지. 오늘날 그 신학의 심각성은, 마르크스의 변증법적 유물론과 블로흐의 미래적 인간론으로 기독교 종말론을 변질시켰다는 의심을 사고 있는 것이네.

아무튼, 그런 현대신학들, 우리가 열매를 보면, 그 신학이나 사람을 알 수 있는 것이고, 값싼 은혜론이란 것도 그 불경건, 현대인의 무신론적 사색의 결과란 게 분명하고, 중요한 건 오늘 여기, (장인은 좌중을 둘러보며) 참 두려운 얘기예요. 우리 교회까지도 그런 불신앙적 사상의 영향을 받고 있는 거지요. 여러분은, 저를 어떤 난관도 능히 물리치는 담대한 사람으로만 알아요. 굳건한 믿음과 과감한 추진력을 높이 평가한 거지요. 허나 믿음 안에선, 누구나 연약한 죄인일 뿐이에요. 교회가 성장할수록, 저도 강단에 서는 게 두려울 때가 많습니다. 여러분은 못 믿는 표정이지만, 사실이에요. 강단에 서는 게 두려워요. 기도하고 준비한다 해도, 어느 땐 숨이 막히고 온몸이 후들후들 떨립니다. 현기증이 일고 하늘이 빙글빙글 돌아요. 쓰러질 것만 같아요. 그 두려움을 떨칠 수 있는 건 오직 믿음뿐이에요! 하나님, 이 자리에서 죽더라도, 저 많은 성도들 앞에서 하나님의 영광을 가려서야 되겠습니까! 두려움이 깨끗이 사라집니다. 전적으로 하나님을 의지할 수밖에 없어요. 이게 믿음이에요! 이날까지 저는 그 믿음으로 살아왔어요. 자, 신학 얘기는 이쯤으로 하고."

장인은 이제사 그의 문제로 화제를 옮겨갔다.

"이 자리는, 누굴 탓하거나 심판하는 자리는 아니에요. 다만, 가족들 앞에서 해명되어야 할 게 있고, 그 문제가 교회로서도 아주 중대한 문제라는 겁니다. 이 목사가 수행해 온 직분이 우리 교회로선 그만큼 핵심 자리였고, 과연 더 맡아도 되는지 저는 여러분들의 중지를 모아 이 문제를 오늘 결단하고자 합니다. 교회 핵심 보직이란, 담임 목사와 바늘과 실 같은 신뢰 관계에서 지속될 수 있는 거예요. 어느 하나라도 삐끗하면, 교회가 잘 돌아갈 리도 없고, 무엇보다 그 관계가 무너지면, 교회의 중추신경에 이상이 생기는 것인데, 시급히 바로 잡아야지요! 목양(牧羊)에 이상이 생기면, 양 떼는 흩어지게 되어 있어요. 내가 너무 바쁘다 보니 소홀히 했던 게 있는가, 하나님 앞에 회개했습니다만, 있을 수 없는 일이 일어난 거예요. 우리 천국교회가 어떤 교회예요? 제 자랑 같습니다만, 교단뿐 아니라 한국 교회의 보루 같은 교회예요! 우리가 무너지면, 한국 교회가 어떻게 되겠어요?

이 사태를 여러분이 나만큼 느끼고 있는지는 모르나, 목자의 심정은 그렇다는 겁니다. 저는 이 목사를 자식처럼 아껴왔고, 그동안 밑에서 목회를 잘 배우도록 힘써 온 것은 여러분들이 잘 아실 테고, 증인들입니다. 여기 내 오랜 친구이자 누구보다 신뢰하는 이 목사의 부친도 참석했습니다만, 이 자리의 모든 판단은 하나님의 뜻대로 인도되어야 한다는 것입니다. 합심하여 선을 이루게 하시는 하나님, 우린, 오늘날까지 천국교회를 인도해 주신 하나님만을 의지해야 할 것입니다. 사실 이 사달이 벌어진 건 내 판단 미스일 수도 있어요. 그놈이 편지로 협박해 오고, 그 상황에서 이 목사에게 그놈을 만나 대화로 잘 타이르길 바란 것인데, 한때 믿음이 좋은 듯 보였던 놈이어서, 제가 놓치거나 방심한 부분이 분명 있을 겁니다. 아무튼, 그런 믿음을 떠난 협잡꾼들을 하나하나 상대하다 보면, 목회에 많은 지장을 초래합니다. 그놈이야 자신이 뿌린 대로 거두겠지요. 우린 하나님이 하시는 걸 보면 될 거예요. 어디 한두 번 겪는 일인가요?

장모님께서 말씀하셨지만, 무수한 난관과 시험 속에서도, 어쨌거나 우리에게 내려진 지상 명령은 하나예요! 어떤 고난 속에서도, 너희는 굴하지 말고 일어나 땅끝까지 복음을 전하라! 우린 매일 그 영적인 전쟁을 수행하는, 하나님의 군사들입니다. 감히 저는 여러분께, 하루하루 분초를 다투며 복음 사역을 위해 달려왔고, 그 점에선 부끄러움이 없어요. 하나님께서 인정하셨고, 많은 상급과 열매들을 주셨어요. 놀라운 기적으로 보여 주셨어요. 저는 자신에게 항상 묻는 게 이것이에요. 오늘의 너의 직분에 최선을 다했는가? 불충한 병사는, 하나님 앞에서 책망받을 수밖에요. 잘했다, 그 칭찬을 받기 위해 불철주야 경주하지요. 제 의문은 이것이에요. 이 목사는 교회의 핵심 직분을 맡은 자로서 그 충실함을 보여주고 있는가, 오히려 영적 전쟁에서 이탈한, 매우 실망스럽고도, 어떤 이는 배반자란 소리를 합니다만, 내가 이 목사를 잘 알아요. 왜 의기소침한 태도를 보이는지, 난 그게 의문이고 솔직히 못마땅했어요. 이제껏 싫은 소리 한 번 안 했습니다만, 까놓고 말해 그렇다는 거지요. 그자의 허무맹랑한 주장조차 묵인하거나, 이 목사가 저를 찾아와 그놈을 비판한 적도 없을뿐더러, 내 지시를 받은 이후론 어떤 보고도 없었고, 결국 그런 일이 벌어지고야 말았어요. 이걸 어떻게 받아들여야 할까, 그놈이 그런 마귀

짓을 하는 데도 이 목사는 어떤 액션도 없었다는 게 난 참 궁금합니다.

교회의 중추 역할을 해야 할 부목사가, 대관절 강 건너 불 보듯, 어디 그뿐인가요. 그자를 여러 차례 만나고 다닌 걸로 보고 받았어요. 교회 부목사가, 여러분은 이해가 됩니까? 어떻게 방관할 수 있는지, 그 무책임함, 불충을 넘어 그건 교회에 대한, 여러분의 배신이란 말이, 나로선 심히 괴롭고, 인정할 수 없는 부분입니다만, 저는 친자식처럼 믿었으니까요. 난 이 목사와 외손자들을 사랑합니다. 내 오른 손가락들입니다. 그래서 오늘 이 자리가 참담하고, 괴롭습니다.

이 목사는 이 자리에서 자신의 그런 행동에 대해, 깊은 실망을 끼친 점을 해명해야 합니다. 저는 이 순간에도 이 목사를 안타깝게 여기고, 자식처럼 아낍니다만, 이 말도 덧붙여 하고 싶군요. 이 가족이란 건 신성한 겁니다. 가족이 있기에 우리가 있는 겁니다. 그 구성원으로서 사랑과 의리는 기본이에요. 난 의리도 사랑도 없는 가족을 상상해 본 적도 없고, 그건 인간 말종들이나 할 짓입니다! 우리 신성한 가족들 앞에서 진실로 답변해야 합니다. 일말의 의구심을 남기지 않는 해명만이, 자신에 대한 의심을 거두게 하는 것임을 명심해야 합니다. 만약 그 답변에 일말의 의구심이라도 남긴다면, 이 가족들은 더는 이 목사를 신뢰할 수도, 사랑할 수도 없다는 것을 명심하고, 진실한 마음으로 해명할 기회를 주겠습니다."

그때 노인이 그 앞을 거의 보지 못하는 껌벅이는 눈으로, 그 파뿌리 같이 성근 빛깔의 머리를 곧추 들고 구부러진 등까지 펴며, 찬송가를 흥얼거리는 통에 모두 놀라 시선들이 쏠린 것이었다. 이게 무슨 뜬금없는 일인 양, 모두들 숨죽인 분위기에 찬물을 끼얹듯, 당황스럽고도 놀란 눈으로 바라보았다.

"이 찬송이 생각나서. 을마나 좋은 찬송이야. 난 이 찬송이 제일 좋아. 죄짐 맡은 우리 구주 어찌 좋은 친군지. 걱정 근심 무거운 짐 우리 주께 맡기세. 주께 고함 없는 고로 복을 얻지 못하네. 사람들이 어찌하여 아뢸 줄을 모를까. 시험 걱정 모든 괴롬 없는 사람 누군가. 부질없는 낙심 말고 기도드려 아뢰세. 이런 신실하신 친구 찾아볼 수 있을까. 우리 약함 아시오니 어찌 아니 아뢸까. 근심 걱정 무거운 짐 아니 진 자 누군가. 피난처는 우리 예수 주께 기도드리세. 세상 친구 멸시하고 너를 조롱하여도. 예수 품에 안기어서 참된 위로 받겠네."

누군가 만류할 틈도 없이 노인은 혼자 은혜에 북받친 듯, 아니 꼭 신들린 사람마냥 그 합죽한 입에 한가득 웃음이 담긴 모습으로 이런 말을 이어서 뇌까리는 것이었다.

"하나님은 축복받을 사람만 아낌없이 준다니까. 가라지들은 무언들, 백날 해도 말짱 허사야, 허사. 이 내가요. 증인이라니까요. 우리 하나님, 맞지요. 내가 증인이에요. 사람 눈으론 죄로 보여도, 하나님 눈으론 다르니까, 기도밖에는 다 소용없는 거니까. 구약성경, 거기 보면 미리암이, 어찌 되었나? 하나님의 종을, 큰 종을, 그거 참말로 무서운 거야. 아, 큰 종 모세를 비난하자, 하나님이 문둥병을 내렸잖아? 후처 좀 얻었다고, 비난받을 만하지. 여자 싫어하는 남자 못 봤으니까. 여자 다 좋아하잖아? 여자 싫어하는 남자 있어? 이쁜 여자 보믄 사족 못 쓰는 게 남자들이니까. 아, 모세라고 다르겠어? 남자는 똑같애. 다른 놈 하나 못 봤어. 아, 우리 목사님도 전도사 시절부터, 잘생긴 데다 워낙 여자들이, 잘 따르게 생겨놔서리. 원수 마귀들이 을마나 못살게 굴었던지. 사람의 눈으로 판단하니까. 그 죄가 그 입들로 다 돌아가는데, 참말로 무서워서, 그때 그 작자들 하나 둘 무서운 일을 당하는데, 다 하나님 뜻이고. 뜻이고 말고요.

믿고 순종하고, 그 입들로 다 돌아가드만. 어마마, 내가 참말로, 하나님 보시는 자리에서, 죄송합니다요, 죄송, 이 늙은이가 그만 쓸데없는 말을 해서."

모두들 얼굴이 굳었고, 할 말을 잃은 표정들이었고, 하지만 그는 새끼 마귀의 얼굴로 이게 '신의 법정'인가 싶었고, 슬쩍 장인의 얼굴을 살폈다. 잠시 눈을 감았던 목자는 눈을 뜨고 짐짓 좌중을 훑어보고는, 입을 열려는 찰나, 노인이 소파 안으로 숨어들 듯, 혼자 끽끽거리는 신음소리를 냈다.

장인의 카랑한 음성이 심판정의 분위기를 환기하는 듯했다.

"이 목사는, 가족들 앞에서 회개할 게 있다면 하고, 진실한 해명을 바란다. 여기 증인들 앞에서 이 목사의 해명을 듣고 싶었어요."

그는 자신의 속에서 불덩이가 치솟는 걸 억제하기 힘들었고, 그땐 여기가 신의 법정이란 걸 절감했다. 심판, 그렇다, 이건 목회자 집안에 내린 심판이었다!

다만 연극 무대 같은 심판정이 마련된 셈이었다. 그는 겨우 입을 열었고, 몸을 진정시키며 이런 말을 늘어놓은 것이다.

"제가 저를 낳아 기르신 부모 외에, 유일하게 아버지, 어머니라 불렀던 두 분과 저의 아버지, 저를 과분하게 사랑해 준 이 자리에 참석한 모든 분들에게, 우선 깊이 사죄의 말씀을 드리지 않을 수 없습니다. 맞습니다. 저는, 저의 처신이 비난받아 마땅하다고 봅니다. 교회와 여러분들의 신뢰와 사랑을 저버린 건 저였습니다. 담임 목사님께서 저에게 베풀어 준 은혜는 아마 제 평생 다 갚을 수 없을 것입니다. 장인어른뿐만 아니라, 장모님, 제 아내와 아이들에게도 저는 입이 열 개라도 할 말이 없습니다. 제 인생의 모든 것, 감히 저는 이런 말을 할 자격이 있다고 믿습니다만, 여기

계신 분들, 제가 평소 존경하고 사랑한 이들이 저의 모든 것이란 걸, 이 것만큼은 하나님도 아는 진실입니다. 그 형제와 몇 차례 만난 것은 부인하지는 않겠습니다. 만나서 여러 대화를 나눈 것도 사실이고, 저는 이 자리에서 숨김없이 그 내용들을 다 밝힐 용의도 있습니다. 하지만 과연 그게 무슨 도움이 될까, 이 가족회의의 선의(善意)를 위해서라도, 오히려 삼가는 게 바람직한 게 아닐까.

성직이라는 게, 교회 부목사로서도 그 상처받은 영혼을, 누군가는 위로하고 달래줄 수도 있는 게 아니겠습니까? 설령 마귀일지언정, 그를 최종적으로 심판하는 건 하나님의 뜻에 달렸다고 저는 생각합니다. 방금 두 분의 신학적인 고견들을 경청했습니다만, 결국 그를 판단하고 심판하는 것도 하나님이요, 저는 제 부족한 신앙에 따라 행동한 것입니다. 기도하면서 그 형제를 만났고, 신앙적인 대화 속에서 극단적인 행동은 만류하려 했지만, 교회에 누를 끼치는 결과로 돌아오고 말았습니다.

부목사로서 책임을 통감합니다. 목사님의 어떤 처벌도 달게 받겠습니다. 저는 그 일과 관계없이 이 자리에서, 그동안 신앙적으로 몹시 힘들었던 걸 고백하는 게 순서이고 도리란 걸 깨닫습니다. 진작 목사님과 상의했어야 하는데, 그러질 못한 것도 제 부족함이요, 그건 우유부단한 제 성격이나 인격을 드러낸 부분이기도 합니다. 늦었지만, 용서를 구합니다. 저도, 오늘 이 자리가 하나님의 뜻임을 더욱 믿게 되었습니다. 제 문제를, 평소의 신앙적인 고뇌를 털어놓을 기회가 주어졌다는 것은, 어쨌든 저를 아끼고 사랑해 준 분들 앞에서 얼마나 다행인지 모르겠습니다. 저는 단지 현실의 보여지는 것들, 인간들의 죄성, 연약함, 그 단편적인 사건들보다 요즘 이 시대가 함의(含意)하는, 목사님과 교수님께서 잘 지적해 주셨습니다만, 저는 그 신학자나 비종교성 부분엔 약간 달리 생각합니다만,

이런 강한 회의와 의문이 드는 건 사실입니다.

우리 자신이 믿고 의지하는 하나님, 그 신학이란 게, 가장 기이한 건 이런 것입니다. 가령, 오늘날 한국의 신학교들에선 왜 오늘의 자본주의를 가르치지 않는가? 공산주의는 비판적으로 가르치면서, 그런 사상은 왜 가르치지 않는가? 혹시 제가 잘못 기억하고 있나요? 두 분께선 신학교에서 학생들을 가르치니까 하는 말입니다만, 어떻게 받아들일는지 모르겠습니다만, 그 현대성이란 건, 곧 오늘의 우리 사회상과 연결됩니다. 안 그렇습니까? 그 민주국가, 복지국가, 선진국들, 실은 그 나라들에 오늘날 하나님이 없다는 게 아니겠습니까?

오늘날 자본주의나 그 현대성이란 게, 실은 인간의 욕망을 극대화하는, 그 즉물성을 본질로 하는 사회상이란 겁니다. 성경엔 부자가 천국에 들어가는 건 낙타가 바늘귀에 들어가는 것처럼 어렵다고 가르칩니다. 그 욕망의 죄성을 아주 신학적으로 잘 표현한 구절이지요. 산상수훈은 어떻습니까? 오늘의 사회상엔 그 복음이 들어설 여지가 없다는 걸 보여 줍니다. 참 놀랍고, 기이하지 않습니까? 어떻게 신학교에서 그 중요한 과목을 가르치지 않는지. 영적 전쟁을 치르려면 그 현실을 제대로 가르쳐야지요. 왜 가르치지 않는가? 어떤 이유가 있는 것인가? 안 그렇습니까?

결국 신학교나 교수들의 영적 상태, 그 영혼들이지요. 이것도 하나님의 뜻일까요? 오늘의 기독교와 자본주의는 마치 샴쌍둥이처럼 아주 잘 어울립니다. 마치 꾀꼬리들이 입을 모아 찬송을 부르는 것 같아요. 모두들 하나님의 영광을 찬양하여라! 저로선 그게 이해도 안 되고, 갈수록 기이할 뿐이지요. 문제는, 그 많은 신학교에서 그렇게 길러지고 배출되는 현장의 목회자들입니다. 경험이 많아도 무슨 소용이 있겠습니까. 제 눈엔, 그 착한 주님의 병사들이 마치 악마의 아가리 속으로 복음의 깃발을 들고 걸어 들어가는 격입니다. 꿀꺽 삼키고 맙니다. 저항이요? 한 입 거리도 안 되는걸요. 아니지요, 누가 그 악마에 저항합니까. 한 입 거리는커녕 반입 거리나 될까요? 꿀꺽 삼켜버리면, 이제 뭐가 남을까요? 내장을 다 거쳐 소화되고 나면, 남는 게 무얼까요? 제 말이 심했다면 용서 바랍니다. 그 체제의 충실한 부품들로 경쟁하고 만족하면서, 성공과 신앙을 얘기하는 걸 어떤 신학자는 바로 종교 없는 그리스도인으로 표현했더군요. 실은 거기 엔 종교가 없다는 거지요.

이런 심히 외람된 얘긴 그만하겠습니다. 지금도 여러분을 놀라게 하고, 상처를 주는 걸 알기 때문입니다. 저도 마음이 아픕니다. 하지만 지금의 제 모습인 걸 어떡하겠습니까. 그 형제를 만류했던 건, 아버님을 누구보다 존중하는 차원에서였습니다. 하지만, 그 형제는 자신의 길을 가고 말더군요. 저는, 이왕 말씀드린 김에, 그 형제의 모습에서 한 영혼의 절규를 보았습니다. 헌데 그 고통스런 절규가, 어느 순간부터 단지 천국교회를 향해서라기보단, 이 시대를 향한 것으로 이해하게 되었어요. 이런 고백도 여러분들의 마음에 씻을 수 없는 상처가 되리란 걸 잘 알고 있습니다. 저는 더 이상 천국교회 부목사로서 자격이 없음을 받아들이며, 어떤 처분도 달게 받겠습니다. 그것이 하나님의 뜻임을 알기에, 이 자리가 감사하고, 여러분들의 용서를 바랍니다.”

헌데 그의 발언은, 상상 이상으로 심판정을 깊은 정적 속에 빠뜨린 것이었다. 우선 장인이나 신학자뿐만 아니라, 그의 아버진 충격을 받은 듯 미간을 잔뜩 찡그린 채 도대체 저놈이 내가 아는 자식 놈이 맞는가, 현기증이 이는 것 같았고, 여자들은 여자들대로 그 놀라 최대치로 열린 동공들엔 두려움과 탄식이 섞여 있었고, 간간이 터지는 깊은 한숨과 탄식은, 마귀를 향한 증오였다.

정신을 수습하고 입을 연 건, 그의 아버지였다. 하지만 평생 촌에서 목회를 한 아버지는, 인본주의에 넘어가 마귀가 되어버린 자식을 더듬더듬 공박하려 들었다.

"내가 참 미련했구나. 자식 놈을, 이날까지 까맣게 몰랐다니. 이 자리가 왜 마련됐는지 이제사 다 이해가 되었다. 부목사로서 목사님 잘 보필하고, 목회를 잘 배우는 줄 알았더니, 하나님, 제가 자식을 잘못 알아도, 한참 잘못 알았습니다! 일찍 알았더라면, 후회막급입니다! 곁길로 빠져도 한참이나 빠져서, 넌 돌아올 수 없을 지경에 이른 것 같구나! 예수 외엔, 우리가 믿고 의지할 게 없고, 이 참 소망의 복음 외엔 길이 없고, 오직 그 천국에 소망을 두고 묵묵히 복음을 전하는 게 주님의 일꾼들일진대. 오호라, 제 자식이 어찌 인본주의 신학에 물들 줄이야! 자식을 철석같이 믿었던 제가 잘못이고, 원망스러울 뿐입니다! 너는 자신이 내뱉은 말에 책임을 져야 할 것이다. 네 발언들에서 성경적이고, 믿음에 바탕한 신실성을 찾아볼 수 없다는 게 애비로서 심히 부끄럽구나! 하나님이 베푸시는 은총과 축복조차, 눈에 보이는 열매들조차, 너는 후패한 열매들로 보이는 모양이구나! 그 삐딱하고 강퍅한 마음이 공산주의, 인본주의와 하등 다를 게 있느냐?

왜 우리 교회들이 소위 운동권을, 공산주의를 배격하겠느냐? 내가 평생 시골에서 목회를 했다만, 너도 잘 알겠지. 매일 새벽에 일어나 새벽 별을 보며 교회에 나가 기도를 드리면, 우주 삼라만상이 그렇게 은혜롭고, 공기 한 조각 바람 한 올에서도 하나님의 숨결을 느끼게 된다. 벌레들 울음소리 하나도, 그 오묘한 자연의 섭리요, 은총이란 것이다. 매일 감격에 겨워 기도와 찬송을 드릴 수밖에 없다. 들에 핀 꽃송이들도 하늘을 나는 새들도 그 은총의 품 안에서 피고 지는 걸 절감할 수밖에 없다. 넌 그 속에서 자랐고, 네가 성직자가 됐을 때, 네 엄마와 나는 얼마나 기뻤는지 모른다. 자식 놈이 아버질 따라 목사가 됐는데, 그게 어떤 의미인지 믿음 안에 있는 사람은 그 기쁨을 안다. 신앙의 젖줄로 키운 자식이 목사가 됐다는 게, 오호라, 넌 그 기쁨을 짓밟아버렸구나! 공산주의란 게 엄연한 하나님의 존재나 은총을 부인하고, 눈 감은 장님마냥 그 진리를 모른 채 사람들을 속인다는 것이다. 그들의 폭력성은 은총의 반대편, 자신들이 죄인인 걸 모르는, 맹목적 의로움의 사상에서 나온다! 인본주의란 것도 결국은 그런 것이다. 넌 하나님을 떠난 것만이 아니라, 담임 목사님, 성도들을 배신한 것이다! 이런 분란을 만들고, 그래 맞았다, 넌 목사 자격이 없는 것이다! 넌 교회도, 성도도, 부모 형제 모두를 저버린 것이다! 믿음은 모두를 화해케 하고, 회복이 있게 하지만, 사랑 없는 냉소와 파괴가 마귀의 속성이 아니더냐. 하나님은 질서를 세우고, 화평케 하고, 합심하여 선을 이루신다. 넌 이 자리에서도 회개하지 않았다. 우리 모두를 실망시켰을 뿐 아니라, 큰 상처를 주었다! 어제 저는 사모님의 갑작스러운 전화를 받고도, 상상도 못 했던 일입니다!

우리 목사님과 사모님, 여러분 모두에게 애비로서 머리를 숙여 용서를 구하고, 심심한 위로를 표합니다. 저도 심히 당황스럽고, 참 유감스러운 일입니다. 저는 우리 정 목사와는 평생을 죽마고우 같은, 둘도 없는 친구요 동기(同期)로 지내왔지요. 우리가 사돈을 맺은 것도 그런 신앙적 유대(紐帶)와 우정이었습니다. 가난했던 신학생 시절, 우린 그 좁은 자취방에서 반찬이라곤 김치나 간장, 된장. 그 꽁보리밥을 나눠 먹던 추억들이 눈에 선하게 떠오릅니다만, 그 시절을 회상할 때면, 그렇게 눈물이 나요. 감동이니까요. 감동이지요! 우리 정 목사는 신학생 시절부터 남달랐어요. 포부가 얼마나 큰지, 저 같은 새가슴들은 감히 올려다보지도 못할 정도였지요. 솔직히 저도 그 큰 꿈들이 현실이 될지는 몰랐지요. 그 시절 미국에 가서 신학박사 학위를 딴다는 게, 불가능한 일처럼 높아 보였고, 서울에 큰 교회를 세우리란 것도, 아무나 가질 수 있는 꿈이 아니었어요. 꿈이야 누군들 꿀 수 있지요. 하지만 우리 정 목사는, 그 뜨거운 열정, 성실성, 굳건한 믿음은 하늘도 움직일 것 같은 기상(氣像)이 있었어요. 아르바이트하면서도, 잠을 안 자고 공부했어요! 제 눈엔 그때 벌써 큰 인물이었지요. 잠을 두 시간 이상 자는 걸 보지 못했으니까. 잠을 쫓으려고 그 추운 겨울에 찬물을 바가지로 뒤집어쓰면서, 오늘날 세계적인 목사요, 우리 교단의 자랑이 되었습니다만, 저는 우리 정 목사에게서 사도 바울의 모습을 떠올려보곤 합니다. 신학과 믿음으로 잘 무장한, 이 시대의 사도 바울이라 할만하지요!

오늘날 천국교회는 감히 제가 평가하자면, 대한민국의 가장 모범적이고, 현대적인 교회예요! 이것도 다 우리 정 목사님의 신앙과 세계관이 투영된 결과겠습니다만, 그 세련된 교회 문화는, 이미 선도적인 역할을 해서 한국 교계의 변화를 불러왔어요. 천국교회가 없었다면, 한국 교회는 아마 수십 년 뒤처진, 고루한 신앙의 답보 상태를 벗어나지 못했을 것입니다. 여러 오해가 있을 수도 있지만, 저 같은 시골 교회 목사도 그런 변화는 불가피하게 여깁니다. 시골 교회도 70년대, 80년대식 교회에 머물러 있을 수 없고, 사람들이 변화하고, 가치관이 달라졌습니다. 교회라고 우물 안 교회가 되어선 안 되지요. 그리고, 인간은 누구나 실수를 합니다. 인간인 이상, 그 존재 자체가 안고 있는, 피할 수 없는 숙명 같은 거지요. 고작 2백여 명이 모이는 저희 시골 교회에서도 분란과 문제들이 끊이지 않습니다.

저도 여러 번 시험에 넘어진 적이 있어요. 분(憤)을 주체 못 하고, 성도들과 불화한 적도 있고, 넘어진 거나 진배없지요. 여러분도 잘 아시겠지만, 교회 안엔 언제나 별의별 소문들이 떠돕니다. 하나님을 믿는다지만, 그 많은 입과 귀들이 있으니 어쩌면 당연한 현상일 수도 있어요. 인간이란 게, 제 목회 경험상 연구할수록 흥미로운 데가 많아요. 그 타고난 호기심도 많고, 어떤 이에겐 그게 즐거움이에요. 병적인 경우는, 제가 관찰한 바로는 그게 일종의 낙이거든요. 어두운 카타르시스라, 제가 나름 명명해 본 적이 있습니다만, 틀림없이 그런 사람들이 있어요. 어느 교회에나 그런 사람들이 꼭 있습니다. 몇 년 전 일입니다만, 한 번은, 제가 실제로 겪었던 일이에요. 남편이 병으로 세상을 떠나고, 졸지에 혼자된 젊은 과부가 농사짓고 자식들을 키우는데, 얼마나 힘들겠어요. 교인이니 제가 보호자 역을 자임해서, 나서서 돕게 된 거지요. 바로 소문이 나돌아요. 그런데 보통 고약한 소문이 아닌 거예요. 하필 그 무렵 아내가 몸이 안 좋아서 누워있을 때였어요. 알만하지 않습니까? 이건, 아니 땐 굴뚝에 연기 날까가 아니에요. 겪어본 사람들은 잘 압니다만, 없는 굴뚝에서도 얼마든지 연기가 모락모락 피어오르니까요.

목회라는 게, 그런 많은 수난과 어려움을 당하고도 견딜 수밖에요. 우리가 믿을 건 하나님밖에 없습니다. 오직 하나님, 그 품에 의지하고 눈물로 기도하고, 그거 외엔 다른 수단은 있을 수 없는 거예요! 인간적으로 대응했다간, 목회 못 하지요. 십중팔구 목회 실패합니다. 신본주의로 일관해야지요! 인간적인 감정, 분노, 실은 그게 인본주의입니다. 여기 훌륭한 신학자와 세계적인 목사 앞에서, 저의 부족한 소견인 것 같습니다만, 우리 신본주의란 게 인본주의 반대 아닙니까? 그 결론, 신본주의 말고는 해결책이 없어요. 지나 놓고 보면, 인내하고 하나님만을 의지하며 살아온 날들이 은혜로운 열매들을 맺는 걸 보게 됩니다만, 그게 우리 목회자들이에요. 저는 우리 정 목사가 아들놈을 참아 준 걸, 감사하기보단 이 순간엔 왜 나무라지 않았나, 교회의 핵심 보직자가 그 모양이면, 당장 불러서 책망해야지요! 우리 성직자는, 일반 성도가 아니에요! 수만 명이 모이는 교회에서, 있을 수 없는 일이 벌어진 거지요. 저는 여러분들과 정 목사, 자식 앞에서 이 말씀을 드리고자 합니다. 교회의 권위를 위해서도, 그 믿음을 생명과 같이 수호해야 하는 성직자로서, 이 약속을 여러분과 하나님 앞에 하는 것입니다. 이 자리에서도 통회자복은커녕, 자기주장을 꺾지 않는 제 자식을 저는 앞으로 보지 않을 작정입니다. 집으로 찾아오는 일도 없을 것이고, 그런 자식을 맞을 부모도 없을 테지요. 제 자식과의 인연은 여기까지입니다! 제 아내에게도 오늘 일을 소상히 알리겠습니다. 일절 연락도 말고, 너의 가는 길은 나와는 상관없는 길이니, 내가 할 말은 다 한 것 같구나."

그 분기(憤氣)며 벌겋게 달아오른 그의 아버지가 말을 마치자마자, 무척 당혹해하는 표정으로 그를 바라보던 신학자가, 그 비슷한 얼굴을 하고 있는 장인을 살피고는, 이런 반격을 가해 왔었다. 그는 더 할 말도 없었고, 몹시 피곤해진 상태였다. 다만, 아버지의 단호한 모습이나 연을 끊겠다는 선언은 평소의 그 신앙에서도, 이해가 되었다.

"그동안 내가 사람을 잘못 본 건가? 여러분들도 저와 같은 심경일 것 같은데, 기가 막혀서 말이 안 나오는군! 이 사람이 평소의 그 이 목사가 맞나요? 한 낯선 인간을 보는 기분이라서 말예요. 신학 초년생들 중에, 더러 그런 유치한 경우를 보긴 합니다만, 내가 신학교에 다니던 시절 동기 중 한 녀석이 문득 생각나는 거예요. 2학년 때인가, 그놈이 인본주의 신학에 물들어서는, 어느 날 겁 없이 지껄이는데, 이런 내용이었어요. 아까도 해방신학 얘기가 나왔습니다만, 가난하고 억눌린 자의 하나님이라는 거지요! 그들 편에 서서 일하며 해방시키는… 신학교가 발칵 뒤집힌 거예요. 그 친구가 판자촌에서 자랐는데, 결국 퇴학당하고, 그쪽 신학교로 적을 옮기더군. 뒤에 가서야, 학교 밖 서클에서 그런 신학에 물들었던 걸 알았었네만, 자넨 십여 년의 목회 경력이 다 허사로군! 도대체 난 말이네, 악마의 아가리라니? 복음의 깃발을 들고 그 안으로 걸어 들어가는, 한 입 거리도 안 되는 착한 주님의 병사들? 기가 막힐 노릇 아닌가요?! 이십 대에 신학교에서 퇴학당한 그놈보다, 이 목사가 더 한심해 보이는 건, 도대체, 밖에서 그놈에게 넘어가 버린 건가? 그 수준이 너무 한심하고 유치해서 말이야!"

장인은 잔뜩 상기된 얼굴로 단호하고도 짧게 그를 공박했다.

"무얼, 그놈처럼 교회를 부정하는 거지! 그게 그 말이지. 자네 부친의 말처럼, 곁길로 빠져서 돌아오지 못할 지경으로 떨어져버렸구먼!"

신학자는, 더욱 단호한 목소리를 냈다.

"이 목사야말로 영적으로 그 아가리에 먹힌 존재네! 자본주의란 말은 교묘한 자기기만인 걸 모르나? 하나님이 왜 이 땅에 오셨나? 인간의 몸을 입고 왜 오셨는가 말이네? 죄악 된 세상을 구원하시기 위해서였네. 첫 사람 아담이 죄를 지은 게 사회체제 때문인가? 그 안의 죄성 때문일세. 에덴동산에서도 선악과를 따먹은 인간이지. 어떤 이상적(理想的) 체제가 존재하지도 않지만, 그 죄성을 벗어날 수 없는 게 인간인걸!"

장인은 사뭇 비관적인 목소리로 신학자와 화음을 이뤘다.

"다 소용없는 소리네! 열 길 물속은 알아도 한 길 사람 속은 모른다는 속담이 있지만, 내가 사람을 잘못 봐도 한참 잘못 본 거야. 하긴, 주님의 열두 제자 중에서 가룟 유다가 나올 줄 누가 알았겠나? 주님은 뒤늦게 알아봤지만, 그가 어떻게 배반한 것은 성경에 다 기록되어 있지. 하나님을 믿은 후로 이런 모멸감은 처음이네."

"난 말예요, 너무 기가 막혀서, 사회진화론자인 알프레드 테니슨이라는 시인의 표현이 떠오르는 거예요. 피에 물든 이빨과 발톱, 참 으스스하지요! 진화론 이후로 19세기 유럽의 지식인들을 사로잡은 사상이지요. 그 유령을 오늘 이 자리에서 상상하게 될 줄이야. 세상은 항상 그렇게 인본주의에 휩쓸려 왔어요. 만약 누가 천국교회를 향해서 피에 물든 이빨과 발톱을 얘기한다면, 그건 인본주의가 아니라 정신병이지요, 정신병!"

그때 장모가 숨이 넘어갈 것 같은 그 히스테릭한 소릴 질러댄 것이었다. 마치 연극 무대가 클라이맥스를 향해 치닫는 느낌이었다.

"그만들 떠들어요! 하나도 못 알아들을 얘긴 해서 뭐해요! 알아들을 얘기를 하자구요! 신학이니 뭐니 듣고 싶지도 않아요! 복장이 터져서, 지금 내 심정이 어떤지 알아요? 이를 꽉 깨물고 죽고 싶은 심정이라구요! 난 이대론 심장이 터져서 죽고 말 거예요! 내가 왜 이런 일을 겪는지, 도무지 알 수도 없고, 미치고 환장할 것 같아요! 난 이 인간이 싫어요! 꼴도 보기 싫다구요! 사람이면 우리에게 이런 짓 못 하죠! 어떻게 이럴 수 있어요?! 백번 양보하고, 기회를 주었드만, 어쩌자는 건데? 교회와 가정을 깨기라도 하고 떠나겠다는 것이여? 목사란 인간이, 마귀도 이럴 수는 없는 거야!"

발작하듯 분기탱천한 장모는, 게거품을 물었고, 그의 아내는 얼굴이 창백해져 바들바들 떨고 있었고, 눈엔 눈물이 그렁그렁 고였다.

"난, 난, 이럴 순 없어요! 저 사람은, 시험 든 거라구요! 시험 들어서, 교회도, 마누라도 애들도 안 보이는 거라구요! 그렇더라도, 난 용서 못 해요! 난 용서하지 않을 거야! 우린 어쩔 건데?! 어쩔 거냐구?!"

그녀는 발을 구르며 눈물을 펑펑 쏟았다. 신학자 부인이 그의 아내를 달래며 일으켜 다른 방으로 데리고 갔다.

"자, 자, 진정들 하시구요! 이 목사, 이제 어쩔 작정인가? 자네가 교회에서 마음이 떠난 건 알겠고, 그 머릿속 생각이 궁금하구먼."

신학자가 미간을 잔뜩 세운 채 냉소적인 표정으로 물었고, 소파에 파묻혀 간간이 끽끽거리던 노인의 흥얼거리는 목소리가 다시 들려 왔다.

"내가 괜스레 쓸데없는 소리를 해서는. 찬송 부르는 게 최고라니까. 이 찬송도 내가 좋아하는 찬송이야. 태산을 넘어 험곡에 가도 빛 가운데로 걸어가면. 주께서 항상 지키시기로 약속한 말씀 변치 않네. 하늘의 영광 하늘의 영광 나의 맘속에 차고도 넘쳐. 할렐루야를 힘차게 불러 영원히 주를 찬양하리. 캄캄한 밤에 다닐지라도 주께서 나의 길 되시고. 나에게 밝은 빛이 되시니 길 잃어버릴 염려 없네. 하늘의 영광, 하늘의 영광…."

노인의 한층 발음이 또렷해진 찬송가가 끊어질 줄 모르고 이어지자, 장모가 그 소릴 모질게 끊어버리듯 울분과 한탄을 쏟아 놓았다.

"내가 몇 년째 심장병을 앓아 왔어요! 벌렁벌렁 떨리니까. 이 내 팔자, 누가 알아요! 하나님은 아실까, 모르실까, 내가요, 마음속에 한이 쌓여서, 죽고 싶을 때가 많았어요! 하나님은 아시니까, 이 내 심정을 아시니까, 딸을 저 인간과 결혼시킨 것도 순전히 목사님 때문이었어요! 난 처음부터 하나도 맘에 드는 게 없었어! 우리 집안에 들이는 게 아니었는데, 용모가 볼 거 있나, 능력이 있나, 진짜 볼 거라고는, 우리 이 목사님께 참 죄송스럽습니다만, 그 집안 신앙 하나 보고 결혼시킨 건데, 발등이 찍혀도 오지게 찍힌 거예요! 이 책임은 전적으로 저 인간이 져야 할 거예요!"

"여보! 그런 얘긴 그만해두고…"

"왜요? 나는 지금 가장 필요한 얘기를 하고 있는 거예요! 그 집도, 차도, 뭣 하나 없이 다 교회에서 해 준 거니까, 맨몸뚱이로 걸어 나가던지!"

"여보, 그만두래두!"

"제가 한 말씀만 드려도 될까요?"

다시 제자리로 돌아와, 신학자 곁에 찰싹 붙은 채 다소곳한 모습으로, 그 하얀 얼굴만큼이나 까만 눈망울을 굴릴 뿐 입도 벙긋하지 않았던, 고등학교에서 사회를 가르치는 그 부인이, 유일한 관전자처럼, 좌중을 바라보며 입을 연 것이었다.

"당신은 나서지 않는 게 좋을 듯싶은데."

신학자의 만류에도 불구하고, 그녀는 잠시 뜸을 들였다 말을 이었다.

"저는 신학에 대해선 잘 모릅니다. 모태신앙으로 교회에 오래 다녔고, 집사 직분을 맡고 있기도 하지만, 신앙이 부끄러운 수준인 걸 다들 아실 거예요. 제가 학교에서 학생들에게 사회를 가르치다 보니까, 사회가 빠르게 변하잖아요. 공부도 열심히 해야 하지만, 신문도 남들보다 열심히 읽는 편이고, 여기 계신 분들이 성경이나 신학책, 그 관련된 책들을 볼 때, 저 같은 경우는 사회학에 관한 책들을 보거든요. 성경에서도, 제 눈이나 머리는 그런 쪽으로 돌아가는 편이에요. 가령 합심하여 선을 이룬다, 로마서 8장 28절 말씀을 저는 곰곰이 생각해 보는 거예요. 바울 사도께서 성도들에게 간구한 서신 내용입니다만, 오늘 이 자리에 모인 우리들에게 주신 말씀이란 생각이 드는 거예요. 저는 그 말씀이 고대 시대에 쓰인 거란 걸, 죄송합니다만, 이건 제 관점이니까요. 진리가 형식적이 되는 건, 받아들이는 사람들의 관점과 적용의 문제라고 보거든요. 저는 이 목사님이 솔직하게 자신의 마음의 고백을 했다고 보는데요. 그 고백을 하지 않으면, 하지 않았다면, 실은 그게 가장 끔찍한 일 아닌가요? 어떤 실마리도 해결책도 보이지 않으니까요. 교회로선 있어선 안 되는 일이죠. 누굴 비난한다고, 또 감정에 얽매여서 서로 상처를 주는 건 교회에 도움이 되는 건 아니거든요. 이게 제 부족한 신앙으로 생각해 본 거예요."

모두들 멀뚱한 눈으로 그녀를 바라본 건, 평소 그녀가 신앙에 열의가 없는 것 외엔 교사로서도, 세 아이의 엄마로서도 나름 점수를 받아온 것이었고, 하는 얘기도 전혀 틀린 건 아니었고, 거기에 흥분으로 과열된 분위기를 식혀주는 효과며 전혀 엉뚱한 방향으로 뱃머리를 돌려놓은 것이다.

그녀는 내친김에 얘기를 이어갔었다.

"이런 경우 저는 루비콘강을 건넜다고 생각합니다. 서로 상처를 줄 필요도, 이유도 없다는 거예요. 이 목사님은 교회를 떠나고 싶어 합니다. 어쩌면 이미 마음은 콩밭에 가 있는지도 모르죠. 좀 심한 얘기가 있었지만, 이젠 거기에 대해 왈가왈부할 단계는 지났다는 거지요. 어떻게 하면 잘 떠나고, 잘 보낼 것인가, 합심하여 선을 이루려면, 그 길밖에 없죠. 서로에게 상처를 주어서는 안 되는 거예요."

그녀의 호수 같은 검고 동그란 눈은 장모 쪽을 바라보았다.

"제 친구들 중에 이혼녀가 둘이나 있어요. 처음에 좀 힘들어했지만, 시간이 지난 후엔 다 안정도 되찾고, 대체로 만족하더라구요. 그건 어디까지나 남의 개인사일 뿐이고, 저는 숙희가 어떤 선택을 하든, 옳은 선택을 할 거라 믿고, 그 선택은 존중받아야 한다고 생각합니다. 물론 신앙에 따라 교회를 선택하겠지만요. 그리고, 이젠 뱀처럼 지혜로워져야 한다는 건 숙희만이 아니라 우리 모두의 선택이 되어야 한다는 거예요."

평소 그 믿음이 부족한 여성, 주일 예배를 빼먹은 적은 없지만, 그 외의 기도회나 교회의 모임이나 행사들엔 이런저런 핑계를 대며 열심을 보인 적이 단 한 번도 없는, 그의 장모는 남편의 성공을 위해서도 새벽 기도는 열심히 해야 하는데, 가정과 직장밖에 모른다며 얼마나 흉을 보곤 했는지 모른다.

모두들 그녀의 발언을 더 듣고 싶어 하는 것 같았고, 그 격정적이고 히스테릭한 분위기를 일신해 버린 건 어이없는 '기적'이라 할 만했었다.

"이 목사가 교회에 해를 끼칠 사람은 아니지. 우린 하나님을 섬기는 교양인들이고, 대화로써 풀어야 하는 건 맞아요. 천국교회 부목사인 사위가 이혼하고 떠났다, 또 그런 뒷공론들, 하나님의 영광을 가리는 일들은 없어야지요."

신학자의 말에, 그 부인이 맞장구치듯 칭찬했다.

"그럼요. 그러믄요! 당신 말이 맞아요!"

그리고 장모의 발언은, 그로선 놀라움 그 이상이었다.

"이 서방이 그런 막돼먹은 수준은 아니지. 다른 건 몰라도 그런 면에서야 양반이지."

장인은 어쩐 일인지 입을 닫고 깊은 상념에 잠긴 듯 말이 없었다. 괜히 입을 열어 봐야, 아내에게 무슨 봉변(?)을 당할까, 전전긍긍하는 것 같았고, 하지만 그건 어디까지나 그의 상상일 뿐이었다.

"우선 밖으로 새어 나가는 일은 없어야 할 거예요."

"이 목사의 의중을 알고 싶은데, 어떻게 할 작정인가? 정말 이혼까지도 생각하고 있는지 그게 궁금하구먼. 난 상상이 되지 않아서."

신학자 부부의 말에, 그도 거기에 답변하지 않을 수 없었다.

"교회를 떠난다면, 제 아내가 저를 따라오겠습니까? 저는 떠나겠습니다. 이 모든 게 제 책임임을 통감하기에, 이 가족회의에서 의견이 모인다면 저는 따르겠습니다. 여기 계신 모든 분들께 다시 한번 용서를 빌고, 교회에 누가 되는 행동은 일절 없을 거라는 걸 여러분께 약속드립니다."

"기가 막히는구먼!"

"떠나겠다잖아요. 잘 보내드려야지요."

"자넬 붙잡을 사람은 없어!"

"왜들 이러세요. 합심하여 선을 이루어야죠."

"하도 원통해서, 자식새끼마냥 챙겨 주고, 아껴주고…"

"누님, 그럼 제가 이 목사에게 이혼을 전제로 현실적인 얘기들을 하겠습니다."

"이 자리에서 그런 얘긴 그만하기로 하고…"

장인의 제지에 장모가,

"왜요, 이 자리에서 깨끗하게! 여러분들 앞에서 대략 얘기는, 더 끌어봤자 득 될 것도 없고, 하나님 영광을 가리는 일이잖아요. 한 교수가 얘기하는 게 좋겠어요. 우리는 감정적일 수밖에 없는 것이고."

"우선, 재산분배 문제인데. 그 집이나 재산 대부분이 교회의 도움을 받은 게 사실이고, 자동차만 해도 교회에서 사 준 것으로 아는데."

"저는 다 포기하겠습니다."

"다 포기하겠다? 맨몸으로라도 떠나겠다는 건가?"

"다 내려놓겠습니다."

"그럼 내일이라도, 어떤 조건 없이 이혼 서류에 도장을 찍고 떠나겠다?"

"그러겠습니다."

"못난 놈! 마땅히 그래야겠지."

그의 아버지가 험악한 얼굴로 말했다.

"우리요, 이 목사님이 이렇게 신사적으로 떠난다고 하시니까, 그리고 교회에 해를 끼칠 일은 없다니까, 그 약속을 믿어야지요. 비록 드러내 놓고 칭찬은 못 해 줄망정, 저는 마음으로 칭찬해 줄 수 있다고 보는 거예요."

신학자 부인의 말을 받아 장인의 입에서도 뜻밖의 말이 나왔다.

"그동안 이 목사가 고생한 것도 많지."

신학자도 거들었다.

"고생한 것도 많겠죠. 부목사 자리란 게 애로가 없을 수가 없지요."

장모도 거들고 나서면서 배는 드디어 산을 오르고 있었다.

"우리 목사님은 이 서방이 안쓰러워서, 유학이라도 보내면 어떨지, 사람이 현실을 너무 모르니까, 신앙이란 게 실은 현실이에요. 그런 고민을 했던 것도 사실이고, 사람이야 착했지. 우리가 그건 인정해야지요."

"한 가지 조건이 있긴 합니다만…"

그는, '심판이 이루어졌구나!', 자신의 영혼에 십자가가 박힌 것 같았다. 피가 철철 흐르는 십자가였다.

"저는 떠나지만, 애들에게 상처를 주지 않았으면 합니다."

"애들에겐 유학을 떠난 것으로."

신학자가 아이디어를 떠올렸고,

"그래야겠지."

장모가 반겼고,

"몇 년 유학 다녀오는 것으로요. 성도들도…"

신학자 부인이 덧붙였고,

"그렇게 하지."

장인이 말했다.

그때 그의 아내가 방문을 왈칵 열어젖히며 나와 소릴 질렀다.

"당신은 미친 거야, 돌았어! 마귀에게 씌운 거야! 내가 이혼 못 해줄 것 같아?! 어떻게 우리에게 이럴 수 있어?! 인간이면 이럴 수 없는 거야! 나는 용서 못 해! 떠나는 순간 난 당신, 다시 보지도 않을 거야!"

그녀는 발을 동동 구르며 눈물을 쏟는 것이었다.

하지만 심판정의 분위기는 경건할 정도로 조용했다. 합심하여 선을 이룬 그들에게, 다시 노인의 은혜로운 찬송가가 한결 정리되고 정신들이 말짱해진 자리를, 모두들 만족까지는 아니더라도, 그 가족회의가 교회적으로나 가족들의 신성한 유대를 위해서도 필요했음을, 그 안도하는 표정들 위로 내리듯 울려 퍼진 것이다.

"십자가를 질 수 있나 주가 물어보실 때. 죽기까지 따르오리 저들 대답하였다. 우리의 심령 주의 것이니 당신의 형상 만드소서. 주 인도 따라 살아갈 동안 사랑과 충성 늘 바치오리다. 너는 기억하고 있나 구원받은 강도를. 저가 회개하였을 때 낙원 허락받았다. 우리의 심령 주의 것이니 당신의 형상 만드소서. 주인도 따라 살아갈 동안 사랑과 충성 늘 바치오리다."

10

†

　당시 그를 사로잡았던, 그리고 몰아갔던 불길은, '진정한 하나님의 백성!' 당신들의 자식으로서 십자가를 지는 거였다. 목회자 집안이란, 그 자체가 그에겐 시대가 부여한 사명처럼, 저 난쟁이들을 넘어, 광야를 깨웠던 예수의 제자로 거듭나야 할 책임과 의무가 부여됐다. 과연 광야는 한 영혼을 뜨겁게 이끌었던, 크나큰 상처며 결기를 보상할 뿐만 아니라, 저들에게서 나온 씨앗이 밀알이 되고, 사막의 우물 같은, 구원을 마련할 수 있을까. 떠날 당시 그는 어떤 계획도 없었고, 배낭을 짊어졌고, 그 안엔 성경과 몇 권의 신학책이 전부였다. "저의 길을 인도하소서!" 처절하고도 간절한 기도가 언제나 그를 이끌었다.

　오, 막노동으로 시꺼멓게 탄 얼굴이며 몸은 앙상할 만치 말랐고, 비곗덩이를 버린 눈빛만큼은 형형하게 빛났던, 하지만 어울리지 않는 옷을 걸친 듯, 어설픈 '구도자(求道者)'의 행색을 대번에 알아보는 건, 광야에서 싸워 온 이들의 눈빛이었다. "그리스도는 가난한 자를 위해 싸우며, 민중의 왕국, 인간을 해방해요!" 광야의 교회는, 인간을 억압하는, 모든 어둠을 물리치고 이 땅 위에 진정한 그리스도의 왕국을 위해, 그들은 투쟁했다. 그의 눈엔, 그곳은 의로움을 향한 저항과 이데올로기, 신앙과 시대의 욕망이 뒤섞여 끓는, 검붉은 쇠 반죽 같았다. 쇠 반죽이 정련(精鍊)되고 순금(純金)이 되어, 부활한 예수의 민중들, 그리스도의 왕국을 마련할 수 있을까?

그는 그땐 〈희망의 신학〉을 탐독했고, 노동을 하면서도, 그 신학책을 놓은 적이 없었고, 그들과의 만남은 순리였다. 그들은 그 현대신학들— 세속화 신학, 희망의 신학, 해방신학 등등—을 젖줄로 해서 탄생한, 산업 선교와 민주화운동을 거치면서 이 땅의 부름을 받은 신학이 메마른 광야를 부여안고 투쟁했고, 그 거친 '구원의 시험장'이었다. 다만 그는 뒤늦게 당도한 자로서, 그 지난한 투쟁의 끝자락을 본 것이었다.

어떤 이들은 길을 잃은 듯 보였고, 세상은 급격하게 변화했고, 더욱이 동유럽의 공산주의가 붕괴되고 전(全) 지구적으로 인류가 새롭게 거듭나는 도도한 물결 앞에서 민중의 부활을 위해 투쟁했던 그들이 패퇴 직전에 내몰린 건, 그에겐 어이없는 일이었다.

그는 낯선 투구를 쓴 이방인이었고, 그 눈으로 그들을 볼 수 있었다. 아니 성경과 〈희망의 신학〉의 자식으로서도 그는, 당시엔 그 상황을 납득할 수가 없었다.

그는 담배를 꺼내 불을 붙였고, 끽연을 하며, 이젠 호수에도 하늘에도 만발한 별들이 가득 찼고, 더없이 호젓한 밤 풍경에 젖는 것이었다. 시간은 무상(無常)했고, 무심한 순환과 변경의 여지 없는 영원한 법칙 앞에서, 인간의 고뇌는 하잘것없었다. 그저 그 안에서 복닥대듯, 인류의 오랜 고뇌와 투쟁이 안쓰러웠다. 저 밤 풍경은 그 훌륭한 전리품임엔 분명했다. 그들의 허영에 걸맞은, 마지막 구원의 전리품이라 할 만했다.

문득 그는, 담배 연기를 후후 불어 제끼며, 오늘의 인류여! 그대들의 허영에 걸맞은 안락한 성채(城砦)에서 부디 행복을 누리길! 그대들이 행복하다면, 그것으로 족하리라! 인류의 위대한 조상들, 이 땅의 위인들이 바랐던 세상, 실은 그 피와 영혼들의 가장 진실한 열매를, 너는 보고 있지 않은가?

그는, 이슬의 찬 공기를 들이켜며, 경건한 눈빛과 영혼으로 기도했다. 이 순간 그로선 가장 경건한 기도였다. 내 안의 허영을 뿌리 뽑으소서! 내 기도는 그것뿐이에요!

그 허영을 외면한 채, 자신의 지난날을 회상하는 건 무의미했다. 그건 그로선 이런 경건한 시간의 의미를 퇴색케 할 뿐이었다. 그 시절 사뭇 치열했던 영혼들, 그때 자신을 몰아간 불길엔 인간의 허영이 없었던가?

그는, 자신의 방랑을, 복기(復碁)라도 하듯 그 출발부터 찬찬히 찬찬히, 회상하는 거였다. 몇 개월 동안 모두가 합심하여 선을 이루려 혼신의 연기(演技)를 한 셈이었고, 떠나기 직전 그는 많은 교인으로부터 진심 어린 축하며 석별의 정을 나눈 것이다. 어떤 각별했던 교회 부목사는 공항까지는 자기가 차로 배웅하겠다는 통에, 그를 달래고 둘러대느라 얼마나 애를 먹었던지. 아이들도 그나 가족들의 연기에 감쪽같이 놀아난 셈이었고, 초등학교 6학년 치고는 성숙했던 큰아이는, 남의 나라에 가면 한국 생각이 날 거라며, 자신이 감명 깊게 읽은 소설책이라며, 그 책 한 권과 손으로 쓴 편지를 갈피에 넣어 주었었다. 떠나기 전날 장인이 퇴직금이라며, 그로선 수월찮은 액수가 담긴 은행 통장을 건넸다.

1998년, 12월 11일. 새벽녘에 조용히 떠난 그는, 온종일 어디론가 걸었고, 여전히 도망치듯 걸었고, 그 끔찍한 안락한 성채로부터 그는 여전히 달아나고 있었다. 누가 쫓아오기라도 한다면, 그의 아내라도 쫓아와 붙잡는다면, 더욱이 아이들이라도 대동했다면, 그는 영원히 그 유혹을 뿌리칠 수 없을 것 같았다. 온종일 걸은 것이었고, 몸은 땀범벅이었지만 그는 멈출 마음이 없었다. 거리엔 어둠이 내리고 있었고, 낯선 거리였고, 그는 길가에 픽 주저앉은 것이다. 마치 사나운 맹수들의 우리에서 빠져나온 어린 양(羊)처럼, 그는 숨을 할딱였었고, 그때서야 자유로운 공기를 입을 벌려 음미한 것이었다.

밤하늘의 총총한 별들, 차갑고도 맑은 공기를 들이켜며 그는, '나는 저 광야에서 길을 찾을 것이다!' 그때 그의 머릿속엔 이사야 35장의 그 광야가 펼쳐져 손짓했고, 자신과 함께하는 신의 음성이 들리는 듯했다. 사랑하는 아들아 어서 오너라, 이제 너의 길을 인도하리라! 그는 실로 오랜만에 벅찬 감격에 젖은 것이었다!

어쩌면, 출애굽 교회(Exodus Church), 그 순례길에 오른 하나님의 백성들, '우리가 여기는 영구한 도성이 없고 오직 장래 올 것을 찾나니(히:13:14)', 오늘 교회의 존재 의미, 의의와 과업은 무엇인가? 그는, 뜨겁게 묻고 물으며, 〈희망의 신학〉을 품에 끼고, 그 순례자의 한 사람이 되고자 한 것이었다.

문득 그는 그제야 자신이 몹시 허기진 상태란 걸, 창자가 내지르는 소릴 들었고, 근처 식당으로 가 배를 든든히 채운 것이었고, 다시 거리로 나온 것이다. 그때는 밤늦은 시간이었고, 근처 버스 정류장을 지나는데, 그 한구석에 한 사람이 드러누워 자고 있었다. 초겨울의 추운 날씨인데도, 잠에 떨어져 드르렁, 드르렁, 그 코고는 소리가 그에겐 그토록 은혜롭게 들린 것이었다.

몸뚱이 하나밖에 없는 저런 사람도, 하늘을 이불 삼아 저렇게 달디단 잠을 잘 수 있다니! 그는 한참이나 그 남자를 들여다본 것이었다. 꿈을 꾸는 듯 헛소리를 하고, 이를 아드득 갈고, 욕설을 내뱉기도 했지만 그 거지는 누가 들쳐업고 가도 모를 정도로 평화롭게 곯아떨어져 있었다. 그 옆에는 다른 옷가지들도 있어서, 몹시 지친 상태였던 그는 거지에게 하룻밤 신세 지기로 하고 드러누웠고, 어느 순간 잠이 든 것이었다.

눈을 떴을 땐 그 거지는 어디론가 떠나고 없었고, 고맙게도 그가 덮었던 옷가지들은 그대로였다. 새벽녘이어서 첫차를 타려는 사람들이 하나둘 나타났고, 그는 서둘러 일어나 정류장을 떠났다. 그곳에서 그의 첫 행선지가 정해졌었고, 전날 갔던 그 식당을 찾아가 아침밥을 먹고 시외버스터미널로 간 것이었다. 마침 곧 출발하는 버스가 있었다.

몇 해 전 작고한 삼촌의 묘소를 찾아가기로 한 것이다. 즉흥적인 결정은 아니었고, 그에겐 삼촌이나 그의 가족에 관한 것들은 오래도록 마음의 상처였고, 어찌 보면 당시의 '광야'를 향한 열망에 찬 내친 발걸음이었었다. 그는 그 '마귀'조차도 포용하고자 한 것이었다!

삼촌은 기독교 이단 종파에 빠져 오래전 그의 가족과는 관계가 단절된 것이었고, 어릴 적 어린 조카를 예뻐했던 그가 '마귀'가 된 것이었다. 모두 기독교로 개종한, 목회자 집안에서 삼촌이나 그 가족의 존재는 거의 잊혀진 거나 같았다. 죽음이 전해진 후로 그는, 그들을 새삼 떠올리곤 했었고, 오랫동안 집안에 남았던 그 배신과 증오의 감정들이 그땐 낯설게 되살아나서 그를 괴롭혔다.

그들이 빠졌다는, 지옥 갈 종교라 해도, 어릴 적부터 자신 안에 새겨진 마귀들, 그 세뇌가 오히려 상처인 양 그를 괴롭힌 것이었다. 또, 잊혀진 기억들이 되살아나 그는 놀라고 진저리 쳤던 것이다. 삼촌이 마귀가 된 후로, 예닐곱 살 아이는 그때 그 마귀가 자신을 만진 게 남아있을까 무서워 몸을 피나게 닦곤 했던 기억들.

그 지방 소읍(小邑)으로 가는 버스에 올랐을 땐, 그를 안아주곤 했던, 한 인간의 모습이며 눈웃음, 손길과 목소리, 그 쓰라린 기억들을 더듬었었고, 그땐 자신의 결연한 발걸음을 알 것 같았다. 어떤 부당한 것을 되돌려 놓으려는 발걸음인 것이었고, 하지만 여전히 꺼림칙한 '마귀'를 떨칠 수가 없었다.

그는 삼촌이 조상의 선산에 묻힌 걸 알았음에도, 초행길인지라 찾아가는 길이 쉽지 않았고, 하필 그날따라 눈보라가 휘몰아치는 궂은날이었다. 무릎까지 푹푹 빠지는 눈길을 오를 땐 날이 저문 데다 사납게 윙윙대는 날씨부터도 무언가 자신의 앞길을 방해하는 것처럼 머리털이 쭈뼛서곤 했었다.

어쨌든 여러 무덤 사이에서도 어렵사리 비석에 쓰인 함자(銜字)를 통해 삼촌의 묘소를 찾을 수 있었다. 그 묘소 앞에 무릎을 꿇고 깊어 오는 밤을 맞았다. 그는 한 인간을, 애써 떠올리며 기도한 것이었다. 하지만 곧 암담한 벽 앞에 섰고, 자신의 신앙으론 그의 안식(安息)을 빌어 줄 수조차 없다는 걸 절감한 것이었다. 회개도 하지 않고 세상을 떠난 '마귀'는, 이젠 그 영혼의 구원을 빌어 줄 수조차 없었다.

하지만, '그 불행한 영혼을 긍휼히 여기소서', 이런 따위의 기도는 있을 수 없었고, 더욱이 자신 안의 그 각인된 마귀를 바로잡는 통절한 기도를 하는 게 마땅한 자리였다. 막막한 그 기도의 꽉 막혀버린, 회개의 기도가 터진 건 그 순간이었다. 그 기도조차 막는 게 종교란 걸 새삼 깨달은 것이었다. 흐르는 눈물 속에서 그 영혼의 평안한 안식을 간절히 빌어 준 것이었다.

하지만 그 어둠과 함께 엄습했던 무섬증은, 여전히 떨칠 수 없는, 그 마귀의 무섬증을 일깨우는 듯했고, 그때 그는 자신이야말로 덫에 걸린 영혼처럼 이런 기도를 한 것이다. 이 아이를! 이 상처를 가진 유치한 아이를! 주님, 가엾게 여기시고! 이 무섬증은, 어쩌면 좋습니까, 주님! 저를 긍휼히 여기소서! 화해를 위해 온 제가 잘못이 아니라면, 이 상처를 가진 아이를 긍휼히 여기소서!

나지막한 기도 소리는 산이 울릴 정도로 커진 것이었고, 그 밤과 산자락, 묘소 앞에서의 식은땀을 흘렸던, 그 무섬증 가운데서도 어느 순간 마음은 평온해진 것이었다. 누군가 그의 눈가에 맺힌 눈물을 가만히 닦아 주는 듯한 평온함이었다.

그 산길을 무사히 내려올 수 있었던 건 그 덕분이었다. 헌데 뒤덮인 눈 탓에 그만 길을 잃은 것이다. 다행히 그땐 눈보라는 멎어 있었고, 산야(山野)는 눈에 뒤덮여 깜깜하진 않았다. 하지만 방향감각을 잃은 상태에서 좀체 마을은 나타나지 않았고, 무엇에 홀린 것처럼 헤맨 것이었다.

그런데 저만치 희끗한 사람의 모습이 보였고, 그는 구세주라도 만난 양 그 사람을 뒤쫓듯 따라간 것이다. 그가 마을로 간다고 믿었고, 따라잡으려 안간힘을 쓰며 걸었다. 가까워지면 말을 걸어 보려는데, 딱 백여 미터 간격이랄까, 어느 순간 그 사람이 높다란 곳에 자리를 잡고 앉는 게 보였다. 그도 구릉지를 지나 가파른 길을 따라 올라 산등성이에 다다랐고, 올라갔을 땐 그 사람은 온데간데없었다.

무엇보다 그 눈밭엔 사람의 흔적도 없었고, 감쪽같이 사라진 느낌이었다. 하지만 그는 그때도 자신이 본 게 사람이었다고 믿었다. 그게 아니라면, 예전 사람들 말대로 '헛것'이라도 보았단 말인가? 오늘의 그는 더더욱 그 밤의 안내자를, 그 길 잃은 상태에서 심리적으로 불안했었고, 그렇게 만들어진 환상이 아닌 바에는, 자신의 눈으로 본 게 사람이었다고 믿는 것이다. 아무튼, 그 산등성이에 올랐을 땐, 저 산 너머로 마을의 불빛들이 눈에 들어왔다.

그리고 그의 '두 번째 행선지'는 찬찬히 기억을 되살려 봐도 좀 뜻밖이었고, 여러 날 고민 끝에 결행한 것이긴 했지만, 그럴 필요까지 있었을까 싶은 인상을 지울 수 없는 것이다. 그는 근 일 년간 서울 근교의 한 원룸에 머물며 한 기독교 시민단체에서 무보수 자원봉사자로 일한 것이었다. 당시만 해도 사회참여가 불온시 되던 보수 기독교계에서 그 단체는 퍽 진보적인 활동으로 주목을 받았었고, 누구보다 장인이 그 단체의 활동을 지지했었고, 후원 교회로 이름을 올린 것이었다.

"한국 교회는 새로워져야 한다. 저런 단체들이 나와야 교회가 새로워질 것이다!"

당시 그는 우연히 그곳에서 자원봉사자를 모집한다는 걸 알게 됐었고, '성숙한 기독교'를 외치는 저곳은 어떤 곳일까, 몹시 궁금했다. 그는 그때 평소 알고 지낸, 천국교회 성도는 아니지만, 대학교수이자 장로인 한 분을 찾아간 것이다. 기독교계에선 유명한 분이었고, 그는 천국교회를 떠난 자신의 처지를 비교적 솔직하게 털어놓았고, 새로운 신앙생활을 위한 거라며 '추천서'를 부탁한 것이다.

안타깝게 여긴 그분이 기꺼이 추천서를 써 주었고, 이력서도 작성해서 제출했는데 면접을 보게 된 것이었다. 아무튼 그는 다음날부터 자원봉사자로 일하게 된 것이다. 그가 천국교회 부목사였던 건 극소수만 알았고, 외부로 알려지는 일은 없었다. 그가 했던 일은 사무실의 자질구레한 업무였고, 매월 발간하는 회보(會報) 원고를 손보고, 그걸 인쇄소에 맡기고 찾아오는 일이나, 주로 세미나 준비 같은 몸을 쓰는 일이었다.

그들이 주장하는 그 성숙한 기독교, 말(설교)이 아닌 실천하는 복음의 실체(實體)란 게, 거기에서도 그는 그 선민 바울들을 본 기분을 떨칠 수 없었던가. 소위 외국 박사 학위를 가진, 그 명망가들의, 지난날의 보수적 신앙으로 몸을 사리거나 침묵했던 —아니 그 신앙적 태도가 당시엔 옳다고 믿었을 것이다— 그들이 한국 기독교의 문제점을 날카롭게 지적하고, 나아갈 방향을 제시하고 있었다. 그의 눈엔 그들의 발 빠른 현실감각이 돋보였고, 꽤 성공을 거두고 있었다.

그 안에서 그는 그들의 활약상을 지켜본 것이었고, 대학이란 좋은 직장을 가진 그들은 모두들 혈색 좋은 얼굴에 여유가 넘쳤고, 신앙에도 멋이 있다면, 그들은 신앙을 서구적(西歐的)으로 즐길 줄 아는 부류였다. 또, 누구보다 강렬한 명예욕, 저 형편없는 한국의 기독교와는 자신들은 다르다는, 저들을 계몽할 기독교 시민단체로서 새 역사를 써나간다는 나름의 소명 의식이 확고했다. 헌데 당시 그에겐, 그 멋진 패션 감각, 명예, 부(富), 신앙까지 그들은 다 누리려는 것처럼 보였었다.

어쨌든 그 단체를 이끌던 분은, 명문대 교수에 교회 장로였고, 신문과 방송에서도 입바른 소리 하는 걸로 유명했다. 그들의 '성숙한 교회론(論)'과 장인의 '현대교회론(論)'은 무척 닮았고, 과연 저들은 천국교회를 어떻게 평가할까, 그는 그 점이 궁금했다. 그들은 한국의 낡은 관습과 구태한 신앙에 서구적인 세련된, 신앙의 옷을 입히려는 것쯤으로 그에겐 비쳤다.

거침없이 그의 영혼을 휘몰아 간 다음 행선지는 —그땐 자신을 깨뜨려야 한다는, 어떤 강렬하고도 절박한 외침이 터지곤 했었고— 저들과는 구별되는 성도로 거듭나는 자리가 돼야 마땅했다. 자신을 깨뜨려서라도, 저들과의 본질적이고도 영원한 결별! 막노동자의 삶은 그 떠남과 새로운 씨앗을 틔우려는 몸부림이었다.

밑바닥 노동자의 자리, 성직이란 옷을 벗어 던지고, 저 메마른 광야가 눈앞에 펼쳐졌던 '출애굽한 교회'의 순례길에 오른 하나님의 백성들, 그도 그 백성이 되고자 한 것이었다. 그들의 머릿속은 두려움과 다가올 '영광의 소망(골1:27)'으로 가득하다. 그 강렬한 열망이 그를 인도했다. 인력사무소 문을 두드렸던 날을 그는, 지금도 가슴 떨리는 경건함으로 추억할 수 있는 걸 자신에게 베풀어진 은총으로 여긴다.

얼굴은 금세 검게 탔고, 하얀 손은 노동자의 거친 손이 되었고, 성서와 신학책은 그의 영혼을 단련하며 눈빛은 더욱 깊어졌고, '개혁교회'와 다가올 미래는 오직 신의 은총과 인도하심, 그 손길에 달렸다. 그는 주림과 목마름을 자처하며 얼마나 간절하게 자신의 영혼에 새살이 돋기를, 어깨에 구원의 날개가 움트기를 염원했던가!

그는 막노동하며, 세상의 불의를 보면 어디에나 달려가 가난한 자, 억눌린 자, 모순 가득한 현실과 투쟁하는 목회자들을 만났다. 그들은 성직자들이라기보단, 사상성(思想性)에 있어서 지난날 산업선교와 민주화 운동에 힘써 온 투쟁가들이었다. 그들의 섬기는 교회는 하나같이 가난했고, 살찐 세속화한 교회의 반대편에 자리했고, 반예수적, 반민중적인 지향이며 길을 걸어온 교회들을 비판했고, 자신들이야말로 의롭고도 빈민과 억눌린 자들을 위한 그리스도의 교회였다.

그는 그들 교회에 나가며 '민중가요'란 걸 처음으로 배우고 불렀고, 그들의 가슴을 뜨겁게 지피는 건, 힘차게 부르는 민중가요였다. 헌데 그는 거기에서도 신앙의 허기, 갈증을 덜지 못했던가. 그는 이미 운명적으로 사냥개의 코를 가졌고, 저 의로운 투쟁에 신은 있는가, 묻고 또 물었고, 하지만 그는, 광야의 쨍쨍한 햇볕 아래 자신의 두꺼운 껍질이 벗겨지길 갈망했고, 저들의 투쟁성과 모든 걸 흡수하고자 했다.

그는 그들과 보조를 맞추며, 열성적으로 시위에도 참여했고, 하지만 좀체 신앙적 허기는 덜어지지 않았다. 그는 그들 속의 '이방인'이었다. 헌데 그는 그들이 의기소침한 상태란 걸, 눈치채지 못했고, 침체와 방향성을 상실한 걸 알게 됐을 땐, 어떤 명백한 게 그의 영혼을 사로잡는 느낌이었다.

의로움, 의로움으로 충만했고, 투쟁했던 신학이 퇴색한 것이었다. 급격한 시대의 변화만으로는 설명되지 않는, 그들이 열망한 사상(신)의 퇴색이었다.

민중의 예수, 그 해방자요, 부활한 민중, 그는, 어떤 화려한 신학과 갈릴리의 인간 예수, 그가 전한 복음, 그 가난한 영혼들을 동시에 떠올리곤 했다. 그는 자신에게 큰 영향을 준 현대신학들도 그런 신학들이었음을 훗날 고백하기에 이르지만.

그때 그는 잊지 못할 한 사람을 만난 것이다. 〈들풀교회〉, 남루한 가건물(假建物)에 나무 십자가를 세웠고, 신자 수는 20여 명 정도였다. 가난한 빈민이 모여 사는 동네라서 하루하루 입에 풀칠하는 것도 버겁기만 한, 헌금도 없으니 목회자는 모든 걸 자체적으로 해결해야만 했다.

교회를 개척한 지도 어언 5년째, 목회자는 막노동판에 나가 교회 운영비며 생활비를 마련해야 했다. 가리봉동의 한 인력사무소에서 그들은 만났고, 첫눈에 서로를 알아봤고, 대화를 나누게 됐을 땐, 비슷한 처지에 놀라지 않을 수 없었다. "제가 섬기는 교회에 한번 나와보실래요?" 그는 처음엔 순전히 그에게 끌려 주일 예배에 참석했었다.

언뜻 평범해 보이는 인상이지만, 알고 보니 그는 훨씬 '대단한 인물'이었다. 원래 그는 산업선교를 했고, 감옥에도 간 적이 있으며, 얼마 후엔 소위 '민중교회'에 투신했다. 그런 그가 치열하게 투쟁해 온 지난날을 거울삼아, 그땐 운동으로서의 교회를 접고, 회심(回心)해 지금의 〈들풀교회〉를 창립한 것이었다.

그는, 극적인 인생을 살아온 것이었다. 그의 부모는 원래부터 완고한 보수신앙을 가진, 장로요 권사였고, 그는 그런 신앙과 환경에서 자란 것이었고, 그런 그가 80년대 일반 명문대학교 법학과를 다니다, 극적으로 전향(轉向)한 것이었다.

가족들의 거센 반대와 만류를 뿌리치고 대학을 휴학했고, 극보수 교단을 떠나 극진보 신학대학 신학과로 편입학하였고, 졸업한 후로는 줄곧 산업선교와 민중교회, 사십 대 초반까지 투쟁하는 자로서 모든 걸 바쳤다 해도 과언이 아니었다.

"어느 날 보니 내 영혼이 텅 빈 느낌이었어요. 그 상실감, 허탈감은 이루 말할 수 없었어요. 물론 저는 이름깨나 알려졌으니까, 관성에 젖어 그럭저럭 버틸 수도 있었을 거예요. 헌데, 그럴 수가 없더라고요. 목회를 제대로 해보자. 그런 오기랄까, 슬펐어요. 누가 가장 먼저 떠오르는지 알아요? 아버지가, 나 때문에 병을 얻었어요. 일찍 돌아가셨는데, 눈물이 나요. 아버지를 생각하며, 기도하는 거죠. 그때 결심했어요. 진정한 목회가 무엇인가, 눈물의 기도로 시작된 교회지요."

사뭇 들떠서 그에게 이런 말을 하기도 했다.

"저는 새로운 꿈을 꿉니다. 진정한 하나님의 교회, 씨를 뿌리는 농부의 마음, 그 예수의 마음, 이젠 조금은 알 것 같아요."

그는 여러 고난을 겪으며 부인과도 이혼한 상태였고, 호세아 선지자를 입에 올리곤 했던 그가, 한 여성을 교회로 인도하기 위해 보여 준 모습은 퍽 인상적이었다. 그녀는 창녀였고, 목자는 그녀를 성서 속 고멜을 대하는 듯했다. 고멜은 아직 교회에 나오지 않았고, 목자는, 오매불망 그녀의 영혼의 문을 두드렸다.

그에게 허물없이 목자는 웃으며 털어놓곤 했다.

"목사님, 일당을 벌면 내가 제일 먼저 챙기는 게 그녀에게 맛있는 과

일을 선물해요. 문 앞에 놓고 와요. 얼마나 기쁜지 몰라요. 그녀가 남들처럼 좋은 과일을 먹는 걸 상상하는 것만으로도 난 구원 받은 기분이에요!"

그는, 그녀뿐만 아니라 가난한 성도들을 섬기는 것도 마찬가지였다. 유복하게 살아가는 가족이나 친지들이 안타까워 음식이나 이런저런 걸 보내 주면, 그걸 다 같이 나눴다. 어느 주일 날 그녀가 처음으로 교회에 나온 것이었다.

키도 작고, 등도 약간 굽은 듯한 볼품없는 삼십 대 여성이었다. 목자가 드디어 길 잃은 한 마리 양을 반기듯, 아니 그는 현명한 목자로서 태연 자약한 얼굴로, 그가 최근에 들은 가장 감동적인 설교를 했었고, 눈물을 흘려 보긴 처음이었다.

"내 안의 들보와 매일 싸워요. 허명을 좇지 않는 가장 낮은 자리, 사람의 의지로는 어림없어요. 어림없죠!"

한동안 그는, 〈들풀교회〉에 적을 두었고, 가난한 신자들 속에서도 그나마 헌금도 하고, 조금이나마 도움을 줄 수 있는 게 기뻤다. 또, 광야로 나온 이후로 목사로서 몇 차례 영혼에서 우러나오는 설교를 한 건, 그곳이 처음이었다.

그런데 그 무렵에 청천벽력 같은 소식이 전해진 것이었다. 어머니가 소천한 것이다. 지병이 있으셨지만, 그에겐 갑작스런 비보였고, 일을 마치고 들어온 터여서, 작업복을 벗고, 대충 땀을 씻고는 고맙게도, 같은 마음으로 슬퍼해 준 담임 목사님의 승용차로 같이 내려가게 된 것이었다.

그는 그들을 떠나온 후로 양친을 두 번 뵀었고, 마지막으로 뵀을 때 어머니는 해쓱한 모습으로 검게 타고 깡마른 자식의 얼굴을 쓰다듬으며 눈물을 흘리셨다. 아버지는 일절 말이 없었고, 그가 찾아뵈는 걸 허락한 것도 순전히 어머니 때문이었다.

그는 자식들도 서너 번 만난 게 다였고, 중학교를 다니다 둘 다 미국으로 유학 갔고, 그 후론 보지 못한 것이다. 어머니가 애들 주소를 알려 준 후로, 그는 몇 차례 편지를 쓰기도 했고, 큰 애로부터 답장을 받은 건, 병림이란 작은 도시, 어느 반지하에 살며, 병을 얻어 지독한 병치레를 했던 무렵이었다.

'아빠, 저와 동생은 잘 지내고 있어요. 우린 다 컸으니까, 걱정 마세요. 엄마도 새아빠와 함께 행복하게 살고 있어요. 저도 이젠 알만큼은 알아요. 아빠가 우리와 생각이 다르고, 신앙이 다른 것도요. 아빠가 어떻게 사시든 응원하고 싶어요. 아빠, 제가 아빠를 위해 기도한다는 걸 잊지 마세요. 건강하시길 빌게요…'

그는 편지를 읽으며 뺨을 타고 흐르던 눈물이며, 자신이 크나큰 은혜를 입었고, 그 빚진 자의 절절한 심정으로 장인을 떠올렸던가. 어머니 빈소(殯所)에서 장인을 뵐 수 있을 거라 생각했는데, 내려가 보니, 벌써 상을 치른 후였고, 그는 묘소로 가 불효자의 쓰라린 눈물로 어머니를 보내드린 것이다.

아무튼 〈들풀교회〉는, 그런 일 때문에도 그에겐 잊지 못할 교회였다. 그는 여전히 길을 물었고, 어떤 광야의 외치는 '선지자'의 소리를 들었고, 그곳을 떠나게 되었다. 그를 떠나보내며, 서운한 듯 호세아의 얼굴을 한 목자가 말했다. "난 목사님이 동역자로 여기에 있어 주길 기도했는데. 어딜 가시더라도 들풀교회를 기억해 주십시오!" "그럼요, 목사님을 잊지 못할 겁니다."

그들은 서로 격려의 포옹을 하고 헤어진 것이었다. 그 호세아와 고멜은 어떻게 됐을까? 두 사람은 결혼을 했을까? 언제인가 한 번쯤 찾아가

봐야지, 하면서도 그는 가 보진 못했지만, 늘 〈들풀교회〉며 황 목사님을 떠올리곤 했다.

그의 다음 행선지는, 철거민들, 세상의 가장 약자들, 그들을 이끌고 공동체를 이룬, 당시 그에겐, 저 시험장이야말로 진정한 복음이 싹틀, 가난한 민중이 자신들의 힘과 능력으로, 하나님의 은총으로, 에덴동산을 이룰, 모형(模型)처럼 보였다. 어쩌면 거기엔 자신이 찾는 길이 있을 것 같았다. 하지만 찬찬히 회상해 보면, 그런 강렬한 이끌림 속에서도, 과연 광야에서 포효하듯 양들을 이끄는 저런 선지자는 어떤 인물일까? 그때도 사냥개의 코가 킁킁댔었고, 그자를, 그 영혼을 만나지 않으면 안 되었던가. 하지만 그자의 포효는, 사자의 울음소리만큼이나 우렁찼었지! 부패한 교회들엔 신은 없다! 정치투쟁을 일삼는 교회들도, 자신들의 의로움으로 이미 신을 길바닥에 내동댕이쳤다! 소외되고, 무시당하는 천덕꾸러기 민중의 눈물을 닦아주는 하나님, 난 이단자(異端者)가 아니라, 사막의 우물을, 양들의 목마름을 적셔 주는 진정한 복음을 전하려 한다! 그자는, 따르는 무리와 함께 뒹굴며 복음을 전한다고 알려졌고, 점차 유명해져서 가난한 자들의 목자가 된 인물이었다. 하필 광야는 가뭄으로 타들어 갔고, 그의 발걸음은 기다란 만(灣)의 갯벌과 여름의 뙤약볕과 불어오는 해풍과, 하얀 먼지가 피어오르는 듯한 길에 서서 그 선지자가 이끄는 신앙공동체가 펼쳐진 간척지(干拓地) 뒤편의 산 아래에 자리한 걸 바라보았던가. 흡사 노동자들의 합숙소 같은 건물들이 보였고, 그들은 다 같이 땀 흘려 농사를 지었고, 그 안에선 모두가 주님의 형제요 자매였고, 가시밭길의 여정에서 드디어 정착지를 찾은, 신앙과 영혼의 안식처요, 에덴동산을 이루려는 열망으로 가득했다. 문득 그는, 그 공동생활의 온갖 인간들의 냄새, 땀 냄새, 그들의 분뇨(糞尿)며 발효장(醱酵場)의 퇴비

와 지독한 악취가 뒤섞여 훅 풍겨 오는 것만 같다.

오, 그는, 그 선지자의 오늘날 모습을 떠올리며 한 인간의 전락(轉落), 아니 그 영혼의 본래 모습으로 돌아온 거였다. 하긴, 당시에도 그는 그를 알아봤던, 증인의 한 사람이었다. 광야를 쩌렁쩌렁 울렸던 포효는, 실은 그 내면의 굶주린 뱀이 울부짖는 소리였다! 이젠, 허물을 벗고도 모자라, 선홍빛의 징그런 알몸을 드러내 보이듯, 어떤 수치스러움도 못 느끼는, 변신에 변신을 거듭한 교언영색(巧言令色)은 여전한 영혼이라니! 아무튼 그는, 그 머물렀던 일 년여의 떠올리고 싶지 않은 부끄러운 기억을 더듬는 것이었다. 그땐 지원서를 작성했을 때도 목사란 사실을 밝히지 않았었고, 그 신앙공동체의 일원이 된 것이다. 노가다로 익숙했던 몸인지라 농사일에 적응하는 건 어렵지 않았고, 곧 그 안의 온갖 모순과 이미 겪을 만큼 겪은 종교나 인간에 대한 실망과 환멸을 느끼는 상황을 맞았었지만, 그건 그들의 수준이나 불협화음보다는, 그 신앙공동체란 게 한 우상(偶像)의 빛 아래, 그 빛이 소멸하면 더불어 소멸할 수밖에 없는 영혼들, 그 갈망하는 이상향(理想鄕)에 비해, 얼마나 초라하고 형편없는 무리였던가!

세속화의 강한 외풍과 그 어중이떠중이가 모인 공동체의 담장은 얼마나 허술하고 낮았던가! 그 신앙이라는 욕망, 허영의 닻을 높이 단, 또 다른 난쟁이무리와 맞닥뜨린 거였고, 척박한 환경이긴 했지만, 이미 영적으로 좌초한 상태였었다. 중세의 수도원조차도 가난(복음)의 의미를 알았던, 그 복음을 살아내려는 공동체였지만, 저들은 정반대였고, 가난은 극복돼야 하며, 목자는 신이 풍성한 낙원을 이루어 줄 것이라 설교했다. 그들의 허기는 더 커져만 갔고, 그런 형편없는 노동으로 삶의 수준이 나아질 리도 없었고, 하지만 목자는 자신의 유명세로 어떻게든 그 공동체를 유지하려 몸부림쳤다.

　이제 그 목자에겐, 그게 지상과제(地上課題)였고, 그 타고난 열정만큼
이나 명예와 자존심, 자신의 운명이 걸린 문제였다. 그는, 그 작은 체구
의 차돌멩이 같은 한 인간의 몸부림을 보았고, 그 사십 대 사내의 약점
을 고스란히 드러내 보여 주었지만, 무엇보다 그 뜨거운 심장과 인간의
허영은, 이제 심판대에 선 것이었다. 어떤 모사꾼이라도 접근해 후원금
을 듬뿍 낸다면, 위기에 처한 목자에겐 더없이 반가운 하나님이 보낸 사
자로 보일 판이었다. 어느 날 밤, 그는 그가 자신의 모든 걸 쏟은 보잘것
없는 공동체, 그것을 지켜 달라고, 울분을 쏟듯 기도하는 걸 들었고, 과
연 저 기도를 신이 들어주실까? 혹여 그 난관들에서 벗어난들, 저 무리가
에덴동산을 이룰까. 그 구경꾼의 짙은 회의는 덜어지지 않았고, 저런 기
도가 교회를 부흥시켜 달라고, 떼쓰는 교회들의 기도와 뭐가 다를 게 있
단 말인가! 또, 그 무리 안의 내재된 여러 갈등이 표출되고, 더욱이 그 갈
등이란 게 신앙인들이라기엔 낯부끄러운 불성실함, 무책임, 그 온갖 인간
들의 비루함이었고, 마침내 그는 더 머물 수 없게 된 것이었다. 구경꾼은,
조용히 떠날 수 있었다.

　그는, 그때 적잖은 상처를 입었고, 당시엔 몰랐지만 자신 안의 회복되
기 힘든 어떤 상실로 이어진 걸, 깨달은 건 그로부터도 한참 후의 일이었
다. 그는 그 소음들이 들리지 않는, 광야 깊숙이 밑으로 밑으로 더 '파고
들어가', 샘물 같은, 복음, 자신의 영혼을 적셔 줄 뿐 아니라, 영감을 주
고 인도하시는 손길, 그 손길에 붙들려야만 했다! 그때도 그의 손엔 언제
나 성서와 신학책들이 들려 있었고, 여전히 길을 물었고, 어느 때부터 교
회와는 거리를 두는 것으론 모자라, 아예 벽을 쌓은 것이었다. 하지만 그
의 방향은 뚜렷하고, 일정했고, 저 반대편에 장인이 있었다. 마치 자신의

신앙과 신학, 그 삶의 좌표마냥, 완고하고도 저항의 발걸음이 언제나 그를 이끌었다. 물론, 자신을 사로잡은 그 현대신학들이 인간 허영의 산물인 것을, 어느 때인가 명백하게 다가왔던, 화려한 옷을 걸친 영혼들, 저 신학들이, 인간의 삶과 무슨 상관이란 말인가! 외쳤던 날을, 그는 잊지 못하는 것이다. 자신을 광야로 이끈 그 신학들이, 어느 순간 꽃처럼 시들었고, 지독한 악취를 풍겼다. 헌데 여전히 악취를 악취로 못 느낀 것이다. 고대나 중세, 현대에 이르기까지, 신을 위한 학문들, 그 만행(蠻行)과 사악함을 상상한 건, 비쳐 들었던, 한 줄기 빛이었던가. 신을 소재(素材)로 욕망과 영광을 취하려는, 본질적으로 용서받기 힘든 허영의 자식들, 저들이야말로 어둠의 자식들이 아닌가! 그땐 나그네의 어떤 숙명이 그를 이끌었고, 문제는, 여전히 자신이 방랑하는 그곳 광야에 신이 떠난 걸 몰랐다는 사실이었다. 천국교회에 밀어닥쳤던 세속화의 물결은, 그 광야까지 덮쳐 휩쓸었고, 방랑자는 일엽편주(一葉片舟)처럼 허우적대며 떠다니면서도, 저 하늘을 바라보며 기도한 것이었다.

신이 떠났다는 건, 인간이란 짐승이 저 광야에 홀로 남아, 이제 그 고삐 풀린 욕망대로 살아야 하며, 그 신을 다시 찾아올 능력을 상실했다는 뜻이었다. 이젠 그들은 신을 입지 않아도 되었고, 그 필요성도 못 느꼈고, 오직 인간이란 욕망의 얼굴이 신을 대신했다. 마법의 숲에서 온 세상이 깨어난 것이었다! 선한 기도든, 교활한 기도든, 이곳에선 공기를 탁하게 하고 더럽히는 건 마찬가지였다. 왜냐하면, 그들은 이미 신과 멀어졌고, 자신이 신을 믿지도 않으며, 그 욕망의 넝두리 하나하나가 거짓이요, 씻을 수 없는 죄악이 되며, 거짓의 열매와 영광만이, 저 영혼들의 전부였다. 어느 날, 그는 자신에게도 신이 떠난 걸 깨달았고, 영원히 떠나버린걸, 다시 돌아와 달라고 기도해도 소용없는걸, 그 짐승에게 눈앞의 먹을거리,

즐길 거리, 영혼조차 겉과 다르지 않았고, 그 허영의 존재를 본 것이었다.

한 번은, 낡은 공동주택에서 몸뚱이밖에 없는 사람들이 모여 살았고, 그는 그곳에 들어갈 때만 해도, 기도하는 자로서 막노동으로 지친 상태였지만, 바닥으로 떨어진 상태는 아니었다. 교회 아닌 곳에서 악당을 만났을 때 그는 언제나 연민과 불쌍히 여기는 마음이었고, 그런데 그곳에서 진짜 사악한 악당을 만난 것이다. 나이만 잔뜩 들어, 어쩌다 그곳에 틀어박혔고, 눈빛만으로도 과거에 살인도 한두 번 저질렀을 법한, 어둡고도 처참한 몰골이었다. 처음부터 그는 겁이 났지만, 그 인간이 남들이 일 나간 사이 그들의 돈이나 물건을 훔쳐서 살았고, 그 늙은 능구렁이가 똬리를 틀고 앉아, 만만한 먹잇감들로 배를 채우는 것이었다. 도둑이 들었다고 경찰에 신고해도 범인은 잡히지 않았고, 아니 경찰은 가난한 자들이 도둑맞아봐야 별거 아닌 것들에, 신경 쓰기엔 할 일이 많았다. 공동주택에 사는 모두가 그 능구렁이 짓인 걸 알면서도, 입도 뻥긋 못했고, 그가 징그럽게 '설교'하는 걸 들어야 했다. 그도 몇 번이나 털렸고, 문을 잠가도 귀신같이 열어서 도둑질을 했다. 모두가 그 능구렁이 밥이었고, 그때 그는 그 사악한 영혼을 혐오할 뿐만 아니라 증오했다. 어느 날은 저런 교활한 인간은, 사라져야 마땅하며, 누군가의 손에라도 죽길 바란 것이다. 간절히, 간절히 불쌍한 영혼을 위해 기도하기보단, 간절히 간절히 저 인간이 사라지길, 길거리에서 벼락이라도 맞기를 바란 것이다.

천국교회에서 들었던 끔찍한 기도를, 그는 자신의 마음이 하고 있는 걸 깨달았다. 원점이었고, 자신에게 내려진 심판을, 그때처럼 절망적으로 느낀 적이 없었다. 그 방랑의 세월이 헛된 것이었고, 어느 날 그는 처절한 '패배자'로서 능구렁이와 그 먹잇감이 된 영혼들을 뒤로 한 채 그곳을 떠난 것이다. 길을 걸으며 남루한 거지 행색을 한, 자신을 보며 그는 비참

할 뿐만 아니라 자신의 강퍅해진, 메마른 영혼을 보며 절망감에 사로잡힌 것이었다. 막노동을 하다 다친 상처는 좀체 아물지 않았고, 걷기도 힘들었고, 자신이 진창을 뒹군 것과 다를 게 없는, '집 나온 탕자'로 보였다. 오, 거지가 된 탕자를 신인들 알아볼 수나 있을까? 그때 그는 진실로 죽고 싶었고, 이렇게 외친 것이었다.

"이 자리에서 고꾸라져 죽게 하소서!"

그는, 그 터져 나온 어둡고 절망적인 소리에 흠칫 놀란 것이었다. 그는 길가의 한구석에 쭈그려 앉아, 한참이나 그 비참하고도 어두운 목소리가 자신의 것이란 걸 당황해서 물끄러미 응시했다. 그 목소리는 어느 순간 이런 목소리가 되어 솟구쳐 올라왔다. 너야말로 허영을 꿈꾸는 영혼이로다! 몽둥이가 머리통을 후려치는 듯했었다. 그는 일어났고, 몸을 곧추세우고 걸었다. 그날 이후 그는, 모든 게 변했으니, 나그네의 길이 보인 것이다. 자신이 투쟁할 상대가 그날처럼 명백하고도 뚜렷했던 적이 없었다. 그는 자신 안의 허영과 투쟁해야 했고, 그 투쟁이야말로 처절하고도, 인류가 짊어져야 할 십자가였다. 헌데 허영은 인간의 본질을 이루고, 그 형질을 뽑히거나 훼손당한 인간의 영혼은 이미 죽은 것이며, 저 햇살을 만끽하거나 행복을 누릴 수 없으며, 그 생명을 제거해 버리기 전엔, 자네의 투쟁이란 것도 허영에 불과하지! 예수가 최후의 순간까지 맞섰던 것도 인간의 허영이 아니었던가? 그렇더라도, 그놈과 싸워 볼 텐가?

허영은 항상 승리했고, 예수가 졌던 십자가조차도, 인간의 허영으로 채워지지. 그놈과 겨룬다는 건 실은 이미 결판이 난 싸움이었다. 헌데도 그의 투쟁은 지칠 줄 모르고 계속됐고, 어디에서 그런 불굴의 힘이 샘솟는지는 알 수 없었다. 사회가 부추기는 욕망과 유행에도 반응하지 않으며, 오히려 거스른다. 밥을 먹거나 옷 하나를 살 때도, 절대 자신의 허영에 부응하지 않으며, 포만감은 잊은 지 오래였고, 그에게선 쓰레기가 나올 리도 없었고, 누가 보면 기이하고도 핍절한 생활방식이었다. 그는 자신의 숨이 멎는 순간까지도, 이 투쟁이 멈추지 않을 거라는 걸 확신하는 거였다.

11

✝

그는, 오늘날 허영에 맞서는 영혼으로서, 아니 자신이야말로 허영에 허영을 더하는, 진실된 존재로서, 그 투명해지고 깊어진 눈으로, 까맣게 잊혀진 이들을 이 순간 떠올릴 수 있는 것은 은총일런가. 그들은, 한때 동지였고, 그에게서 이 역사적(?)인 순간 기억되는 게 마땅했다. 그가 한때 무척 아꼈던, 막노동판에서 만난, 형제처럼 지낸 사내가 있었다. 사실 그 사낸, 당시 내심 그에게 단단히 마음이 꼬인 것이었다. 결국 사달이 났고, 관계는 깨져버렸고, 그는 오랫동안 그를 몹쓸 인간으로 여겼다. 그리고는 기억 속에서 지워버렸고, 오늘 이 순간 그는 그이를 용서할 뿐만 아니라, 몹시 그리워졌다. 그런데 그이와 더불어 그 시절 만났던 여러 얼굴들이 되살아나서, 그는 담배를 꺼내 물며, 정겹게 다가오는 얼굴들을 빙그레 웃으며 맞이하듯 회상하는 것이었다.

한동혁, 사내의 이름이었다. 그가 이십 대의 한을 만난 건 서울 강남의 한 인력사무소에서였다. 그는 어쩌다 양재동에 위치한 한 인력사무소에서 잠자리며 일을 구하기도 했었고, 당시엔 인력사무소는 뜨내기들의 잠시 머물 수 있는 공간으로서도 제격이었다. 그곳 사장이 여성이었는데, 사무실엔 성서 구절을 담은 액자들이 걸렸었고, 뒤로 알게 된 사실이지만, 그녀는 한 장로교회의 권사였다. 이거야말로, 신의 인도하심이었다! 그런 그녀가 옷을 곱게 차려입고 새벽녘의 인력사무소에서 그 거친 사내들을 맞는 그 이채로운 광경이라니. 좀 억센 여장부 스타일이면서도, 그녀는 인력사무실을 환히 밝혔었고, 그곳을 거쳐 간 사내들이 흑심을 품었더라도, 용서해 주는 게 마땅했다. 인력사무실은, 온갖 사내들이 거쳐 가는 그런 공간이었으니까. 그녀는, 그곳을 벌써 몇 년째 운영해 오고 있었는데, 그는 그녀의 파란곡절의 인생사를 누군가에게 들은 적이 있다.

　시골에서 나고 자란 그녀가 가출해 서울로 상경한 게 열다섯 살 때였다 했다. 구로공단에서 일하며 야간 중학교도 다녔고, 근처 교회에도 열심히 나가게 됐다는 것이다. 그땐 나이팅게일 같은 간호사가 되는 게 꿈이었고, 간호 전문대를 목표로 주경야독의 길을 열심히 가던 중이었다. 어느 주일 날 교회에서 부흥성회가 열렸는데 그녀는 거기에서 운명적인 한 남자를 만나게 되는 것이다. 신앙 간증을 한, 얼굴에 큰 흉터가 있는 청년이었고, 여러 범죄를 저지른 전과자였다. 감옥에서 성경을 읽으며 하나님을 만나, 그야말로 개과천선하여 새사람이 된, 그 회개와 눈물의 간증에 그녀도 내내 눈물을 흘릴 만치 큰 감동을 받은 거였다. 그녀의 눈엔 그 청년의 얼굴에 새겨진 커다란 흉터는, 주님의 몸에 새겨진 십자가의 흔적만큼이나 아름답게 보였다는 것이다.

　'저 남자와 평생을 함께하리라!'

　그녀는 그날부터 서원(誓願) 기도를 하게 되었고, 그 청년과 결혼하게 해 달라고, 하나님께 매달렸고, 그의 간증 기도회가 열리는 곳이면 전국 어느 교회든 찾아다닌 것이었다. 그녀의 간절한 기도는 응답을 받았고, 결국 두 사람은 신의 축복 아래 가정을 이루는 것이다. 신혼생활은 꿈결 같았고, 그녀는 남편을 하나님이 크게 쓸 인물로 굳게 믿었다는 것이다. 그런데 첫애를 낳을 때까지도 몰랐던, 남편의 본색이 드러난 것이었고, 그땐 간증거리도 바닥나 어디에서 불러 주지도 않아 그들은 생활고에 허덕였다. 남편은 폭행도 서슴지 않았고, 자신이 감옥에서 하나님을 만났다는 것도 다 거짓이었다고 털어놓은 것이다. "사기 좀 치는 게 어때서? 내가 도둑질해서 돈 버는 게 좋아? 넌 진짜 신이 있다고 믿냐?" 그녀의 결혼 생활은 이젠 벗어날 수 없는 지옥이 된 것이었다. 그 와중에도 그녀는 남편을 위해 하나님께 눈물로 매달렸다 한다. 하지만 난봉꾼 같았던 남편은 식솔들을 버리고 떠나버렸고, 그때부터 혼자 된 그녀는 두 아이를 키우기 위해 몸 파는 것 외엔 안 해본 일이 없었다. 억척스레 돈을 좀 모아 일수(日收)놀이도 하게 됐고, 인력사무소 전(前) 사장이 적잖은 돈을 빌려 쓰고서도 갚지 않고, 도박에 빠져 헤어 나오지 못하는 상태에서, 그녀가 인수해 운영하게 된 것이었다.

그는 그녀의 배려로 한동안 그곳에 머물며 사회 초년생처럼, 막노동자로서 온갖 잡일부터 몸으로 익힌 셈이었다. '아이엠에프(IMF)' 이후로 사회 전반이 어려웠고, 인력사무소들도 근근이 버티는 형편이었다. 하지만 그녀는 억척같았고, 직접 공사장을 찾아다닐 만치 몸을 사리지 않았다. 그 목줄을 쥔 사내들을 상대하느라 시달리기도 했고, 그녀가 일을 가져와야만 그들도 밥을 벌 수 있었다. 그녀의 몸부림에도 인력사무실은 결국엔 문을 닫고 말았다. 그즈음엔 그녀가 그런 일을 한다는 게 교회에도 알려진 것이었고, 한때 그녀에게 도움을 주었던 공사장 소장의 짓이었다. 그녀는 여러 어려움이 겹치면서 더는 버티지 못했던 것이다. 한동혁은 의협심이 강했고, 그녀를 괴롭히는 한 사내를 늘씬 패주어 경찰에 불려가기도 했었다. 그를 비롯 몇몇이 나름 '바람막이' 역할을 하기도 했지만, 문 닫는 걸 막지는 못했다. 그날 그 여장부는 막걸릿잔을 돌리며 고마워했다.

아무튼 그는 그곳에서 '유기(遺棄)된 영혼'들을 보았고, 몸을 함부로 쓰다 못해 학대하는, 그 일할 힘이 소진되면 목숨을 부지할 수 없는 사람들이었다. 그는 부평초(浮萍草)처럼 떠도는 그들의 실상을 보게 되면서, 저들을 위해 무얼 할 수 있을까, 병을 달고 사는 이들이 많았고, 하루는 같이 생활했던 사람이 일을 나가 피를 토하며 쓰러져 죽음을 맞았던 날, 그때 그는 결심한 것이었다. 그래, 저들을 위해 남은 생을 살리라. 신이 그 길을 예비(豫備)한 것이라고, "주님, 저는 더 바랄 것도 없고, 저들을 위한 선한 도구로 사용하소서!" 그때 머리에 떠올랐던, 그 '영혼의 쉼터'는, 그렇게 신이 주신 영감(靈感)이었고, 그 인도해 주리란 믿음, 마치 자신의 길이 잡히는 듯했다. 그 일을 위해 식비도 아꼈고, 김밥과 라면은 일상이었고, 한 푼도 허투루 쓰지 않고 모았다.

인력사무소에서 만난 한과의 인연은 이어졌고, 한은 돈을 벌어 조그만 장사를 해보려는 꿈이 있었다. 한이 종종 그에게 종교인들의 행태를 비판했던 걸 기억하지만, 언제인가 술자리에서, "형, 형은. 진짜 신이 있다고 믿는 거야?" 불콰한 얼굴엔, 실망스러움이 묻어났고, 그 후로도 한은 그가 신앙인을 자처하는 걸 못마땅해 했다. 한이 그에게 같이 포장마차를 해보자고 했을 때, "기다려라. 우리가 힘을 모아 할 만한 일이 있어." 그는, 한을 내심 언제인가 그 '영혼의 쉼터'를 위해 같이 일할 사람으로 점찍어 놓고 있었다. 하루는 한으로부터 급한 연락이 왔었다. 잊히지도 않는, 2006년 가을이 저물어 가던 무렵이었다. 아버지가 쓰러져 병원에 입원해 있다는 거였다. 한이 몹시 슬픈 얼굴로, 그가 머물던 서울 수색 근처의 공사장 숙소로 찾아온 건, 그다음 날이었다.

"그 인간 죽어도 싸요! 맨날 술만 퍼마시더니. 암이래요. 동네 병원에 입원시켰는데, 작은 병원은 안 된다네요. 큰 병원으로 옮겼는데, 병원비가 없어서…"

"우선 사람부터 살리고 봐야지. 얼마가 든대?"

"한 3백만 원, 든다네요."

그는 한의 괴로워하는 모습이며, 한 가닥 기대를 갖고 달려온 그이를 매정하게 뿌리치는 건 있을 수 없는 일이었다.

"그래? 내가 모아 놓은 돈이 좀 있으니까. 병원비는 우선 그걸로 쓰자."

그런데 돈을 가져간 이후 한은 연락도 닿지 않았고 그 뒤론 종적을 감춘 것이었다. 뒤에 가서야 알게 된 거지만, 아버지가 병원에 입원했다는 건 거짓말이었고, 그때 그 돈을 가지고 달려간 곳이 경마장이란 걸 알았을 땐, 그 배신감이며 실망감은 이루 형용할 수 없는 것이었다. 그는 한을 용서할 수 없었고, 그 막노동판 사람들을 믿지 않게 된 것이었다. '영혼의 쉼터'를 내려놓은 결정적인 사건이기도 했다. 그런 한을, 지금의 그는 진실로 이해했고, 누구보다 한 인간의 '허영'을 알아본 이였다는 걸, 아니 어쩌면 실망스런 인간에 대한 그 다운 '복수극'이랄까. 가장 비열한 형식의 극약 처방이었다는 걸. '당신을 보면 속에서 불이 치밀어 올라, 화가 나!' 그가 신앙인을 자처하지 않았다면, 한이 그런 행동을 할 수 있었을까?

동혁이, 나를 기억하는가? 난 그때 누구의 친구도 될 수 없었지. 우리가 다시 만날 수 있다면, 진술하고도 인간적인 대화들을 나눌 수 있지 않을까? 자넨 나를 심판했지. 그 심판은 정당했네! 자네도 이 밤, 나처럼 저 하늘의 별들을 바라보고 있을까. 부디 몸 건강히 잘 지내길. 여 사장님, 아니 정 권사님, 여전히 교회에 잘 다니시죠? 두 딸은 이제 시집가 아이들 엄마가 됐겠군요. 참, 어느 해 부활절 날, 권사님의 삼고초려의 정성스런 마음씨에 감복한 나머지 막노동꾼들이 교회 예배에 참석한 적이 있었지요. 개포동의 한 작은 교회였었죠. 모두들 그날만큼은 때 빼고 광 내고, 윤 씨 기억나시죠? 그 육십 대에 빼빼 말랐던 윤 씨 말예요. 언제나 약봉지에, 골골대서 언제 송장 치울 일 생길지 모른다며 걱정했던. 권사 님이 교회 데려가려고, 환갑 생일 케이크를 사 오는 바람에, 그 못돼먹은 성깔쟁이, 타고난 이기심은 거의 병적인 수준이었죠. 그 구제 불능의 인 간, 가족들에게 버림받은, 일당 벌면 오입질하는 걸 유일한 낙으로 버티 던, 그 골골대던 윤 씨가 부활절 예배에 참석한 거라니요! 저도 종종 윤 씨를 떠올리며 마음의 기도를 올린답니다. 모두들 잘 지내시기를. 권사 님, 건강하시고, 부디 말년은 평안하시길.

　　그는 콜이 뜨는 소리도 듣지 못했고, 이크! 휴대폰 프로그램에 눈길을 주었을 땐, 그 울리던 소리도 잠잠해지고, 조용해진 콜이 혼자 둥 떠 있 었다. 그는 눈이 휘둥그레져 망설임 없이 냉큼 콜을 잡은 것이다. 그리고 행선지를 확인했고, 서울의 한 대학병원이었다. 호숫가 상가(商街)에서 뜬 콜이었고, 그는 현실로 돌아온 사람처럼 긴장한 모습으로 손님과 휴 대폰으로 통화를 하고 걸어 내려갔다.
　　호숫가엔 더 많은 사람들이 나와 밤바람을 쐬며 산책하는 모습이었 고, 조용할 만치 고즈넉한 풍경이었고, 더러 들뜬 목소리들이 들려오기 도 했다.
　　"저것 봐요, 영화 찍고 있나 봐!"
　　몇몇이 건너편을 바라보며 말을 주고받았다.
　　"드라마 촬영한다는 말은 들었는데."
　　"벌써 여러 날째라던데요?"
　　"언제부터 방영되는데?"

"곧 시작한다던데? 예고편도 나왔어요."

"제목이…?"

"천국에서… 뭐라더라."

"요즘 드라마들 재미없어서."

"나도 그래요."

"그래도, 멋지잖아요!"

"애들아, 손 흔들어 봐. 텔레비전에 나올지도 모르지."

"밤이라 잘 안 나올걸요."

그도 건너편 백색 조명 아래, 스태프들이 움직이는 걸 바라본다. 호수에 작은 배를 띄웠고, 조명이 그 위의 남녀 배우를 비추는 게 비교적 또렷이 보였다.

그가 도리 없이 거칠어진 숨을 고르며 업소에 도착했을 땐, 비슷한 연배로 보이는, 풍채 좋은 남자 손님이 자못 초조한 모습으로 기다리고 있었다. 좀 급한 모양이었다. 손님은 그 와중에도 그를 한 번 눈으로 쓱 훑고는 앞장서 지하 주차장으로 걸어 내려갔다.

"내가 몹시 급해서, 평소엔 이런 부탁 안 하는데…"

"잘 알겠습니다."

"아버지 임종을 지켜봐야 해서. 그래 주면, 서운치 않게 드릴게!"

"예, 저로선 고맙지요!"

승용차는 제네시스 G90이었고, 그는 운전대를 잡으며 내심, 저 선량한 손님을 위해서라도, 그래, 우리 한 번 달려 보는 거야! 하며 시동을 걸고는 조심스레 액셀러레이터를 밟았다. 이 국산 브랜드의 승용차는, 어떤 외제차에도 성능이 뒤지지 않았고, 고속도로에만 올려놓으면 쏜살같이 날아오를 것이었다.

손님은 뒤에서 연신 팔을 들어 시계를 들여다보곤 했고, 그런 식으로 재촉하는 거였고, 그래도 팁을 주겠다고 미리 얘기한 건, 대리기사에겐 고마운 손님이었다. 그는 주차장을 빠져나와 6차선 차도에 이르렀고, 적당히 밟으며 속력을 냈다.

이때도 잊지 말아야 하는 건 신호를 어겨선 안 되었고, 필시 이런 손님이야말로 '딱지'가 날아오면, 대리기사에게 청구할 확률이 더 높다는 것이었고, 고속도로 전엔 요령껏 밟아야 하고, 손님의 기분을 십분 고려해야 하였다.

고속도로 톨게이트를 통과하기까지, 그는 그 심리적 긴장이 팽팽하게 차체에 느껴지도록 완급의 경지를 보여 주었고, 그제야 씽씽한 엔진이 굉음을 내지르며 물 찬 제비처럼 날아올랐다. 120km는 기본이고, 130~140km까지 밟아도, 손님은 안전운전을 당부하기는커녕 오히려 만족스런 표정이었다.

그는 늘상 느끼는 거지만, 자신을 보호해야 할 이유가 많은 사람들이, 그렇게 밟기를 재촉할 때면 그 인간의 어떤 자연성—한 신학자는 그 본능과 환경의 지배를 받는 운명적 존재로서 '자연의 아들(A child of nature)'이라는 그럴듯한 표현을 썼던가—을, 같은 인간으로서 어떤 동질감을 느끼는 것이었다. 승용차 안의 두 인간은, 마치 그 속력만큼이나 폭주하는 자연인들로서 죽음까지도 함께할 태세인 것이다.

그는 줄곧 130~140km 속도로 달린 것이었고, 그렇게 폭주를 하다 보면, 손님과 대리기사 사이엔 보이지 않는 그 낯설기까지 한 신뢰의 감정이 싹트는 거였고, 누구와 싸운 듯 성난 고릴라 같은 인상의 손님조차도, 그땐 표정이 눈 녹듯이 풀리면서 싹싹한 얼굴로 다정하게 말을 걸어오기도 하는 것이다.

헌데 이 손님은 그리 싹싹하거나 다정한 어투는 아니지만, 어쨌든 그 친밀감의 표시인 것은 분명했고, 말을 거는 건지 혼잣말인지 푸념하듯 뇌까린다.

"저는 그 노인이 돌아가시는 걸 봐야 합니다. 어머니의 유언(遺言)이기도 했고. 아버지가 지병이 있긴 했어도 어제까지도 괜찮다고 들었는데, 지금 병원에 실려 가서, 오늘 밤을 못 넘길지도 모른다니까."

그는 초조한 기색이었고, 안절부절못하는 게 느껴질 정도였다.

"그 약속만큼은 지켜 드리겠다고 했거든요. 우리 어머니가 50년을 홀로 살았는데, 대리기사님은 내가 이런 말 하면 못 믿을 거예요. 누구도 못 믿죠. 오직 한 사람만을, 평생, 마음에 그리며 사신 거예요."

"…"

"가정을 버린 남자를, 아버지가 딴 여자와 살림을 차린 거예요. 어린 자식새끼, 조강지처 버리고, 그런 남자를. 어떻게 평생을, 해보듯 달 보듯, 그리워하며 사신 거니까."

"지고지순한 사랑이군요."

"지고지순요? 우리 어머니 혼자만의 일방적인 사랑이었죠."

"어머니는 언제 돌아가셨는지."

"십 년 전에요. 그때도 아버질 그리워하며 눈을 감으셨죠."

"아버지는 와 보셨고요?"

"와 보긴요. 발을 끊은 지 오십 년인데요."

"사장님과의 관계는?"

"저와 아버지요?"

"예."

"왕래한 건, 어머니가 돌아가신 그 해부터였죠."

"어떤 유언을 하셨길래. 실례가 됐다면, 죄송스럽군요."

"저는 솔직히, 자식 하나만을 위해 고생한 어머니인데, 이해가 되겠어요? 그런 인간을 그토록 그리워한다는 게. 기사님은 이해가 돼요?"

"사랑이란 그런 게 아닐까요?"

"돌아가시면서 저한테 사진을 주더라구요. 제가 지난 십 년 동안. 단 하루도 빠뜨리지 않고, 가슴 안 주머니에 넣고 다닌 사진이에요. 두 분이 혼례식 때 찍은."

"…."

"아버지 임종 직전, 그 사진을 꼭 전해 달라는 거예요. 어이가 없는 거죠. 미신(迷信)인지는 모르지만, 죽어서는 그 곁에 있을 거라는."

"…."

"그러겠다 약속을 했거든요. 아버질 평생 원망하며 살아온 나지만, 그 약속을 지켜 드리기 위해 아버지와 화해도 한 거예요. 지병이 있어서 언제 돌아가실지 모르니까. 항상 그 사진을 품에 지닌 채 찾아가는 거죠."

"어머니를 많이 사랑하셨군요."

"지금도 내 품에, 이렇게 있는걸요. 질투를 느끼는 거죠. 어느 땐 아버지가 부러워요. 한 여자의 사랑을 받는다는 게. 안 그렇습니까?"

남자는 쓸쓸하게 웃는 듯 보였고, 하지만 그 초조한 기색은 여전하였고, 그는 자신도 모르게 120km로 속도를 늦춘 것이다.

그런데 그는 불쑥 그 숲에서 낮잠을 즐길 때면, 꿈에 나타나는 온통 백발의 신선 같은 노인을 떠올리고 있었다. 그 애절한 눈빛이며, 그를 향해 위로라도 하듯 친근감 있는 목소리가 귀에 낭랑하게 들리는 것 같았다.

'이 선비, 내 부탁하나 들어 주구려. 저 아래가 샘이 있었다오. 고려(高

麗) 때 판 셈이니까, 아주 오래된 셈이지. 우리 말년이가, 내 색시 말이요. 이쁜 말년이가 밤에 물동이를 이고, 물 길으러 갔다오. 이 선비가 좀 가서 도와주시오. 달이 밝지만, 어서, 좀 도와주시오.'

서울의 대학병원에 도착했을 때 그 손님은 5만 원권 지폐 두 장을 내밀고는 서둘러 떠났다. 그는 왜인지 주차장에 한동안 서 있었고, 문득, 그는 자신도 모르게 목석처럼 굳어져 그 병원을 다시 바라본 것이었다. 얼마 전 신문 기사에 났던, 그는 이젠 사위도 아니었지만, 바로 장인이 입원했다는 그 병원이 아닌가!

무슨 병인지 구체적으로 나와 있진 않았지만, '천국교회 원로목사가 지병이 악화돼 자택에서 병원으로 실려갔다.'는 신문 기사만으로도, 상당히 위중한 상태란 걸 느끼게 했었다. 하지만 그 후론 조용한 걸 보면, 고비는 넘긴 것 같았고, 어쨌든 지금도 병원에 있을 개연성은 큰 것이었다.

그는, 주차장 한구석에 쭈그려 앉은 것이었고, 담배를 꺼내 불을 붙이려다 다시 넣었고, 마음은 착잡함을 넘어 고통스러움에, 신음을 쏟았다. 무엇에 이끌려 온 기분이었고, 어찌해야 할지. 예전 신을 향해 절규했던 그 통절함이 되살아나서, 그를 다시 심판대에 올려놓은 것 같은 신음이었다.

그 신문 기사를 봤을 때도, 그는 병문안을 간다는 건 상상해 보지도 못한 일이었다. 하지만 오래도록 단 하루라도 벗어나지 못한 것 같은, 그 착잡하고도 고통스런 자신의 '십자가' 앞에, 더는 도망칠 수도 없이 불려 나온 심정이었다.

'나 같은 놈을 만나 주기나 할까?'

'자, 이제 어쩔 것인가?'

그는 여전히 갈피를 잡지 못했고, 이 밤에도 면회가 가능한가? 아니,

장인의 성향으로 보아 특실 병동에 입원했을 터였고, 아마 그 병실은 황제를 모시듯 모든 게 철저할 터였다. 문득 예전 장모가 곁을 지키고 있는 걸 상상하는 것만으로도, 그는 착잡함에 더해 머리를 절레절레 흔든 것이었다.

그는 슬며시 일어나 도망치듯 병원을 빠져나온 것이다. 그들의 냉정한 모습들을 떠올리는 것만으로도 그는 숨이 꽉 막히는 것 같았고, 그래, 서로 제 갈 길을 가야지! 하지만 그는 "한심한 놈 같으니!" 도망치는 자신에 몹시 실망한 것이다.

그는 병원 근처를 배회했고, 천근만근한 심판대에 짓눌렸고, 밤늦도록 거리를 떠돌다 쓰러질 지경에 이르러 결국엔 여관에 든 것이었다. 자리에 눕지도 못했고, 가만히 앉아 밤을 꼬박 새운 것이다. 회한과 온갖 상념들, 그리고 자신 안의 웅크린 두려움을, 오래도록 맞서듯 바라보는 것이었고, 그 와중에도 자꾸 그 별난 꿈이 생각났다.

앉은 채로 잠이 들었던 것 같았고, 눈을 뜨자마자 그는 다시 병원을 찾아간 것이다. 희한할 만치 지난밤의 착잡함과 고통스러움은 말끔히 개인 듯하였다. 그는 장인을 한시라도 바삐 만나야 하였고, 왜인지 마음이 바빠진 것이다. 그땐 옆에 장모가 있을 거라는 건 까맣게 잊어버렸고, 어쨌든 환자를 봐야만 할 것 같았다.

너무 이른 시간이라 그는 병원 앞에서 발길을 돌려야 했고, 근처 식당으로 들어가 빈속을 달래려 했지만, 거의 먹지 못하고 일어난 것이다. 다시 병원으로 간 그는, 우선 장인이 입원해 있는 것부터 확인해야 했고, 역시 '특실병동'에 있었다. 면회 절차를 알아본 다음, 자신의 이름과 함께 면회를 신청한 것이다.

그는, 초조하게 대기하면서도, 어느 순간 환자가 거절했다는 말을 들길 바랐다. 그런데 그런 말은 없었다. 한 시간쯤 기다렸을까, 여간호사가 그에게로 다가왔다. 환자가 그를 기다린다며, 20층의 한 병동으로 안내했다. 그들은 엘리베이터로 올라갔고, 그는 긴장과 흥분에 휩싸인 상태에서도 마음은 한결 편해져 있었다.

그가 병실 문을 노크하자, 안에서 들어오라는 음성이 들렸다. 장인의 목소리였다. 문을 열자 하얀 환자복을 입은 그 흰 대머리의 몰라보게 여윈 노인이 그를 바라보았다. 예전의 건강하고 풍채 좋았던 남자는 어디로 가고, 반쪽의 앙상한 몰골을 한 노인이었다. 언뜻 그 쇠꼬챙이 같은 눈에 보일 듯 말듯 미소가 고였다.

그는 긴장한 상태에서도 감정을 억누르며 노인에게 다가간 것이다.

"목사님, 아, 아버님!"

그가 무릎을 꿇으려는 걸 노인이 만류했다.

"잘 지냈나?"

"예. 보시다시피, 저는 이 모양이죠."

노인은 그 총기만큼은 여전한 눈으로 침대에 걸터앉으며 말했다.

"건강해 보이는군."

"하루하루 밥 벌어먹으며 살고 있습니다."

"우리가 몇 년 만이지?"

"저도 어젯밤에야 생각했습니다만, 24년만입니다."

"24년, 긴 세월이 흘렀군."

"죄송합니다. 찾아뵀어야 하는데…"

"방랑하느라 바빴겠지."

노인의 그 움푹 꺼진 눈에 짓궂음이 비쳤다.

"날품팔이마냥 살다 보니."

"자네 아버지 소식은 듣고 있나?"

"저로선, 죄송할 따름입니다."

잠시 침묵을 지킨 노인은, 약간 쓸쓸한 표정이었다.

"미국에 있어. 몇 년 됐지."

"…"

"가난한 목회자의 말년이란 게 여기선 비참하지. 손주들도 보고 싶어하고, 내가 해 줄 수 있는 게 뭐겠나."

그 목소리에도 왠지 풀이 죽은 듯 힘이 없어 보였다.

"미국에 가더니, 뒤늦게 골프에 재미 붙여서는, 손주들과 골프를 치기도 하더군. 자네 아버지가 말야."

그로선 상상도 못 한 아버지의 최근 소식인 셈이었다.

"엘에이에 살아. 재작년 봄엔 나도 가서, 같이 보내다 왔고."

"…"

"건강하게 잘 지내고 있지."

"목사님도 어서 회복하셔야죠."

"그래, 자넨 무슨 일을 하나?"

"지금은 대리기사 일을 하고 있습니다."

"대리기사라, 그런 일도 있더구먼. 대단해!"

노인은 그를 지긋이 바라보며 말했다.

"난 자네가, 얼마 못 가서 돌아올 줄 알았어. 자넬 잘 안다고 생각했거든. 안 돌아오더군."

"…"

"여기에 있으니까, 자넨 내가 모든 걸 내려놓고, 시한부 환자로서 시간을 보내고 있을 것 같나? 오히려 다시 가슴이 뜨거워지는 거지. 머릿속은 꿈들로 가득하지. 평생 가 보지 못한 길, 이제사 그 길을 가보고 싶은 거야. 헌데 여기야말로 구중궁궐(九重宮闕)이 따로 없는걸. 난 이 비싼 병실을 사양하지도 못한 존재인걸. 한국의 제일 잘난 사람들이 매일 같이 찾아오지. 나를 보려고 말야. 가만 보면, 이게 내게 남은 유일한 낙이거든. 저들이 여전히 나를 잊지 않고 찾아오는구나, 암은, 자랑이고 낙인 게지! 인간이란 게 그런 존재야. 얼마 남지 않은 시간인데도, 그걸 자랑하고, 즐기는 거지. 지금 이 시간은 자넬 만나기 위해 내가 특별히 마련한 거야. 어떻게 벗어나겠나? 이게 내 모습인걸, 단 하루만이라도, 하지만 오래전, 난 그 꿈을 접었는걸. 헌데 여기에서도 가슴이 뜨거워지는 건, 이건 병이지, 병이다 싶은 거지. 그만 허허 웃곤 하지. 이게 나란 인간이고, 여전히 꿈속에 사는 게지. 내가 누구에게 이런 얘길 하겠나.”

“저야말로 집 나간 탕자인걸요.”

“아니지, 아니야. 우리가 참 열심히 했었지.”

“네, 그랬지요.”

“철이 없었어.”

“….”

“내가 항상 자네를 생각한 건 모를 거야. 병실 문을 열고 들어오는데 신기하더군.”

“뭐가 말입니까?”

“생각했던 그 모습인 거지.”

“부끄럽습니다. 저도 나이만 들었고.”

“그런가? 내 모습은 어떤가?”

“목사님도 여전하신걸요.”

“사람이란 게 본래 생긴 대로지.”

"제가 꿈에 하얀 신선을 보곤 했는데, 목사님 모습이…"

"허헛, 신선이라?"

"저로선, 감명받았습니다."

그의 말에 노인은 어린애처럼 웃어 보였다.

"자네 하는 그 일. 하루 얼마를 버나?"

"잘 버는 날은 돈 십만 원 법니다."

"위험한 일이지?"

"먹고 살려면 감수해야죠."

"그래야겠지. 밤에 하는 일이지?"

"그렇습니다."

"나도 오래전엔, 안 해본 일이 없어."

"압니다. 잘 알지요."

"여기에 누워있으면 그런 시절들이 그리워지곤 해."

"어서 건강을 회복하셔야죠."

"인명은 재천인걸."

"그래도, 그 마지막 꿈을 이루셔야죠."

"고맙구먼. 자네가 찾아와 준 게 최고의 위안이었어."

"종종 찾아뵙겠습니다."

그는 환자에게 부담을 주지 않기 위해서도 일찍 일어나 나온 것이다. 그때 그는 깨달은 것이었다. 그들이 신앙 얘긴 한마디도 하지 않았다는 것을. '구원받은 탕자'의 모습이 그럴까. 병원을 나서는 그의 모습은, 불편한 왼쪽 다리쯤은 아무것도 아닌 듯 전에 없이 가뿐했고, 부챗살 같은 쏟아지는 햇살에 눈이 부셔 잠시 걸음을 멈추지만, 들먹이는 가슴은 좀체 달래지지 않았고, 누군가 부르는 것 같았다. 〈끝〉

배교자 —그 시간의 풍경들

이영산 지음

발행처	도서출판 청어
발행인	이영철
영업	이동호
홍보	천성래
기획	남기환
편집	이설빈
디자인	이수빈 ǀ 김영은
제작이사	공병한
인쇄	두리터

등록   1999년 5월 3일
         (제321-3210000251001999000063호)

1판 1쇄 발행 2024년 3월 10일

주소   서울특별시 서초구 남부순환로 364길 8-15 동일빌딩 2층
대표전화 02-586-0477
팩시밀리 0303-0942-0478
홈페이지 www.chungeobook.com
E-mail   ppi20@hanmail.net

ISBN   979-11-6855-229-6 (03810)